चिंगारी

चिंगारी

जगराम जी

GenNext Publication

भारत में सन् 2023 में प्रकाशित

जेन्नेकस्ट पब्लिकेशन
5, अंसारी रोड, दरियागंज,
नई दिल्ली–110002
ई-मेल: gennextpublication@hotmail.com

Distribution Network
gyanbooks.com
India, USA, Canada, UK, Australia, France

चिंगारी

ISBN: 978-93-5663-060-4

मुद्रित: ज्ञान प्रेस, दिल्ली

आभार

भारतीय स्वतंत्रता संग्राम में आदिवासी समाज की अहम भूमिका रही है, पूरे देश में लाखों आदिवासियों ने अपने प्राणों की आहुति देकर भारत को एक स्वतंत्र राष्ट्र बनाया है। भारत की सभ्यता निर्माण से लेकर आज तक के भारत में आदिवासी समाज की जो महती भूमिका रही है उसे इतिहास में उचित स्थान नहीं दिया गया। यह सवाल उन भारतीय इतिहासकारों पर खड़ा होता है जो स्वतंत्रता संग्राम के प्रथम सेनानी 1857 के विद्रोही मंगल पांडेय को बताते नहीं थकते। जबकि मंगल पांडेय से भी पहले 11 फरवरी 1750 में सुल्तानगंज जिला भागलपुर में जन्मे तिलखा माझी सन् 1784 में क्रांति का बिगुल बजा चुके थे। बाबा तिलका मांझी ने ऑगस्टस क्लीवलैंड, ब्रिटिश कमिश्नर [लेफ्टिनेंट] को राजमहल पर गुलेल से जान से मार दिया था। परिणामस्वरूप 1784 में अंग्रेजी सरकार उन्हें पकड़ने के बाद घोड़े की पूंछ में बाँधकर भागलपुर के अंग्रेजी आवास के चारो तरफ घुमाया गया और अंत में बरगद के पेड़ में टांगकर उन्हें शहीद कर दिया गया। उस वक्त मंगल पांडेय का जन्म भी नहीं हुआ था। लेकिन इतिहासकार आदिवासी शौर्य को नकारते हुये इतिहास ने पहली बार मंगल पांडेय को आजादी का प्रथम स्वंतन्त्रता संग्राम सेनानी घोषित किया।

आदिवासी शौर्य की बात की जाय तो देश की आजादी के लिए 1855 का हूल विद्रोह सर्वविदित है। संताल की हूल क्रांति को आजादी की पहली लड़ाई माना जाता है। 30 जून 1855 को क्रांतिकारी नेता सिदो और कान्हू मुर्मू के आह्वान पर राजमहल के भोगनाडीह में 20 हजार संतालों ने ब्रिटिश

हुकूमत के खिलाफ विद्रोह किया था। इस लड़ाई में फूलो मुर्मू और झानो मुर्मू ने अपने संथाल आदिवासी समुदाय के साथ अंग्रेजी हुकूमत का विरोध किया।

उस दौर में पूरे देश में जाति, पाखंड, आडम्बर जमींदारी इत्यादि हावी था। जिसके चलते धर्म के ठेकेदारों के द्वारा जमींदारी बढ़ने लगी और जमींदार जब आदिवासियों की जमीनें छीनने लगे तो आदिवासी समाज इस बाबत लामबंद हुआ और यह समय के साथ विद्रोह का रूप लेने लगा। बिरसा मुंडा ने जमींदारों की हड़प नीति की मुखालिफत करते हुए आदिवासी समाज का नेतृत्व किया।

आदिवासी समाज स्वतंत्र संस्कृति का वाहक रहा है इसीलिए उसे किसी का उसके इलाके में जबरन घुसपैठ पसंद नहीं। आदिवासियों का मानना है कि उनके इलाके में कोई भी आये उसका स्वागत है लेकिन वहाँ रहकर अगर उनके जल-जंगल व जमीन को छीनने का प्रयास करे तो उन्हें पसंद नहीं। कुछ लोग आदिवासियों के खिलाफ भ्रामक प्रचार करते हैं कि आदिवासी किसी को अपने इलाके में आने नहीं देना चाहते। जबकि यह बात समझने का प्रयास बहुत कम लोग करते हैं अगर किसी के घर में जाकर कोई उसके घर को हड़पने की कोशिश करे तो यह किसी को भी पसन्द नहीं आएगा। फिर यह बात सभी पर लागू होती है न कि सिर्फ आदिवासियों पर। यही वजह थी कि अंग्रेज जब आदिवासी इलाकों में घुसपैठ करते हुये झारखंड पहुंचे और वहां आदिवासियों की जमीनों की हड़प नीति अपनाए और धर्म परिवर्तन कराना शुरू किये तो आदिवासी जिस तरह से स्थानीय जमींदारों व सामन्तों के खिलाफ मुखर होकर लामबंद हुये थे उससे भी ज्यादा विद्रोही रुप में उन्होंने अंग्रेजों के खिलाफ बगावत कर दिया। ऐसे ही अपनी जल, जमीन, जंगल को अपना सर्वस्व अर्थात राष्ट्र मानने वाले अगणित ध्येय समर्पित महावीरों ने अपने सिर पर कफन बाँध कर विदेशी सल्तनत के विरुद्ध बगावत का बिगुल फूंक दिया था न जाने कितनों ने अपनों सहित अपनी जानें कुर्बान कर दीं लेकिन अपने स्वाभिमान की खातिर पीठ नहीं दिखाना अपना सम्मान समझा और उस खातिर स्वाभिमान से मरना तो स्वीकार किया अपितु अपमान भरी अधीनता स्वीकार कदापि नहीं की ऐसे ही अनेकों अनाम-धन्य महावीर

योद्धाओं को जन मानस के मानस पटल के सन्मुख रखने के लिए ही यह [चिंगारी]वीर रुपी सुमनहार में पिरोने का कार्य अपने अनेकों घनिष्ठ साथियों, प्रकाशक, पाठकों आदि की सहायता से करने का प्रयास किया है जो निश्चित ही सभी स्नेही पाठकों को प्रेरणादायी-मार्गदर्शिका के रूप में सिद्ध होगी इसी आशा और विश्वास के साथ।

/// **धन्यवाद** ///

–भवदीय

जगराम सिंह

प्रशस्ति

भारत एक प्राचीन गौरवशाली राष्ट्र है इसलिए भारतराष्ट्र ने भी अपने अतीत के वैभवशाली इतिहास से प्रेरणा लेकर वर्तमान में योजनाओं का सुयोग्य प्रतिपादन करते हुए भविष्य की ओर अग्रसर होता दिख रहा है। विचारणीय विषय यह है कि उस राष्ट्र का भविष्य क्या होगा जिसके इतिहास पर इतनी लीपालोती कर गई हो कि सत्य उजागर होने से पहले ही वक्त की रेत में दफन हो गया हो। दुर्भाग्यवश भारत ही एक ऐसा राष्ट्र है जिसके इतिहास से न केवल विदेशी आक्रान्ताओं ने छेड़छाड़ की बल्कि स्वतन्त्रता के उपरान्त भी अनेकों परकीय मानसिकता के इतिहासकारों ने भी इसके इतिहास में शोधन की आवश्यकता नहीं समझी।

प्रस्तुत कृति इतिहासकारों द्वारा की गलतियों को दूर करने व भारतीय जनमानस को सत्य से परिचित करवाने का एक सफल प्रयास है जिसमें लेखक ने ऐतिहासिक सन्दर्भों के साक्ष्य से स्वतन्त्रता संग्राम में वनवासियों अर्थात आदिवासियों के योगदान का प्रमाण सहित उल्लेख किया है। भारतीय पाठ्य पुस्तकों में १८५७ में हुए सशस्त्र विद्रोह को प्रथम स्वतन्त्रता संग्राम कह कर पढ़ाया जाता रहा है

जबकि सच्चाई यह है कि जल, जंगल, और जमीन से जुड़े भारतीय वनवासियों अर्थात आदिवासियों ने कभी किसी के दासत्व को स्वीकार ही नहीं किया। वे अपने तीर, तलवार व भालों की सहायता से अंग्रेजों की तोपों व गोला बारूद से लैस सेना को धूल चटाते रहे। मातृभूमि की रक्षा हेतु उन्होंने अपने प्राणों की आहूतियाँ दीं। उत्तर से दक्षिण और पूर्व से पश्चिम के चाहे

संथाल हों या गौंड हों, मूर्मू हों या भील हों आदि सभी ने इस स्वाधीनता संग्राम यज्ञ में अपनी हड्डियों को समिधा बना कर स्वतन्त्रता की अग्नि को प्रज्जवलित रखा। प्रस्तुत पुस्तक में अनेकों शूरवीर फिर चाहे गंगु मेहतर, बुधु भगत, मोजे शिबा, रघुनाथ शाहमांडवी आदि आदि अनेकानेक वीरों द्वारा स्वतन्त्रता प्राप्ति हेतु किए गए साहसिक कार्यों व अंग्रेजों द्वारा दी गई यातनाओं का विशद् वर्णन है । इन हृदय विदारक घटनाओं को पढ़ कर रोंगटे खड़े हो जाते हैं और पाठकों की नसों में देश भक्ति का खून खौलने लगता है। मेवाड़ से लेकर मणिपुर तक के इन रणबांकुरों के तप, त्याग व उत्साह से जब हमारी वर्तमान पीढ़ी परिचित होगी तो उन्हें न केवल अपने उन पूर्वजों की वीरता का भान होगा जिन्होंने प्रतिकूल परिस्थितियों में भी स्वतन्त्रता की लौ को अखंड प्रज्ज्वलित रखा साथ ही उनका मस्तक भी गर्व से ऊँचा होगा। वे उस स्वतन्त्रता के महत्व को भी समझेंगे जिस के लिए हमारे पूर्वजों ने अनेकानेक यातनाएँ सहीं पर अपने संकल्प पर अडिग रहे। भाई जगराम जी का कोटिश: धन्यवाद जिन्होंने अपने अथक प्रयास से इतिहास की धूल में दबे इन अनमोल हीरों को खोज कर चिंगारीरूपी कृति में लिपिबद्ध करके हमारे समक्ष प्रस्तुत किया। निश्चित ही ये दैदिप्यमान हीरे हमारी वर्तमान पीढ़ी के हीरो बनेंगे व सदियों तक भारत के इतिहास को प्रकाशमान करते रहेंगे। शुभेच्छा के साथ..................

डॉ. नीरोत्तमा मौदगिल

एसोसिएट प्रोफेसर

मालवा सैन्ट्रल कॉलेज ऑफ ऐजुकेशन फॉर वूमन,

लुधियाना पंजाब

अनुक्रम

चिंगारी

भारतीय आजादी के इतिहास को दर्शाने के मौके पर देश के इतिहासकार और लेखक दलित वीर और वीरांगनाओं की कुरबानी एवं उनकी वीर गाथाओं को उजागर करने की बजाय उस पर पर्दा डालने का काम करते रहे हैं। इन वीरों और वीरांगनाओं की सूची बहुत लंबी है और उनका इतिहास भी बहुत गौरवशाली रहा है। लेकिन भारतीय इतिहास को पढ़ने से यह स्पष्ट हो जाता है कि देश के दलितों व आदिवासियों के गौरवशाली इतिहास को रेखांकित करते समय गैर दलित लेखकों के शब्द चूक जाते हैं या कहें की इनकी कलम की स्याही सूख जाती है। अब तक इनके द्वारा लिखित झूठ एवं भ्रामक तथ्य कदम-कदम पर पकड़ा जाता रहा है। रानी झांसी का किस्सा तो बहुत पहले उजागर हो ही चुका है। अतः कुल मिलाकर गैर-दलित इतिहासकारों की नजरों में कोरी जाति से संबंध रखने वाली महिला झलकारी बाई भला वीरांगना कैसे हो सकती हैं।

यहाँ एक बात ध्यान करने की है कि इस विषय का लिखित इतिहास बहुत कम है अतः हमें अंग्रेजी के मुहावरे के अनुसार 'बिटवीन द लाइंस' झाँकना, जाँचना, पढ़ना होगा। सबसे पहले वाल्मीकि जाति को लेते हैं। ये कई उपवर्ग में बंटे हुए हैं। इनकी शाखाएँ हैं चूहड़, हलालखोर आदि। किस्मों, गोत्रों के नाम बुंदेलिया, यदुवंशी, नादों, भदौरिया, चौहान, किनवार ठाकुर, बैस, गेहलौता, गहलोत, चंदेल, वैस, वैसवार, बीर गूजर या बग्गूजर, कछवाहा, गाजीपुरी राउत, टिपणी, खरिया, किनवार-ठाकुर, दिनापुरी राउत, टांक, हलाल इत्यादि हैं। क्या ये सारे गोत्र भरतवंशी क्षत्रियों के जैसे नहीं लगते हैं? किसी

को शक हो तो किसी भी ठाकुर के साथ बात करके तस्दीक की जा सकती है। इन अनुसूचित जातियों में ये नाम इनमें कहां से आ गये? ऐसा क्यों है कि अनुसूचित जातियों की ये किस्में उत्तर प्रदेश, बिहार, बंगाल, मध्य प्रदेश में ही हैं? जो इलाके सीधे मुस्लिम आक्रमणकारियों से सदियों जूझते रहे हैं उन्हीं में ये गोत्र क्यों मिलते हैं? हलालखोर शब्द अरबी है। भारत की किसी जाति का नाम अरबी मूल का कैसे है? क्या अरबी आक्रमणकारियों या अरबी सोच रखने वाले लोगों ने ये जाति बनायी थी? इन्हें 'भंगी' क्यों कहा गया होगा? ये शुद्ध संस्कृत शब्द है और इसका अर्थ 'वह जिसने भंग किया या तोड़ा' होता है। इन्होंने क्या भंग किया था जिसके कारण ये नाम स्वीकार किया?

'चमार' शब्द का उल्लेख प्राचीन भारत के साहित्य में कहीं नहीं मिलता है। मृगया करने वाले भरतवंशियों में भी प्राचीन काल में आखेट के बाद चमड़ा कमाने के लिये व्याध होते थे। ये पेशा इतना बुरा माना जाता था कि प्राचीन काल में व्याधों का नगरों में प्रवेश निषिद्ध था। इस्लामी शासन से पहले के भारत में चमड़े के उत्पादन का एक भी उदाहरण नहीं मिलता है। हिंदू चमड़े के व्यवसाय को बहुत बुरा मानते थे अतः ऐसी किसी जाति का उल्लेख प्राचीन वांग्मय में न होना स्वाभाविक ही है। तो फिर 'चमार' जाति कहां से आई? ये संज्ञा बनी ही कैसे? चर्ममारी राजवंश का उल्लेख महाभारत जैसे प्राचीन भारतीय वांग्मय में मिलता है। प्रतिष्ठित लेखक डॉ. विजय सोनकर शास्त्री ने इस विषय पर गहन शोध कर चर्ममारी राजवंश के इतिहास पर लिखा है। इसी तरह 'चमार' शब्द से मिलते-जुलते शब्द चंवर वंश के क्षत्रियों के बारे में कर्नल टाड ने अपनी पुस्तक 'राजस्थान का इतिहास' में लिखा है। चंवर राजवंश का शासन पश्चिमी भारत पर रहा है। इसकी शाखाएँ मेवाड़ के प्रतापी सम्राट महाराज बाप्पा रावल के वंश से मिलती हैं। आज जाटव या चमार माने-समझे जाने वाले संत रविदास जी महाराज इसी वंश में हुए हैं जो राणा सांगा और उनकी पत्नी के गुरु थे। संत रविदास जी महाराज लम्बे समय तक चित्तौड़ के दुर्ग में महाराणा सांगा के गुरु के रूप में रहे हैं। संत रविदास जी महाराज के महान, प्रभावी व्यक्तित्व के कारण बड़ी संख्या में लोग इनके शिष्य बने। आज भी इस क्षेत्र में बड़ी संख्या में रविदासी पाये जाते हैं।

उस काल का मुस्लिम सुल्तान सिकंदर लोधी अन्य किसी भी सामान्य मुस्लिम शासक की तरह भारत के हिन्दुओं को मुसलमान बनाने की उधेड़बुन में लगा रहता था। इन सभी आक्रमणकारियों की दृष्टि गाजी उपाधि पर रहती थी। लोधी ने संत रविदास जी महाराज को मुसलमान बनाने की जुगत में अपने मुल्लाओं को लगाया। जनश्रुति है कि वे मुल्ला संत रविदास जी महाराज से प्रभावित हो कर स्वयं उनके शिष्य बन गए और एक तो रामदास नाम रखकर हिन्दू हो गया। लोधी अपने षड्यंत्र की यह दुर्गति होने पर चिढ़ गया और उसने संत रविदास जी को बंदी बना लिया, उनके अनुयायियों को हिन्दुओं में सदैव से निषिद्ध खाल उतारने, चमड़ा कमाने, जूते बनाने के काम में लगाया। इसी दुष्ट ने चंवर वंश के क्षत्रियों को अपमानित करने के लिये नाम बिगाड़ कर 'चमार' कहकर सम्बोधित किया। 'चमार' शब्द का पहला प्रयोग यहीं से शुरू हुआ। संत रविदास जी महाराज की ये पंक्तियां लोधी के अत्याचार का वर्णन करती हैं–

वेद धर्म सबसे बड़ा, अनुपम सच्चा ज्ञान
फिर मैं क्यों छोड़ूँ इसे पढ़ लूँ झूठ कुरान
वेद धर्म छोड़ूँ नहीं कोसिस करो हजार
तिल-तिल काटो चाही गोदो अंग कटार

चंवर वंश के क्षत्रिय संत रविदास जी के बंदी बनाने का समाचार मिलने पर दिल्ली पर चढ़ दौड़े और दिल्ली की नाकाबंदी कर ली। विवश हो कर सुल्तान लोधी को संत रविदास जी को छोड़ना पड़ा। इस घटना का जिक्र इतिहास की पुस्तकों में नहीं है मगर संत रविदास जी के ग्रन्थ रविदास रामायण की ये पंक्तियां सत्य उद्घाटित करती हैं–

बादशाह ने वचन उचारा।
मत प्यारा इसलाम हमारा।।
खंडन करै उसे रविदासा।
उसे करौ प्राण कौ नाशा।।

जब तक राम नाम रट लावे।
दाना पानी यह नहीं पावे॥
जब इसलाम धर्म स्वीकारे।
मुख से कलमा आप उचारै॥
पढे नमाज जभी चितलाई।
दाना पानी तब यह पाई॥

भारतीय वांग्मय में आर्थिक विभाजन ब्राह्मण, क्षत्रिय, वैश्य, शूद्र के रूप में मिलता है। मगर प्राचीन काल में इन समाजों में छुआछूत बिल्कुल नहीं थी। कारण सीधा सा था, ये विभाजन आर्थिक था। इसमें लोग अपनी रुचि के अनुसार वर्ण बदल सकते थे। कुछ संदर्भ इस बात के प्रमाण के लिये उपयुक्त रहेंगे। मैं अनुवाद दे रहा हूँ। संस्कृत में आवश्यकता होने पर संदर्भ मिलाये जा सकते हैं।

मनु स्मृति 10:65–ब्राह्मण शूद्र बन सकता है और शूद्र ब्राह्मण हो सकता है। इसी प्रकार क्षत्रिय और वैश्य भी अपना वर्ण बदल सकते हैं।

मनु स्मृति 4:245–ब्राह्मण वर्णस्थ व्यक्ति श्रेष्ठ, अति–श्रेष्ठ व्यक्तियों का संग करते हुए और नीच–नीचतर व्यक्तियों का संग छोड़कर अधिक श्रेष्ठ बनता जाता है। इसके विपरीत आचरण से पतित होकर वह शूद्र बन जाता है।

मनु स्मृति 2:168–जो ब्राह्मण, क्षत्रिय अथवा वैश्य वेदों का अध्ययन और पालन छोड़कर अन्य विषयों में ही परिश्रम करता है, वह शूद्र बन जाता है। उसकी आने वाली पीढ़ियों को भी वेदों के ज्ञान से वंचित होना पड़ता है।

आप देख सकते हैं, ये समाज को व्यवस्थित चलाने के लिए काम बांटने और उसके अनुरूप विभाजन की बात है और इसमें जन्मना कुछ नहीं है। एक वर्ण से दूसरे वर्ण में जाना संभव था। महर्षि विश्वामित्र का जगत–प्रसिद्ध उदाहरण क्षत्रिय से ब्राह्मण बनने का है। सत्यकेतु, जाबालि ऋषि, सम्राट नहुष के उदाहरण वर्ण बदलने के हैं। एक गणिका के पुत्र जाबालि, जिनकी मां वृत्ति करती थीं, जिसके कारण उन्हें अपने पिता का नाम पता नहीं था, ऋषि कहलाये। तब ब्राह्मण भी आज की तरह केवल शिक्षा

देने-लेने, यज्ञ करने-कराने, दान लेने-देने तक सीमित नहीं थे। वेदों में रथ बनाने वाले को, लकड़ी का काम करने वाले बढ़ई को, मिट्टी का काम करने वाले कुम्हार को ऋषि की संज्ञा दी गयी है। सभी वे काम जिनमें नया कुछ खोजा गया ऋषि के काम थे।

यहाँ एक वैदिक ऋषि की चर्चा करना उपयुक्त होगा। वेद सृष्टि के उषा काल के ग्रन्थ हैं। भोले-भाले, सीधे-साधे लोग जो देखते हैं उसे छंदबद्ध करते हैं। ऋषि कवष ऐलूष ने वेद में अक्ष-सूक्त जोड़ा है। अक्ष जुआ खेलने के पासे को कहते हैं। इस सूक्त में ऋषि कवष ऐलूष ने अपनी आत्मकथा और जुए से जुड़े सामाजिक आख्यान, उपेक्षा, बदनामी की बात करुणापूर्ण स्वर में लिखी है। कवष इलूष के पुत्र थे जो शूद्र थे। ऐतरेय ब्राह्मण बताता है कि सरस्वती नदी के तट पर ऋषि यज्ञ कर रहे थे कि शूद्र कवष ऐलूष वहाँ पहुँचे। यज्ञ में सामाजिक रूप से प्रताड़ित जुआरी के भाग लेने के लिये ऋषियों ने कवष ऐलूष को अपमानित कर निष्कासित कर दिया और उन्हें ऐसी भूमि पर छोड़ा गया जो जलविहीन थी। कवष ऐलूष ने उस जलविहीन क्षेत्र में देवताओं की स्तुति में सूक्त की रचना की और कहते हैं, सरस्वती नदी अपना स्वाभाविक मार्ग बदलकर शूद्र कवष ऐलूष के पास आ गयीं। सरस्वती की धारा ने कवष ऐलूष की परिक्रमा की, उन्हें घेर लिया। यज्ञकर्ता ऋषि दौड़े-दौड़े आये और शूद्र कवष ऐलूष की अभ्यर्थना की। उन्हें ऋषि कह कर पुकारा। उनके ये सूक्त ऋग्वेद के दसवें मंडल में मिलते हैं।

इस घटना से ही पता चलता है कि शूद्र का ब्राह्मण वर्ण में आना सामान्य घटना ही थी। ध्यान रहे कि वर्ण और जातियों में अंतर है। वर्णों में एक-दूसरे में आना-जाना चलता था और इसे उन्नति या अवनति नहीं समझा जाता था। ये केवल स्वभाव के अनुसार आर्थिक विभाजन था। भारत में वर्ण जन्म से नहीं थे और इनमें व्यक्ति की इच्छा के अनुसार बदलाव होता था। कई बार ये पेशे थे और इन पेशों के कारण ही मूलतः जातियाँ बनीं। कई बार ये घुमंतू कबीले थे, उनसे भी कई जातियों की पहचान बनी। वर्ण-व्यवस्था समाज को चलाने की एक व्यवस्था थी मगर वह व्यवस्था हजारों साल पहले

ही समाप्त हो गयी। वर्णों में एक-दूसरे में आना-जाना चलता था, ये भी सच है कि कालांतर में ये आवागमन बंद हो गया।

उसका कारण भारत पर लगातार आक्रमण और उससे बचने के लिये समाज का अपने में सिमट जाना था। समाज ने इस आक्रमण और जबरदस्ती किये जाने वाले कन्वर्जन से बचाव के लिये अपनी जकड़बन्दियों की व्यवस्था बना ली। अपनी जाति से बाहर जाने की बात सोचना पाप बना दिया गया। रोटी-बेटी का व्यवहार बंद करना ऐसी ही व्यवस्था थी। इन जकड़बन्दियों का खराब परिणाम यह हुआ कि सारी जातियों के लोग स्वयं में सिमट गए और अपने अतिरिक्त सभी को स्वयं से हल्का, कम मानने लगे। वह दूरी जो एक वैश्य समाज जाटव वर्ग से रखता था वही जाटव समाज भी वाल्मीकि समाज से बरतने लगा। चाहें तो पड़ताल कर लें, 5 उदाहरण भी भारत भर में जाटव लड़की के वाल्मीकि लड़के से विवाह के नहीं मिलेंगे। अब महानगरों में समाज बदल गया है और अंतरजातीय विवाह समय की बात हो गयी है, मगर आज से 30 वर्ष पूर्व ऐसी घटना लगभग असंभव थी। आज बदलते समाज में शायद ये कुछ न दिखाई दे मगर आज से सौ साल पहले पंचों द्वारा व्यक्ति या परिवार से समाज का रोटी-बेटी का, हुक्का-पानी का व्यवहार बंद करना उसका जीवन असंभव बना देता था। इसका अर्थ अंतिम संस्कार के लिये चार कंधे भी न मिलना होता था। इसका लक्ष्य अपने लोगों का कन्वर्जन न होने देना था। ये बंधन इतने कठोर थे कि अकबर के मंत्री बीरबल, टोडरमल तक उसका सारा जोर लगा देने के बाद भी उसके चलाये पंथ 'दीने-इलाही' और उस प्राचीन भारत में शौचालय घर के अंदर नहीं होते थे। लोग इसके लिये घर से दूर जाते थे। समाज के लोगों में ये भाव कभी था ही नहीं कि उनका अकेले-दुकेले बाहर निकलना जीवन को संकट में डाल सकता है। मगर ये विदेशी आक्रमणकारी हर समय आशंकित रहते थे। उन्हें स्थानीय समाज से ही नहीं अपने साथियों से प्राणघाती आक्रमण की आशंका सताती थी। इसलिए उन्होंने किलों में सुरक्षित शौचालय बनवाये और मल-मूत्र त्यागने के बाद उन पात्रों को उठाने के लिये पराजित स्थानीय लोगों को लगाया। भारत में इस घृणित पेशे की शुरुआत यहीं से हुई है। इन विदेशी आक्रमणकारियों में इसके

कारण अपनी उच्चता का आभास भी होता था और ऐसा घोर निंदनीय कृत्य उन्हें अपने पराजित को पूर्णरूपेण ध्वस्त हो जाने की आश्वस्ति देता था।

इन आक्रमणकारियों ने पराजित समाज के योद्धाओं को मार डाला और उनके बचे परिवारों को इस्लाम स्वीकारने या घृणित कार्यों को करने का विकल्प दिया। जो लोग डर कर, दबाव सहन न कर पाने के कारण मुसलमान बन गए, उन्हीं के वंशज आज के मुसलमान हैं। जो लोग मुसलमान नहीं बने, उन्होंने अपने प्राणों से प्रिय शिखा-सूत्र काट दिये और अपने धर्म को न छोड़ने के कारण 'भंगी'-'चमार' संज्ञा स्वीकार की। यहाँ यह बात आवश्यक रूप से ध्यान रखने की है कि इन प्रतिष्ठित योद्धा जातियों के लोगों ने पराजित हो कर भी धर्म नहीं छोड़ा। इस्लाम के भयानक अत्याचार सहे, आत्मा तक को तोड़ देने वाला सिर पर मल-मूत्र ढोने का अत्याचार सहा, पशुओं की खाल उतारने कार्य किया, चमड़ा कमाने-जूते बनाने का कार्य किया, मगर मुसलमान नहीं हुए। ये जाटव, वाल्मीकि समाज के लोग हमारे उन महान वीर पूर्वजों की संतानें हैं। आज भी इन योद्धा जातियों के वंशजों के बड़े हिस्से में अपने नाम के साथ सिंह लगाने की परम्परा है। अपने सिर पर मल-मूत्र ढोने वाले, जूते बनाने वाले कहीं सिंह होते हैं? ये वस्तुतः सिंह ही हैं जिन्हें गीदड़ बनने पर विवश करने के लिये इस तरह अपमानित किया गया। बाबासाहब अम्बेडकर ने भी अपने लेखों में लिखा है कि हम योद्धा जातियों के लोग हैं। यही कारण है कि 1921 की जनगणना के समय 'चमार' जाति के नेताओं ने वायसराय को प्रतिवेदन दिया था कि हमें राजपूतों में गिना जाये। हम राजपूत हैं। अंग्रेज अधिकारियों ने ही ये नहीं माना बल्कि हिन्दू समाज भी इस बात को काल के प्रवाह में भूल गया और स्वयं भी इन महान योद्धाओं की संतानों से वही घृणित दूरी रखने लगा जो आक्रमणकारी रखते थे। होना यह चाहिए था कि वह इनकी स्तुति करता, नमन करता, इनको गले लगता मगर शेष समाज स्वयं आक्रमणकारियों के वैचारिक फंदे में फंस गया।

तमाम मामलों में एक सोची-समझी साजिश के तहत दलितों के इतिहास को नजर अंदाज कर दिया गया फिर उसे मिटाने की कोशिश की गईं आजादी के आंदोलन में भी यही हुआ है। इतिहासकारों ने दलितों के योगदान को नजर

अंदाज कर अपने समाज (कथित तौर पर सामंती समाज) के योगदान को ही बढ़ा-चढ़ाकर लिखा। इसकी मुख्य वजह यह रही कि लेखनी पर जिनका एकाधिकार रहा उन्होंने मनचाहे तरीके से इतिहास को ही तोड़मरोड़ दिया। दलितों-बहुजनों को नजर अंदाज करने का कारण स्पष्ट है कि इस समाज के बच्चे अपने पूर्वजों से प्रेरणा लेकर और संगठित होकर मनुवादी व्यवस्था के खिलाफ संघर्ष न कर शुरू कर दें, जिससे शासन सत्ता पर मौज कर रहे लोगों को खतरा पैदा हो।

अंग्रेजों की गुलामी से देश को आजाद कराने में नजाने कितने दलितों और आदिवासियों ने जान की बाजी लगा दी अपना लहू बहाया और शहीद हो गए। लेकिन इतिहास में दलित समाज की भूमिका को एक सोची समझी साजिश के कारण लिपिबद्ध नहीं किया गया। दलित चिंतकों और क्रांतिकारियों को इतिहास में पूरी तरह हाशिए पर रखा गया। परिणाम स्वरूप साधारण जनता आजादी के आंदोलन में दलित समाज के देश भक्तों की भूमिका से अनजान ही रही। लेकिन अब यह सच्चाई सामने आने लगी है। यह रिपोर्ट "दलित दस्तक" की एक कोशिश है कि जिसे सामंती इतिहासकारों ने नजर अंदाज कर दिया, उस पर भी रोशनी डाली जाए और स्वतंत्रता संग्राम में दलितों के योगदान का स्वरूप सामने आए हो सकता है कुछ नाम छूटे रह जाएँ लेकिन जिनके बारे में हमें जानकारी मिल सकी, इतिहास के धुंधले पन्नों और इतिहासकारों को कुरेदने के बाद हम जिन्हें ढूंढ़ सके, उनके योगदान को हम इस रिपोर्ट के माध्यम से सामने लाने की कोशिश कर रहे हैं।

वैसे तो देश की आजादी का पहला स्वतंत्रता संग्राम 1857 का माना जाता है लेकिन अंग्रेजों के खिलाफ विद्रोह का बिगुल 1780-84 में ही बिहार के संथाल परगना में तिलका मांझी की अगुवाई में शुरू हो गया था। तिलका मांझी युद्ध कला में निपुण और एक अच्छे निशानेबाज थे। इस वीर सपूत ने ताड़ के पेड़ पर चढ़कर तीर से कई अंग्रेजों को मौत के घाट उतार दिया था। इसके बाद महाराष्ट्र, बंगाल और उड़ीसा प्रांत में दलित-आदिवासियों ने अंग्रेजों के खिलाफ बगावत शुरू कर दी। इस विद्रोह में अंग्रेजों से कड़ा संघर्ष हुआ जिसमें अंग्रेजों को मुँह की खानी पड़ी। सिद्धु संथाल और गोची मांझी के

साहस और वीरता से अंग्रेज कांपते थे। बाद में अंग्रेजों ने इन वीर सेनानियों को पकड़कर फांसी पर चढ़ा दिया।

स्वतंत्रता आन्दोलन में आदिवासियों की भूमिका समझने के लिए उसकी पृष्ठभूमि को समझना जरूरी है। यह सच है कि आदिवासियों द्वारा चलाये गए आन्दोलन स्थानीय परिस्थितियों के अनुसार स्थानीय स्तर पर ही लड़े गये। पूरे भारत की स्वतंत्रता के लिए आदिवासियों ने कभी अंग्रेजों के विरूद्ध युद्ध नहीं लड़े। इसका प्रमुख कारण है आदिवासी कई उपजातियों और समूहों में बंटा हुआ था। आज भी बंटा हुआ है। भारत में 428 जनजातियाँ अधिसूचित हैं जबकि इनकी वास्तविक संख्या 642 है। जनसंख्या की दृष्टि से एशिया में सबसे ज्यादा आदिवासी भारत में निवास करते हैं। 2011 की जनगणना के अनुसार भारत की कुल जनसंख्या का 8.6 प्रतिशत आदिवासी जातियाँ है. ये 19 राज्यों और 6 केन्द्र शासित राज्यों में फैले हुए हैं। गुजरात के डांग जिले से लेकर बंगाल के चौबीस परगना तक देश के 70 प्रतिशत आदिवासी रहते हैं। पूर्वोत्तर के सात राज्यों-मेघालय, मणिपुर, मिजोरम, असम, अरूणाचल प्रदेश, नागालैण्ड और त्रिपुरा में आदिवासियों का बाहुल्य है। यही कारण है कि पूर्वोत्तर के सीमावर्ती प्रदेश बिहार और झारखण्ड जनजाति आन्दोलन के प्रमुख केन्द्र रहे हैं। आदिवासी पूर्वोत्तर के सात राज्यों के अलावा झारखण्ड, बिहार, पश्चिमी बंगाल, उड़ीसा, छत्तीसगढ़, मध्यप्रदेश एवं राजस्थान में बसे हुए हैं।

मेघालय में 16 तरह की जनजातियाँ हैं और वे ईसाई धर्म को मानते हैं। त्रिपुरा में 19 जनजातियाँ हैं जो ईसाई, बौद्ध और हिन्दू धर्म को मानते हैं। छत्तीसगढ़ के विलासपुर संभाग में जेवरा गोंड के अलावा सरगुजिया, रतनपुरिया, गटकोड़वा, ध्रूव तथा राजगोंड में सगा समाज है। गोंड एक ही समाज होते हुए भी उनमें रोटी-बेटी का व्यवहार नहीं है। इस तरह आदिवासी कई समूहों में बंटे हुए हैं। इसलिए अपनी स्वायत्तता की लड़ाई भी अलग-अलग लड़ी। फिर भी इस बात से इन्कार नहीं किया जा सकता कि भारत के राष्ट्रीय आन्दोलन को आधार आदिवासियों के इन्हीं आन्दोलनों ने दिया। भारत में

राष्ट्रीय आन्दोलन को खड़ा करने में आदिवासी आन्दोलनों की महत्वपूर्ण भूमिका रही है।

आदिवासियों को स्वतंत्रता आन्दोलनों की भारी कीमत चुकानी पड़ी। अंग्रेजों के पास भारी संख्या में सुसज्जित सेना थी। आधुनिक हथियार-बंदूकें, तोपें, गोला और बारूद था। सामंतों के पास प्रशिक्षित पुलिस फोर्स थी। साहूकारों के पास धन-दौलत की ताकत थी। इनके मुकाबले में आदिवासियों के पास युद्ध के परम्परागत साधन तीर-कमान, भाले, फरसे और गण्डासे थे। आदिवासी आर्थिक रूप से कमजोर थे। संसाधनों की कमी थी। इसलिए हर आन्दोलन में आदिवासियों को जान-माल की भारी क्षति उठानी पड़ी। सन् 1855 में संथाल (झारखण्ड) के आदिवासी वीर योद्धा सिद्दू और कान्हू का विद्रोह हुआ। इसमें 30-35 हजार आदिवासियों ने भाग लिया। आन्दोलन ने हिंसक रूप ले लिया। अनेक अंग्रेज सैनिक और अधिकारी मारे गए। अंत में पूरे क्षेत्र को सेना के सुपुर्द कर दिया गया। मार्शल लॉ लागू कर दिया गया। देखते ही गोली मारने के आदेश सेना को दे दिए गए। कत्ले आम हुआ. इसमें 10 हजार आदिवासी मारे गये। रमणिका गुप्ता तथा माता प्रसाद ने इन आंकड़ों की पुष्टि की है। इसी तरह सन् 1913 में मानगढ़ में हुए आदिवासी आन्दोलन में भी 1500 आदिवासी शहीद हुए थे। ये आंकड़े बताते हैं कि आदिवासी आन्दोलनों में लाखों आदिवासियों की जानें गईं

भारत में सबसे पहले आदिवासियों ने स्वतंत्रता आन्दोलन सन् 1780 में संथाल परगना में प्रारम्भ किया। दो आदिवासी वीरों तिलका और मांझी ने आन्दोलन का नेतृत्व किया। यह आन्दोलन सन् 1790 तक चला। इसे 'दामिन विद्रोह' कहते हैं। तिलका और मांझी की गतिविधियों से अंग्रेजी सेना परेशान हो चुकी थी। इन्हें पकड़ने के लिए सेना भेजी गईं तिलका को इसकी भनक लग चुकी थी। यह देखने के लिए कि अंग्रेज सेना कहां तक पहुँची है, तिलका ताड़ के ऊँचे पेड़ पर चढ़ गया। संयोग से अंग्रेजी सेना पास की झाड़ियों में छुपी हुई थी। उसका नेतृत्व मि. क्लीववलैण्ड कर रहे थे। उसने तिलका को पेड़ पर चढ़ते हुए देख लिया था। वह घोड़े पर सवार होकर पेड़ के पास पहुँचा। सेना ने भी पेड़ के चारों तरफ घेरा डाल दिया था। क्लीवलैण्ड

ने तिलका को ललकारा और पेड़ के नीचे उतर कर आत्म समर्पण के लिए कहा। तिलका ने क्लीवलैण्ड पर एक तीर चलाया जो उसकी छाती में जाकर लगा। क्लीवलैण्ड नीचे गिर पड़ा। छटपटाने लगा। सेना उसे संभालने के लिए भागी। इस बीच तिलका फुर्ती से पेड़ से नीचे उतरा और जंगल में गायब हो गया। अंग्रेजी सेना ने तिलका को पकड़ने के लिए छापामार युद्ध का सहारा किया। अंत में अंग्रेज सेना तिलका को गिरफ्तार करने में सफल हो गईं अपनी हानि और बदला लेने के लिए तिलका को अंग्रेजों ने पेड़ से लटकाकर फांसी दे दी। अपने प्रदेश की स्वतंत्रता की लड़ाई लड़ते हुए तिलका शहीद हो गया। तिलका स्वतंत्रता आन्दोलन का पहला शहीद माना जाना चाहिए। लेकिन भारतीय इतिहासकारों ने सन् 1857 की क्रान्ति में शहीद हुए मंगल पाण्डे को स्वतंत्रता संग्राम का पहला शहीद घोषित कर दिया। सच्चाई यह है कि मंगल पाण्डे से 70 साल पहले स्वतंत्रता आन्दोलन में तिलका शहीद हुआ था।

भारत का सही इतिहास कभी लिखा ही नहीं गया। सवर्ण इतिहासकारों ने जो भी लिखा वह पक्षपातपूर्ण और एक तरफा लिखा। विडम्बना है कि दलितों और आदिवासियों को सदैव इतिहास से बाहर रखा गया। उनके बड़े से बड़े त्याग, बलिदान और शौर्य गाथाओं का इतिहास में उल्लेख तक नहीं किया गया। सन् 1780 से सन् 1857 तक आदिवासियों ने अनेकों स्वतंत्रता आन्दोलन किए, सन् 1780 का "दामिन विद्रोह" जो तिलका मांझी ने चलाया, सन् 1855 का "सिहू कान्हू विद्रोह", सन् 1828 से 1832 तक बुधू भगत द्वारा चलाया गया "लरका आन्दोलन" बहुत प्रसिद्ध आदिवासी आन्दोलन हैं। इतिहास में इन आन्दोलनों का कहीं जिक्र तक नहीं है। इसी तरह आदिवासी क्रान्तिवीरों जिन्होंने अंग्रेजों से लड़ते हुए प्राण गंवाएँ उनका भी इतिहास में कहीं वर्णन नहीं है। छत्तीसगढ़ का प्रथम शहीद वीर नारायण सिंह 1857 में शहीद हुआ। मध्य प्रदेश के नीमाड़ का पहला विद्रोही भील तांतिया उर्फ टंटिया मामा सन् 1888 में शहीद हुआ। इसी तरह आदिवासी युग पुरूष बिरसा मुण्डा सन् 1900 में शहीद हुआ। जेल में ही उसकी मृत्यु हो गईं सन् 1913 में हुए मानगढ़ आन्दोलन के नायक गोविन्द गुरू का भी इतिहास में कहीं उल्लेख तक नहीं है। इतिहासकारों ने दलितों और आदिवासियों को इतिहास

में कहीं स्थान नहीं दिया अलबता इनके इतिहास को विकृत और विलुप्त करने में अपनी अहम भूमिका निभाई। आदिवासी आन्दोलनकारियों की छवि खराब करने के लिए वीर नारायणसिंह, टंटिया मामा और बिरसा मुण्डा को डकैत और लुटेरा बताया, जबकि वे आदिवासियों में बहुत लोकप्रिय रहे हैं और स्वतंत्रता आन्दोलनों का सफल नेतृत्व किया है। इतिहासकारों ने अपने लेखन धर्म को निष्पक्षता और ईमानदारी से नहीं निभाया था। इसी की विस्तृत जानकारी इस चिंगारी रूपी ऐतिहासिक पुष्प में समाहित करने का उद्यम किया गया है जो समाज के हर वर्ग तक तथ्य, सत्य, तर्क परक अर्थात सटीक तथ्य ले जाकर राष्ट्र को पुनर्वैभवशाली बनाने में सहायक हो सके।

/// जय श्री राम ///

संग्राम शाह–१५००

संग्राम शाह मरावी (1400–1541) राजगौड़ वंश के सर्वाधिक शक्तिशाली एवं प्रतापी राजा थे। संग्राम शाह ने एक छोटी सी जागीर के स्वामित्व से आरम्भ करके अपने रणकौशल से बावन गढ़ों पर अपना अधिपत्य स्थापित कर लिया। 52 गढ़ों को स्थापित किये जाने के कारण उन्हे बावन गढ़ाधिपति की उपाधि भी प्राप्त थी। नरसिंहपुर जिले में चौरागढ़ (चौगान) किले का निर्माण भी उन्होंने ही कराया था जो रानी दुर्गावती के पुत्र वीरनारायण की वीरता का मूक साक्षी है।

संग्राम शाह के उत्तराधिकारियों में दलपति शाह ने सात वर्ष शांति पूर्वक शासन किया। उसके पश्चात उसकी वीरांगना रानी दुर्गावती ने राज्य संभाला और अदम्य साहस एवं वीरता पूर्वक 16 वर्ष (1540–1564) शासन किया।

महाराजा संग्राम शाह के 52 गढ़ और 57 परगना की सूची–

५२ गढ़----------------------

1) गढ़ कटगा–जबलपुर

2) माड़ो गढ़ (मंडलगढ़) निवास (मंडला)

3) पचेल गढ़–सिहोरा (जबलपुर

4) सिंगौर गढ़–दमोह

5) अमोदा गढ़–कटंगी, जबलपुर

6) कनौंजा गढ़–हौशंगाबाद (करेली)

7) बाघमार–दुर्ग जिला

8) टीपा गढ़-चांदा जिला

9) रायगढ़-भीमडोंगरी (मंडला, कवर्धा)

10) प्रताप गढ़ (करजिया के उत्तर डिन्डौरी)

11) अमरगढ़-अमरपुर, डिब्डौरी

12) देवहारगढ़-शहपुरा, डिन्डीरी

13) पाटनगढ़-जबलपुर

14) कतहगढ़-हौशंगाबाद

15) नेमुआगढ़-नरसिंगपुर

16) भंवरगढ़-गाडरवाड़ा (नरसिंगपुर)

17) बरगी गढ़-जबलपुर

18) घंसौर-सिवनी/छिंदवाड़ा

19) चौर्ड-छिंदवाड़ा/सिवनी

20) डोंगर ताल-सिवनी/छिंदवाड़ा

21) करवा गढ़-(कुरई, सिवनी/छिंदवाड़ा)

22) झांझनगर (झंजनगढ़, सिवनी/छिंदवाड़ा)

23) लाफागढ़-बिलासपुर

24) अन्तागढ़(संतागढ़)-काकर, बस्तर

25) दिया गढ़-जबलपुर, कुडम

26) बडा गढ़-सागर जिला

27) पवई करही-पत्रा जिला

28) अजयगढ़-पन्ना जिला

29) धामौनी-सागर जिला

30) हटा-दमोह जिला

31) मडियादो-सागर जिला

32) शाहगढ़-सागर जिला

33) शाहनगर-पन्ना जिला

34) राहत गढ़-सागर जिला

35) दमोह-दमोह

36) रहली बडा-सागर

37) इटावा-बीना, सागर

38) खिमलासागढ़-सागर

39) गत्नौर-पत्ना जिला

40) बारी गढ़-भोपाल, रायसेन

41) चौकी गढ़-अम्बागढ़, चौकी दुर्ग

42) रायसेन-रायसेन

45) कुरवई-भेलसा(विदिशा)

46) रय्यासिंघोला-रायसेन

47) भवरासो-रायसेन

48) भूपालगढ़-भोपाल

49) सागर-सागर

50) गढ़ा कोटा-सागर

51) ओपद गढ़-गोपाल (ओबेदुलझा

52) गौर झामर-सागर जिला।

परगना

1) कावेली गढ़-बालाघाट

2) लांजीगढ़-बालाघाट

3) कवर्धा-बिलासपुर

4) खैरागढ़-दुर्ग

5) नांदगाँव-दुर्ग

6) नारा गाव-दुर्ग

7) बालोद-दुर्ग

8) पानाबरस-दुर्ग

9) गिरोला गढ़-दुर्ग

10) कामठी-मंगेली, बिलासपुर

11) कन्तेली-मुंगेली, बिलासपुर

12) पंडरा गढ़-मुंगेली, बिलासपुर

13) पलसगढ़-मुंगेली, बिलासपुर

14) कोकोड़ी-भंडारा जिला

15) धरमतरी

16) रयपुर-रायपुर

17) शिरपुर-महासमुंद

18) फुलझर-रायपुर

19) सरिया-रायगढ़

20) सरापुर-रायगढ़

21) शक्तिपुह-बिलासपुर

22) मान्हार-बिलासपुर

23) रतनपुर-बिलासपुर

24) सूरगढ़-सरगुजा

25) जैतापुर-जैतहरी, अनुपपुर

26) पललेपार पाली विखा-पाली, उमारिया

27) मुंडवारा-कटनी

28) फत्तहगढ़-छिंदवाड़ा

29) पदमपुर–उड़ीसा

30) सम्बलपुर–उड़ीसा

31) हरयागढ़–बतूल

32) चौरागढ़–नरसिंगपुर

33) सीतलपुर–सितेपार, बालाघाट

34) रानगढ़–रावनवाड़ी, गोंदिया

35) रसलिया–हौशंगाबाद

36) भटगाँव–गुन्डरदेही, दुर्ग

37) बैरागढ़–भोपाल

38) बरेली–रायसेन

39) अमरेल–नरसिंगपुर

40) बीरागढ़–भेलसा, विदिशा

41) व्यावरा–भेलसा, विदिशा

42) बाबई–हौशंगबाद

43) समूंद–खल्लरी

44) धमधागढ़–दुर्ग

45) नजेली–छिंदवाड़ा

46) देवगाँव–दहेगाँव, रायसेन

47) चांदपुर–शहडोल

48) खटोला–दुर्ग

49) मौदा–कवर्धा (मंडला रोड़)

50) साल्हे टेकरी–बालाघाट

51) चीचगढ़–भंडारा जिला

52) गढ़ी गढ़–बालाघाट

53) हर्राभट-नवागढ़, देवगढ़

54) भीमडोंगरी-पल्लेपार, रायगढ़

55) पदमपुर-सम्बलपुर, उड़ीसा

56) खरियागढ़-सम्बलपुर, उड़ीसा

57) कवधूरा-छत्तीसगढ़।

इस प्रकार महाराज संग्राम शाह का जीवन भारतीय इतिहास में बड़े ही गौरव के साथ सदैव स्मरण किया जाता रहेगा और उनके जीवन से प्रेरणा पाकर देशवासी देश कि निःस्वार्थ सेवा करने कि शिक्षा ग्रहण करते रहेंगे।

राणा पूंजा भील–१५२६

जब भी हल्दीघाटी के युद्ध की बात आती है तब राणा पूंजा भील को भी जरूर याद किया जाता है। क्योंकि हल्दीघाटी के युद्ध को जीतने में महाराणा प्रताप का साथ "राणा पूंजा भील" ने बखूबी निभाया था। इसलिए महाराणा प्रताप ने ही पूंजा भील को "राणा" की उपाधि दी थी, जिसके बाद वे "राणा पूंजा भील" कहलाए।

राणा पूंजा भील कौन थे?

राणा पूंजा भील का जन्म 16वीं शताब्दी के दौरान राजस्थान के "मीरपुर" स्थान पर हुआ था। राणा पूंजा भील के पिता का नाम दुदा जी सोलंकी तथा माता का नाम केहरी बाई है। कहते हैं कि बहुत ही कम उम्र में राणा पूंजा भील को गाँव का मुखिया बना दिया था, क्योंकि वह बचपन से ही बहादुर व पराक्रमी थे।

राणा पूंजा भील को जब कम उम्र की आयु में गाँव का मुखिया बना दिया गया तब उन्होंने अपनी कुशलता से गाँव का ऐसा विकास किया कि बहुत ही जल्द उन्हें "भोमट" का राजा बना दिया गया। राजा बनाने के बाद राणा पूंजा भील अरावली की संपूर्ण पहाड़ियों में राज करने लगे।

अरावली की पहाड़ियों में राज करने वाले राणा पूंजा भील तथा उनकी संपूर्ण भील सेना कितनी ताकतवर और छापामार युद्ध प्रणाली में निपुण थी कि उनसे मदद माँगने के लिए कई बार मुगल भी आए थे। लेकिन उन्होंने अपनी मातृभूमि के लिए मुगलों की सभी शर्तों को ठुकरा कर महाराणा प्रताप का साथ चुना और अंतिम क्षण तक वे मेवाड़ के सहयोगी रहे।

राणा पूंजा भील का शासनकाल

राणा पूंजा भील "भोमट" क्षेत्र के राजा थे, जो अरावली पर्वतों के जंगलों में निवास किया करते थे। इनका सामना कोई नहीं कर सकता था क्योंकि यह छापामार युद्ध प्रणाली में निपुण थे। इस युद्ध प्रणाली से महाराणा प्रताप का साथ देकर राणा पूंजा भील ने मुगलों की सेना के नाक में दम कर के रखा था।

बता दें कि राणा पूंजा भील की सेना इतनी खतरनाक थी कि उनके जंगली इलाकों में कोई दुश्मन पैर नहीं रख सकता था। अरावली पर्वतों के जंगलों में अनेक सारे भील क्रांतिकारी पैदा हुए, जो आगे चलकर मेवाड़ के रक्षक बने तथा इतिहास में अपना नाम अमर कर गए।

बता दें कि महाराणा प्रताप ने इन्हीं भीलों के साथ इन्हीं अरावली पर्वतों के जंगलों में निवास किया तथा घास की रोटी खाकर जीवन यापन किया था। परंतु अपने अंतिम क्षण तक मुगलों की अधीनता स्वीकार नहीं की और धीरे-धीरे फिर से संपूर्ण मेवाड़ अपने अधीन कर लिया। इन सब में राणा पूंजा भील तथा संपूर्ण भील समुदाय (जो वहाँ पर निवास करते थे) का बहुत बड़ा योगदान रहा।

जिस राणा पूंजा भील को मेवाड़ की स्वतंत्रता दिलाने के लिए जानना चाहता है, उसके जीवन परिचय के बारे में भी जानना अत्यंत आवश्यक है। राणा पूंजा भील को लेकर अनेक प्रकार की भ्रांतियां भी फैली हुई है। जैसे राणा पूंजा भील थे या राजपूत। तो इस आर्टिकल में हम आपको उनका जीवन परिचय और उनके इतिहास से संबंधित सभी जानकारी विस्तार से बताते हैं।

महाराणा प्रताप और मेवाड़

मेवाड़ के तत्कालीन राणा उदयसिंह की मृत्यु के पश्चात महाराणा प्रताप के भाई शक्ति सिंह मेवाड़ की गद्दी पर बैठ गए थे। परंतु यह मेवाड़ को मंजूर नहीं था। कुछ ही समय बाद सभी सरदारों और सेनापतियों के साथ महाराणा प्रताप ने मेवाड़ की तरफ आगाज किया, जिससे घबराकर शक्ति सिंह मेवाड़ छोड़कर भाग गए तथा मुगलों से संधि कर ली। उसके बाद महाराणा प्रताप का राजतिलक हुआ।

महाराणा प्रताप ने मेवाड़ की राज गद्दी संभालते ही अकबर की अधीनता स्वीकार करने से मना कर दिया। उसके बाद अकबर संपूर्ण मेवाड़ के आसपास के सभी राजाओं-महाराजाओं को अपने अधीन कर लिया, जिससे महाराणा प्रताप अकेले पड़ गए। फिर भी महाराणा प्रताप ने अकबर की स्वाधीनता स्वीकार करने से मना कर दिया तथा स्वतंत्र ही अपनी मातृभूमि की रक्षा करने का फैसला किया।

अकबर द्वारा भेजे गए संधी प्रस्ताव को महाराणा प्रताप ने बार-बार ठुकराया। फिर भी अकबर ने एक से बढ़कर एक संधि प्रस्ताव महाराणा प्रताप के लिए भेजे, जिनमें अकबर ने महाराणा प्रताप को केवल उनकी अधीनता स्वीकार करने के लिए कहा।

अकबर ने कहा है कि संपूर्ण मेवाड़ पर आप ही राज कीजिए। इतना ही नहीं मैं आपको पूरा राजस्थान दे दूँगा, आधा भारत दे दूँगा, लेकिन शर्त बस यह है कि नाम सिर्फ मेरा यह रहेगा, बाकी पूरा राज आप करेंगे। फिर भी महाराणा प्रताप ने यह स्वीकार नहीं किया और अपनी मातृभूमि को हमेशा स्वतंत्र रखने तथा स्वाधीनता के साथ जीवित रहने के लिए अकबर कि किसी भी संधि को नहीं माना।

उसके बाद अकबर ने महाराणा प्रताप तथा मेवाड़ को अपने कब्जे में लेने के लिए अनेक सारे युद्ध किये, कई हिंदू राजाओं को भेजा परंतु यह सब महाराणा प्रताप को झुकाने में असफल रहे। हमेशा असफल होने के बाद अकबर ने एक विशाल सेना मेवाड़ की तरफ भेजी।

उस समय महाराणा प्रताप ने आसपास के सभी राजा-महाराजाओं से सहयोग माँगा। लेकिन उन्होंने सहयोग नहीं दिया। वे सभी अकबर की अधीनता स्वीकार कर चुके थे। महाराणा प्रताप ने अरावली की पहाड़ियों में राज करने वाले भील समुदाय तथा राणा पूंजा से समर्थन माँगा, जिस पर उन्होंने समर्थन दे दिया तथा महाराणा प्रताप के साथ कंधे से कंधा मिलाकर लड़ने का वादा किया।

राणा पूंजा भील का हल्दीघाटी के युद्ध में योगदान

अकबर ने मेवाड़ और महाराणा प्रताप को अपने कब्जे में लेने के लिए दिल्ली से मुगलों की एक विशाल सेना भेजी, जिसका नेतृत्व आमेर के राजा मानसिंह प्रथम कर रहे थे। इधर महाराणा-प्रताप के पास कुल 3400 सैनिक थे। इसके अलावा राणा पूंजा भील सहित 400 भील सैनिक भी शामिल हो गए, जो छापामार युद्ध प्रणाली में माहिर थे।

हल्दीघाटी का युद्ध 18 जून 1556 ईस्वी को हल्दीघाटी मैदान में लड़ा गया था। इस युद्ध में जहाँ एक तरफ मुगलों की सेना में अनेक सारे सेनापति हिंदू राजा तथा अनगिनत मुगलों की फौज थी। वहीं दूसरी तरफ महाराणा प्रताप के साथ राणा पूंजा, हकीम खान सूरी, रामदास राठौड़, ताराचंद जैसे प्रमुख सेनापति तथा मेवाड़ के लिए मर मिटने वाले योद्धाओं की एक फौज थी।

हल्दीघाटी के मैदान में मेवाड़ और मुगलों के बीच घमासान युद्ध हुआ। इस युद्ध में राजपूत योद्धाओं वह भील समुदाय के सैनिकों ने पूंजा भील के नेतृत्व में ऐसा पराक्रम दिखाया कि मुगलों की सेना में भगदड़ मच गईं

बता दें कि राणा पूंजा की सेना ने तीर की नोक पर "जहर" लगाकर तीर छोड़ते थे, जिससे मुगल सैनिकों के ढेर लगने शुरू हो गए। देखते ही देखते वीर सैनिकों के साथ महाराणा प्रताप ने हल्दीघाटी के युद्ध में विजय प्राप्त कर ली।

राणा पूंजा भील को राणा की उपाधि

मुगलों और मेवाड़ के बीच लड़े गए हल्दीघाटी के युद्ध में महाराणा प्रताप का मेवाड़ की तरफ से साथ देने वाले पूंजा भील का योगदान अद्‌भुत था। महाराणा प्रताप, पूंजा भील तथा उनके साथियों से काफी खुश हुए। इसलिए उन्होंने पूंजा भील को राणा की उपाधि दे दी।

हल्दीघाटी का युद्ध समाप्त होने के बाद महाराणा प्रताप ने मेवाड़ के राज्य चिन्ह पर एक तरफ राजपूत सैनिक तो दूसरी तरफ भील सैनिक की आकृति चिन्हित करवाई थी। यह आज भी इस बात का प्रतीक है कि मेवाड़

के स्वतंत्र और स्वाधीनता के लिए जितना बलिदान और योगदान राजपूतों ने दिया, उतना ही भील समुदाय ने भी दिया था।

महाराणा प्रताप द्वारा पूंजा भील को राणा की उपाधि दिए जाने के बाद उनके वंशज तथा भील समुदाय राणा भील नाम से जाना जाने लगा। हल्दीघाटी के युद्ध तथा मेवाड़ का सहयोग करने वाले भील समुदाय को वर्तमान समय में राणा भील नाम से जाना जाता है, जो आज भी मेवाड़ के आसपास तथा अरावली की पहाड़ियों में निवास करते हैं।

वीर योद्धा राणा पूंजा भील अत्यंत कुशल और शूरवीर थे, जिन्होंने अपनी कुशलता और बौद्धिकता से महाराणा प्रताप के साथ मिलकर मुगलों के छक्के छुड़ा दिए, जिसके बाद अकबर ने कभी भी मुड़ कर मेवाड़ की तरफ नहीं देखा।

गंगा नारायण सिंह–१७६७

अमर शहीद वीर गंगा नारायण सिंह, भूमिज विद्रोह के महानायक कहे जाते हैं। 1767 ईस्वी से 1833 ईस्वी तक, 60 से ज्यादा वर्षों में भूमिजों द्वारा अंग्रेजों के विरूद्ध किए गए विद्रोह को भूमिज विद्रोह कहा गया है। अंग्रेजों ने इसे 'गंगा नारायण का हंगामा' कहा है जबकि इतिहासकारों ने इसे चुआड विद्रोह के नाम से भी लिखा है। 1765 ईस्वी में दिल्ली के बादशाह, शाह आलम ने बंगाल, बिहार, उडीसा की दीवानी ईस्ट इंडिया कंपनी को दी थी। इससे आदिवासियों का शोषण होने लगा तो भूमिजों ने विद्रोह कर दिया।

चुआड विद्रोह के महानायक अमर शहीद वीर गंगा नारायण सिंह

वराहभूम के राजा विवेक नारायण सिंह की दो रानियाँ थीं। दो रानियों के दो पुत्र थे। 18वीं शाताब्दी में राजा विवेक नारायण सिंह की मृत्यु के पश्चात दो पुत्रों में लक्ष्मण नारायण सिंह एवं रघुनाथ नारायण सिंह के बीच उत्तराधिकारी को लेकर संघर्ष हुआ।

पारम्पारिक भूमिज प्रथा के अनुसार बड़ी रानी के पुत्र, लक्ष्मण नारायण सिंह को ही उत्तराधिकार प्राप्त था। परन्तु अंग्रेजों द्वारा अपनी रीति के अनुसार राजा के छोटे पुत्र रघुनाथ नारायण सिंह जो कि छोटी रानी का पुत्र था को राजा मनोनित करने पर लम्बा पारिवारिक विवाद शुरू हुआ। स्थानीय भूमिज सरदार लक्ष्मण नारायण सिंह का समर्थन करते थे। परन्तु रघुनाथ को प्राप्त अंग्रेजों के समर्थन और सैनिक सहायता के सामने वे टिक नहीं सके। लक्ष्मण सिंह को राज्य बदर किया गया। जीवनाकुलित निर्वाह के लिए लक्ष्मण सिंह

को बाँधडीह गाँव का जागीर नियुक्त कर दिया। जहाँ उनका काम सिर्फ बाँध डीह घाट का देखभाल करना था।

लक्ष्मण सिंह की शादी ममता देवी से हुई। ममता देवी स्वभाव से विनम्र तथा धर्मपरायण थी। परन्तु अंग्रेज अत्याचार की वह कट्टर विरोधी थी। लक्ष्मण सिंह के तीन पुत्र हुए। गंगा नारायण सिंह, श्यामकिशोर सिंह और श्याम लाल सिंह। ममता देवी अपने दोनों पुत्र गंगा नारायण सिंह तथा श्याम लाल सिंह को अंग्रेजों के खिलाफ लड़ने के लिए सदैव प्रोत्साहित करती थी।

जंगल महल में गरीब किसानों पर सन् 1765 ईस्वी में ईस्ट इंडिया कंपनी ने अत्याचार करना शुरू किया क्योंकि दिल्ली के मुगल सम्राट बादशाह शाह आलम से बंगाल, बिहार, उडीसा की दीवानी हासिल कर ली थी तथा राजस्व वसूलने के लिए नये उपाय करने लगे। इसके लिए अंग्रेज सरकार ने कानून बनाकर मानभूम, वराहभूम, सिंहभूम, धलभूम, पातक्रम, मेदिनीपुर, बांकुडा तथा वर्दमान आदि स्थानों में भूमिजों की जमीन से ज्यादा राजस्व वसूलने के लिए नमक का कर, दारोगा प्रथा, जमीन विक्रय कानून, महाजन तथा सूदखोरों का आगमन, जंगल कानून, जमीन की नीलामी तथा दहमी प्रथा, राजस्व वसूली उत्तराधिकार संबंधी नियम बनाए। इस प्रकार, हर तरह से आदिवासियों और गरीब किसानों पर अंग्रेजी शोषण बढता चला गया।

निष्कासित लक्ष्मण सिंह बाँधडीह गाँव में बस गए थे और राज्य प्राप्त करने के लिए कोशिश करने लगे तथा राजा बनने के लिए संघर्ष करते रहे। किन्तु बाद में अंग्रेजों द्वारा गिरफ्तार कर लिये गये और मेदिनीपुर जेल भेज दिया गया जहाँ उनकी मृत्यु हो गयी। गंगा नारायण सिंह, लक्ष्मण सिंह के पुत्र थे। गंगा नारायण सिंह जंगल महल में गरीब किसानों पर शोषण, दमनकारी सम्बन्धी कानून के विरूद्ध अंग्रेजों से बदला लेने के लिए कटिबद्ध हो गए।

समय के पुकार से उस इलाके के लोग सजग होकर सभी गंगा नारायण सिंह के नेतृत्व में एकजुट होकर अंग्रेजों के विरूद्ध नारा बुलन्द किया। उन्होंने अंग्रेजों की हर नीति के बारे में जंगल महल के हर जाति को समझाया और लड़ने के लिए संगठित किया। इसके कारण सन् 1768 ईस्वी में असंतोष बढा जो 1832 ईस्वी में गंगा नारायण सिंह के नेतृत्व में प्रबल संघर्ष का रूप ले

लिया। इस संघर्ष को अंग्रेजों ने गंगा नारायण हंगामा कहकर पुकारा है और वहीं चुआड विद्रोह नाम से इतिहासकारों ने लिखा है।

अंग्रेजी शासन और गंगा नारायण सिंह

अंग्रेजों के शासन और शोषण नीति के खिलाफ लड़ने वाले गंगा नारायण सिंह प्रथम वीर थे जिन्होंने सर्वप्रथम सरदार गोरिल्ला वाहिनी का गठन किया। जिस पर हर जाति का समर्थन प्राप्त था। धलभूम, पातकूम, शिखरभूम, सिंहभूम, पाँचेत, झालदा, काशीपुर, वामनी, वागमुंडी, मानभूम, अम्बिका नगर, अमीयपुर, श्यामसुंदरपुर, फुलकुसमा, रानीपुर तथा काशीपुर के राजा-महाराजा तथा जमीनदारों का गंगा नारायण सिंह को समर्थन मिल चुका था। गंगा नारायण सिंह ने वराहभूम के दीवान तथा अंग्रेज दलाल माधव सिंह को वनडीह में 2 अप्रैल, 1832 ईस्वी को आक्रमण कर मार दिया था। उसके बाद सरदार वाहिनी के साथ वराहबाजार मुफ्फसिल का कचहरी, नमक का दारोगा कार्यालय तथा थाना को आगे के हवाले कर दिया।

बांकुडा के समाहर्ता (Collector) रसेल, गंगा नारायण सिंह को गिरफ्तार करने पहुँचा। परन्तु सरदार वाहिनी सेना ने उसे चारों ओर से घेर लिया। सभी अंग्रेजी सेना मारी गयी। किन्तु रसेल किसी तरह जान बचाकर बांकुडा भाग निकला। गंगा नारायण सिंह का यह आंदोलन तूफान का रूप ले लिया था, जो बंगाल के छातना, झालदा, आक्रो, आम्बिका नगर, श्यामसुन्दर, रायपुर, फुलकुसमा, शिलदा, कुईलापाल तथा विभिन्न स्थानों में अंग्रेज रेजीमेंट को रौंद डाला। उनके आंदोलन का प्रभाव बंगाल के पुरूलिया, बांकुडा के वर्धमान और मेदिनीपुर जिला, बिहार के सम्पूर्ण छोटानागपुर (अब झारखण्ड), उड़ीसा के मयूरभंज, क्योंकझर और सुंदरगढ आदि स्थानों में बहुत जोरों से चला। फलस्वरूप पूरा जंगल महल अंग्रेजों के काबू से बाहर हो गया। सभी लोग एक सच्चा ईमानदार, वीर, देश भक्त और समाज सेवक के रूप में गंगा नारायण सिंह का समर्थन करने लगे।

आखिरकार अंग्रेजों को बैरकपुर छावनी से सेना भेजना पड़ा जिसे लेफ्टिनेंट कर्नल कपूर के नेतृत्व में भेजा गया। सेना भी संघर्ष में परास्त हुआ। इसके बाद गंगा नारायण और उनके अनुयायियों ने अपनी कार्य योजना का

दायरा बढा दिया। बर्धमान के आयुक्त बैटन और छोटानागपुर के कमिश्नर हन्ट को भी भेजा गया किन्तु वे भी सफल नहीं हो पाए और सरदार वाहिनी सेना के आगे हार का मुँह देखना पडा।

अगस्त 1832 से लेकर फरवरी 1833 तक पूरा जंगल महल बिहार के छोटानागपुर (अब झारखण्ड), बंगाल के पुरूलिया, बांकुडा के वर्धम्मान तथा मेदिनीपुर, उडीसा के मयूरभंज, क्योंकझर और सुंदरगढ अशांत बना रहा। अंग्रेजों ने गंगा नारायण सिंह का दमन करने के लिए हर तरह से कोशिश किया परन्तु गंगा नारायण सिंह की चतुरता और युद्ध कौशल के सामने अंग्रेज टिक न सके। वर्धमान, छोटानागपुर तथा उड़ीसा (रायपुर) के आयुक्त गंगा नारायण सिंह से परास्त होकर अपनी जान बचाकर भाग निकले। इस प्रकार संघर्ष इतना तेज और प्रभावशाली था कि अंग्रेज बाध्य होकर जमीन विक्रय कानून, उत्तराधिकारी कानून, लाह पर एक्साईज ड्यूटी, नमक का कानून, जंगल कानून वापस लेने के लिए विवश हो गए।

उस समय खरसावाँ के ठाकुर चेतन सिंह अंग्रेजों के साथ साठ-गाँठ कर अपना शासन चला रहा था। गंगा नारायण सिंह ने पोडाहाट तथा सिंहभूम चाईबासा जाकर वहाँ के कोल (हो) जनजातियों को ठाकुर चेतन सिंह तथा अंग्रेजों के खिलाफ लड़ने के लिए संगठित किया। 6 फरवरी, 1833 को गंगा नारायण सिंह कोल (हो) जनजातियों को लेकर खरसावाँ के ठाकुर चेतन सिंह के हिन्दशहर थाने पर हमला किया परन्तु दुर्भाग्यवश जीवन के अंतिम सांस तक अंग्रेजों एवं हुकुमतों के खिलाफ संघर्ष करते हुए उसी दिन वीरगति प्राप्त किए। इस प्रकार 7 फरवरी, 1833 ईस्वी को एक सशक्त, शक्तिशाली योद्धा अंग्रेजों के विरूद्ध लोहा लेने वाला चुआड़ विद्रोह, भूमिज विद्रोह के महानायक वीर गंगा नारायण सिंह अपना अमिट छाप छोड़कर हमारे बीच अमर हो गए।

नायक उदइया चमार और मातादीन वाल्मीकि–१८०४

पहले स्वतंत्रता सेनानी के तौर पर तिलका मांझी और उनके साथियों द्वारा अंग्रेजों के खिलाफ छेड़े गए युद्ध की आग आगे बढ़ चली थी। इसके बाद अंग्रेजों के विरुद्ध क्रांति का बिगुल 1804 में बजा। छतारी के नवाब नाहर खां अंग्रेजी शासन के कट्टर विरोधी थे। 1804 और 1807 में उनके पुत्रों ने अंग्रेजों से घमासान युद्ध किया। इस युद्ध में जिस व्यक्ति ने उनका भरपूर साथ दिया वह उनके परम मित्र उदईया थे। हालांकि उदईया चमार के बारे में बहुत विस्तृत जानकारी नहीं है, लेकिन यह साफ है कि उनकी वीरता का लोहा अंग्रेज भी मानते थे। अंग्रेजों के खिलाफ युद्ध में नवाब नाहर खां की ओर से लड़ते हुए उन्होंने अकेले ही सैकड़ों अंग्रेजों को मौत के घाट उतार दिया। बाद में उदईया चमार पकड़े गए और उन्हें फांसी दे दी गईं उदईया की गौरव गाथा आज भी क्षेत्र के लोगों में प्रचलित हैं।

इसके बाद देश 1857 की क्रांति की ओर बढ़ चला था. 1857 की क्रांति ऐसी थी, जिसके बाद अंग्रेजों और भारतीयों के बीच लगातार सीधी लड़ाई लड़ी जाने लगी। 1857 की क्रांति को घोषित तौर पर पहला स्वतंत्रता संग्राम का युद्ध माना जाता है। भारतीय इतिहासकारों द्वारा इस पूरी क्रांति का श्रेय मंगल पांडे को दे दिया जाता है, लेकिन असल में इस क्रांति के सूत्रधार थे मातादीन वाल्मीकि।

मातादीन के पुरखे अंग्रेजी शासन में सरकारी नौकरी में रहे थे। अतः शीघ्र ही मातादीन को भी बैरकपुर फैक्ट्री में खलासी की नौकरी मिल गईं यहाँ अंग्रेज सेना के सिपाहियों के लिए कारतूस बनाए जाते थे। इन्हीं कारतूसों को तमाम हिन्दू सैनिक अपने मुँह से खिंचकर और बंदूकों में भरकर इस्तेमाल करते थे। अंग्रेजी फौज के निकट रहने के कारण मातादीन के जीवन पर उसका खासा असर पड़ा था।

मातादीन को पहलवानी का भी शौक था। वह इस मल्लयुद्ध कला में दक्षता हासिल करना चाहते थे, लेकिन अछूत होने के कारण कोई भी हिन्दू उस्ताद उन्हें अपना शागिर्द बनाने को तैयार नहीं होता था। आखिरकार मातादीन की मल्लयुद्ध सीखने की इच्छा पूरी हुई और एक मुसलमान खलीफा इस्लाउद्दीन जो पल्टन नंबर 70 में बैंड बजाते थे, मातादीन को मल्लयुद्ध सिखाने के लिए राजी हो गए। इसी मल्लयुद्ध कला की बदौलत ही मातादीन की जान-पहचान मंगल पाण्डे से हुई थी। लेकिन जल्दी ही मातादीन की जाति जानने के बाद उनके प्रति मंगल पांडे का व्यवहार बदल गया।

एक दिन गर्मी से तर-बतर, थके-मांदे, प्यासे मातादीन ने मंगल पाण्डे से पानी का लोटा माँगा. मंगल पाण्डे ने इसे एक अछूत का दुस्साहस समझते हुए उन्हें झिड़क दिया और कहा, 'अरे भंगी, मेरा लोटा छूकर अपवित्र करेगा क्या?' फिर क्या था, इस अपमान से जले मातादीन ने वो राज खोल दिया, जो सालों से दबा हुआ था, और जिसने 1857 की क्रांति की नींव रख दी। मातादीन ने मंगल पांडे को ललकार दिया और कहा कि पंडित, तुम्हारी पंडिताई उस समय कहा चली जाती है 'जब तुम और तुम्हारे जैसे चुटियाध ारी गाय और सूअर की चर्बी लगे कारतूसों को मुँह से काटकर बंदूकों में भरते हो।'

यह सुनकर मंगल पांडे सन्न रह गया। जल्दी ही मातादीन की ये बात हर बटालियन और हर छावनी में फैल गईं मातादीन द्वारा कहे कड़वे सच ने सेना में विद्रोह की स्थिति बना दी। सारे हिन्दू सैनिक सुलग रहे थे। 1 मार्च, 1857 को मंगल पाण्डे परेड मैदान में लाईन से निकल कर बाहर आ गया और एक अधिकारी को गोली मार दी, जिसके बाद विद्रोह बढ़ता चला गया। इसके

बाद मंगल पाण्डे को फांसी पर लटका दिया गया। मंगल पांडे को फांसी देने की बात सभी जानते हैं। लेकिन एक सच से तमाम लोग आज भी अंजान हैं। विद्रोह फैलाने के जुर्म में अंग्रेजों ने मातादीन को भी गिरफ्तार कर लिया था, जिसके बाद मातादीन को भी अंग्रेजों ने फांसी पर लटका दिया।

इस तरह मातादीन वाल्मीकि ने जो चिंगारी लगाई थी, आखिरकार वह चिंगारी सन् 1947 में भारत के आजाद होने की थी।

वीर नारायण सिंह–१८१९

17वी सदी में सोनाखान राज्य की स्थापना की गई थी। सोनाखान का प्राचीन नाम सिंहगढ़ था। वीर नारायण सिंह के पिताजी रामसाय जमींदार थे। जिन्होंने 1818 से 1819 के दौरान अंग्रेजों तथा भोंसले राजाओं के विरुद्ध तलवार उठाई थी। हालांकि कैप्टन मैक्सन ने विद्रोह को दबा दिया। उस बिंझवार जमीदार के यहाँ जन्मे नारायण सिंह अपने पिता के समान ही दयावान, निडर, वीर, साहसी व न्याय प्रिय थे।

नारायण सिंह के पूर्वज गोंड जाति के थे। तथा बताया जाता है, कि उनके पूर्वज सारंगढ़ के जमीदार के वंश के थे। इनके पूर्वजों ने गोंड जाति से बिंझवार जात में जाति परिवर्तन किया।

बिंझवार जमीदार इष्ट देवता कुपाठ देव की पूजा करते थे। जो सोनाखान के पश्चिम में स्थित कुर्रुपाट डोंगरी में निवास करते हैं। कुर्रुपाट डोंगरी से पूरा सोनाखान एक नक्शे के समान प्रतीत होता है। यहाँ एक स्थान ऐसा है, जहाँ 12 महीने पानी रहता है। स्थानीय निवासियों के अनुसार आज भी दशहरा उत्सव के दिन गाँव के लोग कुर्रुपाट में पूजा करते हैं। इसी पहाड़ी के बाजू में जोंक नदी है।

कुछ साल बाद 1830 में पिताजी रामसाय जी की मृत्यु हो गई और 35 साल की उम्र में नारायण सिंह ने पिताजी की जमीदारी को संभला उनकी जमीदारी 70 गाँव में थी।

छत्तीसगढ़ के प्रथम स्वतंत्रता सेनानी

भारत देश ब्रिटिश शासन का गुलाम हो चुका था धीरे-धीरे साहूकारों एवं महाजनों का शोषण भी ग्रामीण किसानों के ऊपर बढ़ता जा रहा था।

1854 में ब्रिटिश शासन द्वारा नए ढंग से "टकोली" लागू किया गया इसे नारायण सिंह ने जन-विरोधी एवं दमनकारी कहकर कड़ा विरोध किया तथा रायपुर के अंग्रेजी डिप्टी कमिश्नर इलियट के द्वारा नारायण सिंह का विरोध किया गया। इस वजह से नारायण सिंह अंग्रेजों के विरोधी हो गए।

1856 में आकाल व सूखे की स्थिति उत्पन्न हो गई तथा ग्रामीण किसानों में भूखमरी के शिकार हो गए। वही साहूकारों एवं लालची महाजनों के लिए यह स्थिति अवसरवादी हो गईं

जनता की भुखमरी और परेशानियों को देख कर नारायण सिंह ने कसडोल के महाजन से अनाज माँगा तथा ब्याज देने व फसल होने पर वापसी की शर्त पर अपनी बात रखी किंतु अनाज देने से महाजनों ने साफ इनकार कर दिया! क्योंकि वो लोग अंग्रेजो के साथ थे। तब सभी गाँवों की मुखिया को कुर्रुपाट में एकत्र कर नारायण सिंह ने सभी लोगों को लड़ाई करने के लिए तैयार किया तथा नारायण सिंह के नेतृत्व में सभी एक साथ अंग्रेजो के खिलाफ बगावात की।

वीर नारायण सिंह क्या कहते थे?

"भुख से कोई नहीं मरेगा, भले ही लड़ाई के मैदान में लड़कर मरेंगे!"

नारायण सिंह ने कसडोल की व्यापारी माखन के अनाजों से भरे गोदाम का ताला तोड़ अनाज निकालकर ग्रामीणों में बंटवा दिया था फिर व्यापारियों ने इसकी शिकायत डिप्टी कमिश्नर से कर दी तथा डिप्टी कमिश्नर ने गिरफ्तारी वारंट नारायण सिंह के लिए निकाल दी। बहुत दिन के जद्दो-जहद के बाद 24 अक्टूबर 1856 में नारायण सिंह को संबलपुर से गिरफ्तार कर रायपुर जेल में बंद कर दिया गया।

फिर 1857 में देशभर में ब्रिटिश शासन के खिलाफ उग्र आंदोलन की शुरुआत हो गईं जिसमें झांसी की रानी, तात्या टोपे, नाना साहेब नेतृत्व कर रहे

थे। इसी बीच विद्रोह की खबर रायपुर जेल तक पहुँची और वीर नारायण सिंह को आंदोलन में सम्मिलित करने के लिये हमारे कुछ देशभक्त अंग्रेजों एवं साहूकारों ने महाजनओं के शोषण से आजादी दिलाने के लिए जेल कर्मियों की मदद से कारागार के बाहर तक सुरंग से तीन साथियों के साथ नारायण सिंह को बाहर निकालने में कामयाब हो गए।

जेल से बाहर आने के बाद उन्होंने 500 सैनिकों की एक बंदूकधारी सेना तैयार की तथा 20 अगस्त 1857 को सोनाखान में स्वतंत्रता का बिगुल बजा दिया। डिप्टी कमिश्नर एलियट ने स्मिथ के नेतृत्व में सेना की एक टुकड़ी सोनाखान की ओर भेजी अंग्रेजों ने सोनाखान में घुसकर पूरे नगर को आग लगा दी नारायण सिंह ने कुर्रुपाट पहाड़ी में शरण ले ली गौरिल्ला लडाई चलती रहा और वीर नारायण सिंह ने अपनी वीरता बहादुरी से अंग्रेजों का मुकाबला किया ओर अंग्रेजों को बहुत परेशान किया लेकिन अंग्रेजो के हाथ नहीं आते थे, फिर जमीनदारो से हाथ मिलाया। लेकिन संबलपुर के जमीदार सुरेंद्र साए को छोड़कर सभी जमीदारों ने अंग्रेजों का साथ दिया तथा वीर नारायण के साथ गद्दारी कर दी जमीदारों की विश्वासघात के कारण इतने बड़े संघ को पराजय झेलनी पड़ी अंग्रेज सिपाहियों से लड़ते लड़ते वीर नारायण का गोला-बारूद खत्म हो गया और वीर नारायण सिंह को गिरफ्तार कर लिया गया उन पर देशद्रोह का मुकदमा चलाया गया और अंत में उन्हें मृत्युदंड सुनाया गया। 10 दिसंबर 1857 को रायपुर के चौराहे पर वीर नारायणसिंह को फांसी दे दी गई! बाद में उनके शवं को तोप से उड़ा दिया गया। महानदी की घाटी और छत्तीसगढ़ के माटी के महान सपूत शहीद वीर नारायण को राज्य का प्रथम स्वतंत्रता सेनानी होने का गर्व प्राप्त है।

शहीद वीर नारायण सिंह को छत्तीसगढ़ का प्रथम स्वतंत्रता सेनानी कहते है।

चाहते तो अंग्रेजों के राज में भी आराम की जिंदगी बिताते किंतु उन्होंने आजादी को चुना और अंग्रेजों से बगावत की। पीड़ित जनता और देश की आजादी के लिए सामंती शोषण और साम्राज्यवाद के खिलाफ लड़ते लड़ते वीर नारायण सिंह शहीद हो गए।

महान योद्धा गोंड़वाना के वीर सपूत को 10 दिसम्बर सन् 1857 को रायपुर के चौराहे पर बाँधकर फॉसी दी गईं गोंड़वाना क्षेत्र में दहशत फैलाने की नियत से कई दिनों तक लाश को वैसे ही टांगकर रखा गया यह दिखाने के लिये कि इसके बाद अब कोई ब्रिटिश हुकूमत से विद्रोह न कर सकें। 19 दिसम्बर 1857 को दसवें दिन लाश को परिवार वालों को सौंपा गया। सम्बलपुर के महान क्रांतिकारी सुरेन्द्र साय के मार्गदर्शन एवं सैनिक सहायता से मजबूत होकर वीर नारायण सिंह के पुत्र गोविन्द सिंह नें अंग्रेजों का साथ देने वाले देवरी के जमींदार महाराज साय की गर्दन तलवार से एक ही वार में काट दी। बदले की तीव्र भावना से प्रेरित होकर अंग्रेजों ने सोनाखान के गाँवों को बुरी तरह से जला दिया।

सोनाखान नाम से ही स्थान का परिचय हो जाता है कि सोने का भंडार धरती के गर्भ में भरा पड़ा हो। इस राज्य की नींव बिंझवार गोंड राजाओं ने लाँजीगढ़ पतन के बाद वहाँ से भागे हुए लोग सघन वनों से आच्छादित इलाके में अपना माल असवाब लेकर आश्रय के लिए भटक रहे थे। लाँजीगढ़ के तेकाम–नेताम राजाओं के सेनापति दरबारी लोग बिंझवार गोंड थे। इसी वंश ने 17वीं सदी में सोनाखान राज्य की स्थापना की थी। वंश एवं आगमन विषय पर मतभेद हो सकता है, पर उपलब्ध ऐतिहासिक तथ्यों के आधार पर वीर नारायण के पूर्वज गोंड जाती के थे। इनके पूर्वज सारंगढ़ के जमींदार के वंश के थे। इसी वंश ने 16वीं सदी में सोनाखान सूबा की स्थापना की थी। बहरहाल जो भी हो वर्तमान में छत्तीसगढ़ के प्रदेश मुख्यालय रायपुर से कसडोल होकर सोनाखान जाना पड़ता है। गोंड मारु के डर से इनके पूर्वजों ने गोंड से बिंझवार जाति में परिवर्तन किया तत्कालीन गैर लोग गोंड नाम बताने पर मार डालते थे। तब गोंडो ने अपने को बिंझवार बताया, इस नाम से आज भी गोंडमारु नामक गाँव है। चूंकि उन दिनों दिल्ली के तख्त में मुस्लिम शासक विराजमान थे। वर्तमान सम्पूर्ण मध्यप्रदेश, छत्तीसगढ़, उत्तर प्रदेश का मिर्जापुर, बिहार प्रान्त का रोहतासगढ़, अंशतः बंगाल दामोदर घाटी तक, उड़ीसा, तेलंगाना का आदिलाबाद, दक्षिण महाराष्ट्र गोदावरी तक विस्तृत भूभाग गोंड़वाना में आता था। विदर्भ के कुछ क्षेत्रों में नागपुर जहाँ नागवंशीयों

का राज्य था। मुस्लिम सेनापति के आक्रमण के बाद कुछ गोंड राजाओं ने इस्लाम धर्म कबूल कर लिया। धर्म-अपरिवर्तित गोंड राजाओं से दुश्मनी चली। धर्म परिवर्तित राजाओं के द्वारा बहुतायत अत्याचार किये गये। धर्म परिवर्तित राजा उन दिनों गोंडमारु के नाम से प्रसिद्ध थे। यदि हम तथ्यों पर नजर डालें तो उल्लेखनीय बातें दृष्टिगोचर होती है कि वीरनारायण के पूर्वज सारंगढ़ से आये बिशाही ठाकुर सोनाखान जमींदारी वंशज के थे।

सोनाखान गाँव का प्राचीन नाम सिंघगढ़ था। कालांतर में सिंघगढ़ से सोनाखान हुआ। वंशावली पत्र से ज्ञात होता है कि बिंझवार खानदान के दो राजपुत्र पर्यटन करने निकले। पहले फुलझर स्टेट में रहे उस समय रतनपुर के राजाओं की शानों शोकत की बातें सुनकर राज-दरबार रतनपुर आये। राजा से भेंट हुई तब राजपुत्र बिशाही ठाकुर को नौकरी में रख लिया। प्रशन ठाकुर फुलझर में रह गये। बिशाही ठाकुर रतनपुर के राजा के साथ रहे। सन् 1549 की एक घटना है कि बिशाही ठाकुर ने एक कटार से तीन बाघ मार डाले। एक बार युद्ध में बहादुरी दिखायी थीं जिससे रतनपुर के राजा बिशाही ठाकुर को लवन में जागीर दी। (1) बिशाही ठाकुर के बाद (2) लुकार वरिहा (3) संधिसाय वरिहा (4) धनक वरिहा एवं (5) माघो वरिहा हुए। माघो वरिहा ने लोहे की सख्त जंजीर को एक हाथ से तोड़ दिया था तब बहादुरी से खुश होकर रतनपुर के राजा ने इनाम में उन्हें एक तालुका दिया था। इसके बाद सन् 1663 में इन्हें 84 गाँवों का दीवान बना दिया गया। (6) बन्धन वरिहा (7) मुरारी वरिहा (8) सिन्धसाय वरिहा (9) गज प्रताप वरिहा (10) फत्तेसिंह वरिहा (11) चन्द्र साय दीवान (12) रुद्र साय दीवान (13) दलसाय दीवान (14) रामसाय दीवान। रामसाय दीवान वीर नारायण सिंह के पिता थे। वर्तमान में सोनाखान गाँव में अब जमींदार का महल नहीं है किन्तु अवशेष के रूप में केवल खंडहर है।

गाँव के पश्चिम में एक छोटी पहाड़ी है जिसका नाम कुर्रुपाट डोंगरी हैं। सुरक्षित कुर्रुपाट ऐसा स्थान है जहाँ साधारणतया कोई जा नहीं सकता उसका रास्ता जान सकना कठिन था। यहाँ छोटी सी झील है जहाँ सदैव पानी रहता है, बहुत ही मनोरम है। कुर्रुपाट गोंड-बिंझवार राजाओं के देवता है। यह वही

स्थल है जहाँ वीर नारायण कुर्रुपाट देवता की पूजा करते थे। कुर्रुपाट के उत्तरी छोर में बड़े तालाब राजा सागर तथा दक्षिण में एक तालाब मन्दसागर जिसे वीर नारायण के द्वारा खुदवाये गये थे। वे यहीं स्नान किया करते थे। आज की बस्ती नयी हैं, पुरानी बस्ती तालाब से लगीं हुई थी। माह दिसम्बर 1857 में इन्हीं बस्तियों पर ब्रितानियों ने हमला कर बर्बर अत्याचार किये थे। अंग्रेजों ने इन बस्तियों को तीनों ओर से घेर कर आग लगा दी थी तांडव मचा हुआ था। अंग्रेजों ने मासूम बच्चों को पकड़ कर धधकते आग में झौंक दिया था। अंधाधुंध गोलियाँ चलाकर सैकड़ों निर्दोष नर-नारियों को मौत की नींद सुला दिया था तथा भीषणतम अमानवीय अत्याचार करने से भी नहीं चूके थे, आसपास के बस्तियों के लोग संभावित भय से घर छोड़कर जंगलों की ओर भाग गये थे।

कुर्रुपाट डोंगरी में युवराज नारायण सिंह के वीरगाथा का जिंदा इतिहास दफन हैं जहाँ पुरातत्व विभाग द्वारा कुछ खुदाई की गयी हैं। युवराज नारायण सिंह के पास एक घोड़ा था जो कि स्वामीभक्त था जिसका रंग कबरा था, वे घोड़े पर सवार होकर सूबे का भ्रमण किया करते थे। प्रजा के दुखदर्द सुना करते थे। सोनाखान इलाके में एक नरभक्षी शेर का आतंक फैला था। मनुष्यों एवं पालतू जानवरों को मारकर खा जाता था। प्रभावित क्षेत्र की प्रजा जमींदार नारायण सिंह से सुरक्षा की माँग करने लगे। बहादुर युवराज नारायण सिंह 35 वर्ष के हष्ट-पुष्ट, बलिष्ट सुदर्शन नौजवान थे। उनमें अपूर्व उत्साह था, प्रजा की सेवा करने हमेशा तत्पर रहा करते थे। उन्होंने दरिन्दे शेर को मार डालने की ठान ली। वे हमेशा बन्दूक लेकर नरभक्षी शेर को जंगल के बीहड़ों में खोजते रहे। बहुत दिनों तक शेर का पता नहीं लगा, अचानक एक दिन रायपुर के कस्बाई क्षेत्र में उत्पात मचाने लगा। युवराज नारायण सिंह मुकाबले के लिए शेर के सामने लगभग निहत्थे खड़े हो गये, शेर ने युवराज पर आक्रमण कर दिया, मुकाबला होने लगा, तब म्यान से तलवार निकाल कर शेर को मार डाला। शेर तो आखिर शेर ही था लेकिन वे सवा-शेर थे। वे सचमुच में गोंडवाना के शेर थे।

इस बहादुरी से प्रभावित होकर ब्रिटिश सरकार ने वीर की पदवी से सम्मानित किया तब से उनके नाम के आगे वीर जुड़ गया और वीर नारायण सिंह नाम से जाने जाते है। अपने अतीत पर अपने इतिहास पर हमें गर्व है। किन्तु अपने गौरव से परिपूर्ण अतीत के गौरव गाथा को गोंड़वाना भूभाग के कितने लोग जानते है। गोंड़वाना के शूरवीरों में वीर नारायण सिंह का नाम प्रथम पंक्ति में आता है। वीर नारायण सिंह डरपोक आदमी को पसंद नहीं करते थे। जैसा नाम वैसा काम था। प्रकृति का प्रकोप कहें सन् 1856 में इलाके में सूखे के कारण भयानक अकाल पड़ा। सूबे की प्रजा दाना पानी के अभाव से विचलित हुई। इलाके में ब्रिटिश साम्राज्य को पैर पसारे तीन साल हुए थे। अंग्रेज डिप्टी कमिश्नर इलियट और कैप्टन स्मिथ थे। कसडोल गाँव के मिश्र परिवार पर अंग्रेजों की विशेष कृपादृष्टि थी, चूंकि उस समय आला दर्जे के शोषकों एवं जमाखोरों में उनकी गिनती होती थी। ब्रिटिश उपनिवेशवाद देशी रियासतों के राजा एवं जमींदारों पर विश्वास नहीं कर पा रहा था। सभी राजाओं जमींदारों को अपना शत्रु बनाना चाहती थी।

साम्राज्यवाद की एक नयी चाल एक नये वर्ग का उदय करना जो उसी देश के देशद्रोही को ढूंढ निकालना था, यह वर्ग था सूदखोर, जमाखोर, शोषक वर्ग। साहूकारों ने ब्रिटिशों की कृपा से समूचे गोंड़वाना में अपना तंत्र बिछा दिया। जमाखोरी और ब्याज का धंधा आदि से महाजन वर्ग को आसमान छूने में देरी नहीं लगीं। पहले देहात में अन्न पर्याप्त मात्रा में इकट्ठा रहता पर जमाखोरों के चलते अन्न गायब होना स्वाभाविक था। सूखे की आड़ लेकर यह वर्ग लोगों को शोषण का शिकार बना रहे थे। इनके आगमन से देहात में दरिद्रता प्रारंभ हो चुकी थी। किसान भूख से तडफने लगे थे। कसडोल गाँव का मिश्रा परिवार भी इन्हीं साहूकारों में से एक था। इलाका दुर्गम होने के बावजूद शोषण का जाल फैलाने में इनके करिन्दे भरपूर श्रम करते थे। उपज होते ही करिन्दे औनेपौने भाव से अन्न खरीद लिया करतें थे। ब्याज का व्यवसाय भी चालू किया। भांडे-बर्तन, गहने-जेवर, भूमि इत्यादि रखकर चक्रवृद्धि ब्याज से चन्द समय में प्रथम श्रेणी के शोषक हो गये थे। राज्य की प्रजा बिना अन्नजल की भयावह संकट से चिंतित होकर सोनाखान में वीर

नारायण सिंह की बैठक में इकट्ठे हुए। चर्चा में तय हुआ कि कसडोल वाले मिश्रा महाजन से अन्न कर्ज में लिया जावे जिसे ब्याज भी दिया जायेगा। राज्य में सूखे से उत्पन्न अकाल की समस्या से प्रसन्न हो रहे मिश्रा परिवार ज्यादा ब्याज तथा अधिक लाभ के लालच में वीर नारायण सिंह के प्रस्ताव को ठुकरा दिया। कुर्रुपाट वीर नारायण सिंह का डेरा था।

कुर्रुपाट का जल हाथ में लेकर प्रमुखों ने कसम खायी अब हम महाजनों को कतई बर्दाश्त नहीं करेंगे। प्रमुख साथियों से वीर नारायण सिंह ने पूछा आप लोग लड़ेंगे कि नहीं, सभी ने एक साथ बुलंद आवाज में कहा लड़ेंगे तब वीर नारायण के नेतृत्व में हजारों की तादाद में किसान भाई कसडोल गाँव की ओर चल पड़े। वीर नारायण अपने कबरे घोड़े पर सवार होकर कसडोल पहुँचे। पुनः कर्ज के बतौर अन्न देने का आग्रह किया किंतु जमाखोरों पर जूँ तक नहीं रेंगा, अंततः वीर नारायण से रहा नहीं गया, जमाखोरों के अनाज के गोदामों पर धावा बोलकर अपने कब्जे में कर लिया और गाँव के लोगों के बीच जरुरत के हिसाब से बाँट दिया। सन् 1856 की यह क्रांतिकारी घटना थी। दाने-दाने को मोहताज लोगों के लिए संघर्ष की यह मिसाल अनुकरणीय था। राज्य का स्वामी और प्रजा का सेवक की भूमिका एक प्रकृति पुत्र होने के नाते दायित्व का निर्वाह बखूबी किया। इस घटना की सूचना उन्होंने स्वयं अंग्रेजों को दी। महाजनों ने अपना शिकायती पत्र डिप्टी कमिश्नर को भेजा। कसडोल का मिश्रा परिवार अंग्रेजों का चमचा था। इस कारण रिपोर्ट दर्ज होते ही डिप्टी कमिश्नर इलियट ने 24 अक्तूबर सन् 1856 को फौज की टुकड़ी वीर नारायण की गिरफ्तारी वारंट लेकर भेज दिया। उन्हें पता था इतने सहज गिरफ्त में नहीं आने वाले हैं।

धोखा देकर देशद्रोही, लुटेरा आदि के आरोप लगाकर गिरफ्तार कर रायपुर ले जाने में सफल हुए। वीर नारायण सिंह की गिरफ्तारी से राज्य की प्रजा में अंग्रेजों के खिलाफ विद्रोह की आग सुलगने लगी। वे इधर मौके का फायदा उठाकर एक दिन बंदीगृह से भाग निकले। प्रजा को जब इस बात का पता चला कि वीर नारायण सिंह बंदीगृह से बाहर आ गये हैं तो उनमें अपूर्व उत्साह था। वीर नारायण सिंह के नेतृत्व में गोंड, कंवर, धनुहर, बिंझवार,

किसानों और नौजवानों ने बंदूकें, तीर-धनुष, भाला, बरछी एवं तलवार से लैस होकर ब्रिटिश साम्राज्यवाद के खिलाफ संग्राम में कूद पड़े थे। सन् 1856 में सम्पूर्ण गोंड़वाना में चिंगारी सुलग चुकी थी। राजा शंकरशाह-रघुनाथ शाह, जमींदार बापूराव शेंडमाके, अत्मूरी सीतार रम्यैया गदर की आग से खेल रहे थे। प्रत्येक लड़ाइयों में अंग्रेजों ने फूट या छल का सहारा लिया। अधिकांश महाजन वर्ग ने, सामंतशाही वर्ग को अपने साथ कर लिया। एकमात्र सम्बलपुर के क्रांतिकारी सुरेन्द्रसाय को छोड़कर बाकी सभी जमींदारों ने अंग्रेजों का साथ दिया। देवरी के जमींदार ने वीर नारायण सिंह के सगे बहनोई होने के बावजूद अंग्रेजों का साथ दिया, बिलासपुर के जमींदार ने अंग्रेजों को फौजी सहायता की।

बिलाईगढ़ एवं भटगाँव के जमींदारों ने भी अंग्रेजों को अनेक तरह से मदद की। अंग्रेजों के पैर के तलुवे चाटने वाले मराठे जमींदारों के विश्वासघात के कारण इतने बड़े संघर्ष को पराजय झेलनी पड़ी। महाजन तथा सामंती वर्ग के खिलाफ तीव्र घृणा के परिणामस्वरूप कोटगढ़ एवं खरौद जाकर अंग्रेजों के दलाल मिश्रा परिवार के लोगों को खत्म कर दिया। एक गर्भवती महिला एवं उसका एक पुत्र बच गये थे। वीर नारायण सिंह अपने बहादुर सैनिकों के साथ ब्रिटिश सैनिकों पर गौरिल्ला हमला किया करते थे। वीर नारायण कुर्रुपाट में विश्राम कर रहे थे। सुरक्षित कुर्रुपाट का मार्ग तक जा सकना कठिन था परंतु रात में जासूसों द्वारा बताये मार्ग से होकर पहुँचे ब्रिटिश सिपाहियों ने हमला कर वीर नारायण को घेरकर बंदी बना लिया, वह ब्रिटिश गाड़ी में नहीं बैठें अपने कबरे घोड़े पर सवार होकर रायपुर पहुँचे। उन पर पहिले से ही बंदीगृह से भागने का आरोप था दूसरा विद्रोह का, ब्रिटिश हुकूमत इतनी भयभीत हो चुकी थी कि अब वह पुनः बंदीगृह में रखने का साहस नहीं जुटा पा रही थी।

डिप्टी कमिश्नर चार्ल्स-इलियट के कोर्ट में पेश किया गया। वीर नारायण सिंह पर राजद्रोह का मुकदमा चलाया गया तथा उन्हें प्राणदंड की सजा दी गईं स्वाधीनता आंदोलन के महान योद्धा गोंड़वाना के वीर सपूत को 10 दिसम्बर सन् 1857 को रायपुर के चौराहे पर बाँधकर फॉसी दी गईं गोंड़वाना क्षेत्र में दहशत फैलाने की नियत से कई दिनों तक लाश को वैसे

ही टंगाकर रखा गया यह दिखाने के लिये कि इसके बाद अब कोई ब्रिटिश हुकूमत से विद्रोह न कर सकें। 19 दिसम्बर 1857 को दसवें दिन लाश को परिवार वालों को सौंपा गया। सम्बलपुर के महान क्रांतिकारी सुरेन्द्र साय के मार्गदर्शन एवं सैनिक सहायता से मजबूत होकर वीर नारायण सिंह के पुत्र गोविन्द सिंह नें अंग्रेजों का साथ देने वाले देवरी के जमींदार महाराज साय की गर्दन तलवार से एक ही वार में काट दी। बदले की तीव्र भावना से प्रेरित होकर अंग्रेजों ने सोनाखान के गाँवों को बुरी तरह से जला दिया। वीर नारायण सिंह के सुपुत्र गोविन्द सिंह परिवार के लोगों के साथ पद्मपुर की तरफ निकल पड़े। मार्ग में अनेक गाँवों को पार करते हुए कष्टप्रद लम्बी यात्रा कर फुलझर जमींदार के यहाँ पहुँचे। उन्हें रोजमर्रे के गुजर-बसर के लिये जमींदार ने जीने लायक काफी जमीन दी। गोंड़वाना के मातृ-पितृ शक्तियों ने स्वाधीनता की लंबी लड़ाई में अपने राजपाट एवं स्वयं को दांव में लगा दिया था।

सिदो-कान्हू मुर्मू–१८२०

सिदो-कान्हू मुर्मू का जन्म भोगनाडीह नामक गाँव में एक संथाल आदिवासी परिवार में हुआ था जो कि वर्तमान में झारखण्ड के साहेबगंज जिला के बरहेट प्रखंड में है। सिदो मुर्मू का जन्म 1815 ई0 में हुआ था एवं कान्हू मुर्मू का जन्म 1820 ई0 में हुआ था।

संथाल विद्रोह में सक्रिय भूमिका निभाने वाले इनके और दो भाई भी थे जिनका नाम चाँद मुर्मू और भैरव मुर्मू था। चाँद का जन्म 1825 ई0 में एवं भैरव का जन्म 1835 ई0 में हुआ था। इनके अलावा इनकी दो बहनें भी थी जिनका नाम फुलो मुर्मू एवं झानो मुर्मू था। इन 6 भाई–बहनों का पिता का नाम चुन्नी माँझी था।

जन्म स्थानः–

इन छः भाई बहनों का जन्म भोगनाडी गाँव मे हुआ था जो कि वर्तमान में झारखण्ड राज्य के संथाल परगना परमण्ल के साहेबगंज जिला के बरहेट प्रखण्ड के भोगनाडीह में है।

संथाल विद्रोहः–

सिदो–कान्हू ने 1855–56 मे ब्रिटिश सत्ता, साहुकारों, व्यापारियों व जमींदारों के अत्याचारों के खिलाफ एक विद्रोह कि शुरूआत कि जिसे संथाल विद्रोह या हूल आंदोलन के नाम से जाना जाता है। संथाल विद्रोह का नारा था करो या मरो अंग्रेजो हमारी माटी छोड़ो।

सिदो ने अपनी दैवीय शक्ति का हवाला देते हुए सभी मांझीयों को साल की टहनी भेजकर संथाल हुल में शामिल होने के लिए आमंत्रण भेजा। 30 जून 1855 को भेगनाडीह में संथालों आदिवासी की एक सभा हुई जिसमें 400 गाँवों के 50000 संथाल एकत्र हुए।

जिसमें सिदो को राजा, कान्हू को मंत्री, चाँद को मंत्री एवं भैरव को सेनापति चुना गया। संथाल विद्रोह भोगनाडीह से शुरू हुआ जिसमें संथाल तीर-धनुष से लेस अपने दुश्मनो पर टूट पड़े।

जबकि अंग्रेजो मे इसका नेतृत्व जनरल लॉयर्ड ने किया जो आधुनिक हथियार और गोला बारूद से परिपूर्ण थे इस मुठभेड़ में महेश लाल एवं प्रताप नारायण नामक दरोगा कि हत्या कर दी गई इससे अंग्रेजो में भय का माहौल बन गया।

संथालों के भय से अंग्रेजो ने बचने के लिए पाकुड़ में मार्टिलो टावर का निर्माण कराया गया था जो आज भी झारखण्ड के पाकुड़ जिले में स्थित है। अंततः इस मुठभेड़ में संथालों की हार हुई और सिदो-कान्हू को फांसी दे दी गईं।

मृत्युः–

इस भयंकर मुठभेड़ में संथालो हार हुई क्योंकि ये लोग तीर धनुष से लड़ रहे थे जबकि अंग्रेजो के पास आधुनिक हथियार था। सिदो को अगस्त 1855 में पकड़कर पंचकठिया नामक जगह पर बरगद के पेड़ पर फांसी दे दी गई वह पेड़ आज भी पंचकठिया में स्थित है जिसे शहीद स्थल कहा जाता है।

जबकि कान्हू को भोगनाडीह में फांसी दे दी गई पर आज भी वह संथालों के दिलो में आज भी जिन्दा है एवं याद किए जाते है। संथालो के इस हार पर भी अंग्रेजी हुकूमत को जड़ से हिला कर रख दिया था।

कार्ल मार्क्स ने इस विद्रोह को 'भारत का प्रथम जनक्रांति' कहा था। आज भी 30 जून को भोगनाडीह में हूल दिवस पर सरकार द्वारा विकास मेला लगाया जाता है एवं चिर शहीद सिदो-कान्हू को याद किया जाता है।

अमर बलिदानी खाज्या नायक–१८३१

आजादी के उन अमर महानायकों को जिनके चलते राष्ट्र आज खुली हवा में सांस ले रहा है. इन्हें भुलाने वाले अक्सर आजादी की लड़ाई में कई लोगों का योगदान पूछा करते हैं जो हास्यास्पद है और पीड़ादायक भी. खाज्या नायक अंग्रेजों की भील पल्टन में एक सामान्य सिपाही थे। उन्हें सेंधवा-जामली चौकी से सिरपुर चौक तक के 24 मील लम्बे मार्ग की निगरानी का काम सौंपा गया था। खाज्या ने 1831 से 1851 तक इस काम को पूर्ण निष्ठा से किया। एक बार गश्त के दौरान उन्होंने एक व्यक्ति को यात्रियों को लूटते हुए देखा।

इससे वह इतने क्रोधित हो गये कि बिना सोचे-समझे उस पर टूट पड़े। इससे उस अपराधी की मृत्यु हो गयी। शासन ने कानून अपने हाथ में लेने पर उन्हें दस साल की सजा सुनायी। किन्तु कारावास में अनुशासित रहने के कारण उनकी सजा घटा कर पाँच साल कर दी गयी। जेल से छूट कर उनके मन में इस ब्रिटिश शासन के प्रति नफरत भर चुकी थी। विदेशी सत्ता को वो पहले फौज में रह कर बाद में जेल में रह कर अच्छे से समझ चुके थे।

इससे वह शासन से नाराज हो गये और उनसे बदला लेने का सही समय तलाशने लगे। इतिहासकार डॉ. एस.एन. यादव के अनुसार जब 1857 में भारत में अंग्रेजों के विरुद्ध विद्रोह भड़क उठा, तो अंग्रेज अधिकारियों ने खाज्या और अनेक पूर्व सैनिक व सिपाहियों को फिर से काम पर रख लिया; पर खाज्या के मन में अंग्रेज शासन के प्रति घृणा बीज तो अंकुरित हो ही चुका था और माना जा रहा है कि वो अन्दर से रह कर अंग्रेजो को नुकसान पहुँचाना चाह

रहे थे. इन्होंने अन्दर से ही अंग्रेजो की व्यूह रचना को अच्छे से समझ लिया था और पूरी तरह से सोची समझी रणनीति के चलते वो कार्य कर रहे थे। आखिरकार सही समय आने पर उन्होंने ब्रिटिश पल्टन छोड़ दी और निकल पड़े राष्ट्र को दासता से मुक्त करवाने।

उनके मन में प्रतिशोध की भावना इतनी प्रबल थी कि वह बड़वानी (मध्य प्रदेश) क्षेत्र के क्रान्तिकारी नेता भीमा नायक से मिले, जो रिश्ते में उनके बहनोई लगते थे। यहीं से इन दोनों की जोड़ी बनी, जिसने भीलों की सेना बनाकर निमाड़ क्षेत्र में अंग्रेजों के विरुद्ध वातावरण खड़ा कर दिया। भील लोग शिक्षा और आर्थिक रूप से तो बहुत पीछे थे; पर उनमें वीरता और महाराणा प्रताप के सैनिक होने का स्वाभिमान कूट-कूटकर भरा था। जब एक बार ये अंग्रेजों के विरुद्ध खड़े हो गये, तो फिर पीछे हटने का कोई प्रश्न ही नहीं था। इस सेना ने अंग्रेजों के खजाने लूटे, उनका वध किया और अंग्रेजों के पिट्ठुओं को भी नहीं बख्शा।

शासन ने इन्हें गिरफ्तार करने के अनेक प्रयास किये; पर जंगल और घाटियों के गहरे जानकार होने के कारण वीर भील योद्धा मारकाट कर सदा बचकर निकल जाते थे। अब शासन ने भेद नीति का सहारा लेकर इन दोनों भील नायकों को पकड़वाने वाले को एक हजार रु. का पुरस्कार घोषित कर दिया। तब के एक हजार रु. आज के दस लाख रु. के बराबर होंगे। फिर भी भीमा और खाज्या नायक बिना किसी भय के क्षेत्र में घूम-घूमकर लोगों को संगठित करते रहे। 11 अप्रैल, 1858 को बड़वानी और सिलावद के बीच स्थित आमल्यापानी गाँव में अंग्रेज सेना और इस भील सेना की मुठभेड़ हो गयी। अंग्रेज सेना के पास आधुनिक शस्त्र थे, जबकि भील अपने परम्परागत शस्त्रों से ही मुकाबला कर रहे थे। प्रात: आठ बजे से शाम तीन बजे तक यह युद्ध चला। इसमें खाज्या नायक के वीर पुत्र दौलतसिंह सहित अनेक योद्धा बलिदान हुए। राष्ट्रीय स्वाभिमान के लिए प्राणाहुति दे दी। देश की स्वाधीनता के लिए कार्य करने वाले उस वीर को श्रद्धा सुमन अर्पित।

नीलांबर, पीतांबर–१८३२

1857 के भारत की आजादी का प्रथम स्वतंत्रता संग्राम कहा जाता है। मंगल पांडेय इसके हीरो माने जाते हैं। इतिहास बताता है कि सैनिको को अंग्रेज जो कारतूस देते थे उसमें गाय की चर्बी का अंश था। अब यह चर्बी का होना कितना वैज्ञानिक तथ्य है मैं नहीं कह सकता। लेकिन कारतूस को गन में डालने के पूर्व मुह से खोलना पड़ता था। जब यह बात अफवाह फैली तो मंगल पाण्डेय ने विद्रोह का बिगुल फूंका।

देश का मानस तो पहले से ही अंग्रेजों की गुलामी से दहक रहा था। मंगल पांडेय के विद्रोह से पूरा मुल्क उद्वेलित हो गया। भारतीय स्वतंत्रता संग्राम के इस प्रथम कदम का प्रभाव सबसे अधिक झारखंड के पलामू में हुआ। पलामू में जो अब तीन जिलों में बंट गया है। लातेहार, गढ़वा एवं पलामू। पलामू कमीश्नरी में अब विश्वविद्यालय भी बन गया। यहाँ अंग्रेजो के पिट्ठू जागीरदारो के खिलाफ जन विद्रोह टूट पड़ा। इस विद्रोह के नेता था नीलांबर और पीतांबर। भोक्ता समुदाय के इस दोनों बंधुओं ने अंग्रेजों के समर्थक जामीदारों और थानो पर हमला कर दिया। विद्रोह तो अंदर–अंदर का अब वह सतह पर आ गया। पूरा पलामू ही नहीं इसकी आंच तबके दक्षिण बिहार और अब के मौजूदा झारखंड पर हुआ। पलामू में अंग्रेजों ने 1772 से ही पांव पसारना शुरू कर दिया था। धीरे–धीरे अपना मजबूत ठिकाना बना लिया था। अंग्रेज यहाँ से ज्यादा और लगान वसूलने लगे थे। लगान के लिए अत्याचार भी कर रहे थे। इसकी वजह से पलामू के आदिवासियों में भयंकर आक्रोश था। आजाद पंक्षी की तरह जीने वाले आदिवासियों को गुलामी मंजूर

नहीं थी। नीलांबर पीतांबर का नेतृत्व मिला तो छिटपुट होने वाला विद्रोह तूफान की तरह ताकतवर हो गया। 1832 में पलामू के लोगो ने विद्रोह किया था अंग्रेजो ने बहुत क्रूरता से समाप्त कर दिया था। लेकिन अंग्रेजो ने शायद ये शेर नहीं सुना पढ़ा था–**कसक मिहरम जो बंधा। और भी जोबन उभरा। कहीं दबाने से दबते है उभरने वाले**

अंदर अगर आग सुलग रही थी विद्रोह की लेकिन धुंआ बाहर नहीं दीखने के सारे इंतजाम थे। मौके का इंतजार हो रहा था। 25 साल बाद यह मौका आया 1857 में। पलामू में भी यह खबर आ गयी कि रांची और हजारीबाग में अंग्रेजों के खिलाफ जरबर्दस्त लड़ाई आरंभ हो गयी है।

अब अंग्रेजी शासन के दिन लद गए हैं। इस हवन में कुछ और समिधा की जरूरत है। फिर क्या था नीलांबर पीतांबर ने अपने लोगो को ललकारा इस बार सब खुल कर मैदान में आ गये। लोगों को लगा कि यही मौका है जबकि उनका छिना गया राज्य लौट सकता है। उस समय पलामू में चेरो और खैरवार की संख्या बहुत थी। यहाँ चेरों का राज चलता था। राजा चूड़ामन राय चेरो के अंतिम राजा थे। भोक्ताओं के प्रमुख चेमो सिंह की मृत्यु निर्वासन के दौरान हो गयी थी। अंग्रेजो ने चेमों सिंह को पलामू से निर्वासित कर दिया था। नीलांबर और पीतांबर उन्ही के पुत्र थे। चेमो सिंह के निर्वासन से भोक्ता बहुत खफा थे।

उनको शांत करने के लिए अंग्रेजो ने नीलांबर पीतांबर को पहाड़ी के अनुपजाऊ इलाके की जागीर सौप दी थी। लेकिन भोक्ता उससे खुश नहीं हुए। वे अपने राजा के निर्वासन और उनका राज छिने जाने से अंदर ही अंदर उबल रहे थे। मौके की तलाश में थे। अंग्रेजो ने अपने खुफिया तंत्र से उनकी नाराजगी तो पता कर लिया। लेकिन उसको दमन करने में लगे रहे।

भोक्ता छिंपकर युद्ध में अपने को निपुण बनाते रहे। नीलांबर पीतांबर ने भोक्ताओ को सशक्त किया कि लड़ाई जीतने के बाद चेरो का राज स्थापित होगा और अंग्रेजो द्वारा कब्जा की गयी भूमि सबको वापस कर दी जाएगी।

नीलांबर पीतांबर ने 1857 के विद्रोह नेताओं भवानी वख्श राय से संपर्क साधा उनको अपने साथ कर लिया। उधर–बाबू वीर कुंवर सिंह के भाई अमर

सिंह से संपर्क किया। अमर सिंह ने नीलांबर पीतांबर को आश्वस्त किया कि वे उनको पूरी मदद देंगे। फिर क्या था इस तरह के आश्वासनो से जोश और बढ़ा और उन्होंने आक्रमण की रणनीति बना ली।

नीलांबर पीतांबर ने 21 अक्टूबर 1857 का दिन आक्रमण के लिए निश्चित किया। दोनों भाईयो के नेतृत्व में पलामू के लोगो ने चौनपुर, शाहपुर, लेस्लीगंज थाना पर भी हमला कर दिया। थाने को फूंक डाला. थानेदार ने भागकर जान बचाई। पीतांबर के नेतृत्व में चौनपुर गढ पर हमला किया, लेकिन वहाँ वे ठाकुर रघुवर दपाल सिंह के सामने टिक नहीं पाये।

शाहपुर में चूडामण राय के यहाँ हमला किया वहाँ से उनके हथियार लूट लिए, विद्रोही 500 की तादाद में लेस्लीगंज चले। वहाँ राजस्व मुख्यालय पर हमला कर दिया। लेकिन इसकी भनक अंग्रेजो को लग चुकी थी। उन्होंने खजाना वहाँ से हटा दिया था। थानेदार और तहसीलदार ने भागकर जान बचाई।

उन्हें कुचलने के लिए छोटानागपुर के आयुक्त कैप्टन डाल्टन ने सैंनिको के साथ ग्राहम को लेस्लीगंज भेजा। ग्राहम के सैनिको के आते ही विद्रोही सरगुजा की पहाड़ियो में छुप गए। ग्राहम ने कुछ और सैनिक माँगा तो डाल्टन ने डेविस के नेतृत्व ने पुनः एक टुकड़ी भेजी। नीलांबर पीतांबर की सेना और अंग्रेजो में युद्ध होने लगा। अंग्रेजो के भारी पड़ने पर ग्राहम की टुकड़ी ने चौनपुर में रघुवर दयाल सिंह के गढ़ में शरण ली। विद्रोहियो ने चौनपुरगढ को घेर लिया। उनसे मुकाबला करने के लिए ग्राहम ने सासाराम से सैनिक मंगाएँ। कोटार के नेतृत्व में आए इन सैनिकों ने ग्राहम की जान बचाकर उन्हें सुरक्षित निकाला। नवंबर में विद्रोहियो ने रजहरा कोलियरी पर हमला कर दिया।

भोक्ता जहाँ चेरो जमींदार भवानी बख्स के समर्थकों ने इन विद्रोहियों का साथ दिया। साथ देने वालो में करीब 500 ब्रह्मण थे। युद्ध के दौरान पकड़े जाने पर अंग्रेजों ने इनमें से अधिकतर को फासी दे दी। उधर चतरा विद्रोह को कुचलने के बाद चतरा से अंग्रेजी कुमुक पलामू आ गयी। देव के राजा ने भी अंग्रेजी टुकड़ी की मदद के लिए अपनी सेना की टुकड़ी भेजी। इतनी बड़ी फौज का सामना करना विद्रोहियों के बूते नहीं थी। उन्हें कमजोर पड़ता देख

समर्थक भी कन्नी काटने लगे। फिर विद्रोही छापामार युद्ध पर उतर आएँ मनीका और छतरपुर थाना में आग लगा दी। इसी बीच खरवार नेता परमानंद पकड़े गये। ग्राहम ने नीलांबर पीतांबर को पकड़ने के लिए जमीन आसमान एक दिया। इधर विद्रोहियो ने पलामू किले को अपना अड्डा बना लिया।

अंग्रेजो ने पलामू किले पर आक्रमण कर उस पर कब्जा कर लिया। इस जीत के बाद कैप्टन डाल्टन बड़ी फौज के साथ चौनपुर पहुँचा और नीलांबर पीतांबर की खोज करने/कराने लगा। अंततः 23 फरवरी को दोनो भाइयो नीलांबर पीतांबर को अंग्रेजो ने पकड़ ही लिया।

अदालती कार्रवाई का नाटक चला और अप्रैल 1958 में दोनों को फासी दे दी। उनके पुत्रो कुमार शाही, शिवचरण मांझी और रतन मांझी (नीलांबर के पुत्र थे) उनपर भी मुकदमा चलाया और उनकी सारी जायदाद जब्त कर ली और इस तरह आजादी की लड़ाई में नीलांबर पीतांबर उनके पुत्रों और चेरो भोक्ताओ ने जो कुर्बानी दी वह मिसाल है। डाल्टनगंज का नाम मेद्नी नगर हुआ। क्योंकि राजा मेदनी राय के बारे में कहावत है कि राजा मेदनीराय के राज में घर-घर मथनी बजती थी यानि दही दूध से परिपूर्ण था। लोग स्वस्थ्य एवं सुखी थे।

इस तरह आजादी के इतिसास को देखे तो झारखंड में 100 साल पहले से ही आजादी की लड़ाई शुरू हो गयी थी।

बुधु भगत–१८३२

भारतीय इतिहास के प्रसिद्ध क्रांतिकारी बुधु भगत या बुद्ध भगत एक ऐसे क्रांतिकारी थी जिनको गुरिल्ला युद्ध में निपुणता हासिल थी। उन्होंने अपने दस्ते को गुरिल्ला युद्ध करने के लिए प्रशिक्षित किया था।

जन्मः–

बुधु भगत का जन्म आज के झारखण्ड राज्य में राँची जिले के सिलागाई नामक ग्राम में 17 फरवरी, सन 1792 ई. को हुआ था। कहा जाता है कि उन्हें दैवीय शक्तियाँ प्राप्त थीं, जिसके प्रतीकस्वरूप वे एक कुल्हाड़ी सदा अपने साथ रखते थे।

शिक्षाः–

उनके शिक्षा के बारे में ज्यादा जानकारी नहीं मिल पाई है लेकिन वह घंटों अकेले बैठकर तलवार चलाने और धनुर्विद्या में निपुणता हासिल किया करते थे। कुछ लोग तो उन्हें देवी शक्तियों के स्वामी के नाम से भी बुलाते थे क्योंकि उनके प्रतीक स्वरूप वह कुल्हाड़ी अपने साथ सदा रखा करते थे।

बाल्यकालः–

आमतौर पर 1857 को ही स्वतंत्रता संग्राम का प्रथम समर माना जाता है। लेकिन इससे पूर्व ही वीर बुधु भगत ने न सिर्फ क्रान्ति का शंखनाद किया था, बल्कि अपने साहस व नेतृत्व क्षमता से 1832 ई. में लरका विद्रोह नामक ऐतिहासिक आन्दोलन का सूत्रपात्र भी किया। छोटा नागपुर के आदिवासी इलाकों में अंग्रेज हुकूमत के दौरान बर्बरता चरम पर थी। मुण्डाओं ने जमींदारों,

साहूकारों के विरुद्ध पहले से ही भीषण विद्रोह छेड़ रखा था। उरांवों ने भी बागी तेवर अपना लिये। बुधु भगत बचपन से ही जमींदारों और अंग्रेजी सेना की क्रूरता देखते आये थे। उन्होंने देखा था कि किस तरह तैयार फसल जमींदार जबरदस्ती उठा ले जाते थे। गरीब गाँव वालों के घर कई-कई दिनों तक चूल्हा नहीं जल पाता था। बालक बुद्ध भगत सिलागाई की कोयल नदी के किनारे घंटों बैठकर अंग्रेजों और जमींदारों को भगाने के बारे में सोचते रहते थे।

विद्रोहः-

घंटों एकांत में बैठे रहने, तलवार और धनुष-बाण चलाने में पारंगत होने के कारण लोगों ने बुधु को देवदूत समझ लिया। तेजस्वी युवक बुधु की बड़ी-बड़ी बातें सुनकर आदिवासियों ने उन्हें अपना उद्धारकर्ता मानना प्रारम्भ कर दिया। विद्रोह के लिए बुधु के पास अब पर्याप्त जन समर्थन था। उन्होंने अन्याय के विरुद्ध बगावत का आह्वान किया। हजारों हाथ तीर, धनुष, तलवार, कुल्हाड़ी के साथ उठ खड़े हुए। कैप्टन इंपे द्वारा बंदी बनाए गए सैकड़ों ग्रामीणों को विद्रोहियों ने लड़कर मुक्त करा लिया। अपने दस्ते को बुधु ने गुरिल्ला युद्ध के लिए प्रशिक्षित किया। घने जंगलों और दुर्गम पहाड़ियों का फायदा उठाकर कई बार अंग्रेजी सेना को परास्त किया। बुधु को पकड़ने के लिए अंग्रेज सरकार ने एक हजार रुपये इनाम की घोषणा कर दी थी।

अंग्रेजों से संघर्षः-

हजारों लोगों के हथियारबंद विद्रोह से अंग्रेज सरकार और जमींदार कांप उठे। बुधु भगत को पकड़ने का काम कैप्टन इंपे को सौंपा गया। बनारस की पचासवीं देसी पैदल सेना की छह कंपनी और घुड़सवार सैनिकों का एक बड़ा दल जंगल में भेज दिया गया। टिकू और आसपास के गाँवों से हजारों ग्रामीणों को गिरफ्तार कर लिया गया। बुधु के दस्ते ने घाटी में ही बंदियों को मुक्त करा लिया। करारी शिकस्त से कैप्टन बौखला गया।

शहादतः–

13 फरवरी, सन 1832 ई. को बुधु और उनके साथियों को कैप्टन इंपे ने सिलागांई गाँव में घेर लिया। बुधु आत्म समर्पण करना चाहते थे, जिससे अंग्रेजों की ओर से हो रही अंधाधुंध गोलीबारी में निर्दोष ग्रामीण न मारे जाएँ। लेकिन बुधु के भक्तों ने वृताकर घेरा बनाकर उन्हें घेर लिया। चेतावनी के बाद कैप्टन ने गोली चलाने का आदेश दे दिया। अंधाधुंध गोलियाँ चलने लगीं। बूढ़े, बच्चों, महिलाओं और युवाओं के भीषण चीत्कार से इलाका कांप उठा। उस खूनी तांडव में करीब 300 ग्रामीण मारे गए। अन्याय के विरुद्ध जन विद्रोह को हथियार के बल पर जबरन खामोश कर दिया गया। बुधु भगत तथा उनके बेटे 'हलधर' और 'गिरधर' भी अंग्रेजों से लोहा लेते हुए शहीद हो गए।

योगदानः–

बुधु भगत के द्वारा अंग्रेजों और साहूकारों के विरूद्ध उनके अन्याय के लिए कई आंदोलन किए गए थे। जिसमें से लरका आंदोलन एक ऐतिहासिक आंदोलन है। छोटा नागपुर के आदिवासी इलाकों में अंग्रेज हुकूमत के दौरान बहुत ही निर्दयता से लोगों की हत्या कर दिया करते थे, जिसकी वजह से मुंडा जाति ने जमीदार और साहूकारों के विरुद्ध अपना विद्रोह शुरू कर दिया था. इसके अलावा उरांव जनजाति ने भी अपने बागी तेवर अपना लिए थे।

बुधु भगत बचपन से ही जमीदारों और अंग्रेजी सेना की निर्दयता को देखते आ रहे थे, जिसकी वजह से बुधु भगत कोयल नदी के पास बैठकर घंटों तक अंग्रेजों और जमींदारों को भगाने के बारे में सोचते रहते थे। बुधु भगत को देवदूत समझ कर आदिवासियों ने उनको अन्याय के विरुद्ध लड़ने के लिए आह्वान किया, और सभी लोग उनके साथ तीर, धनुष, तलवार, कुल्हाड़ी इत्यादि लेकर खड़े हो गए। इस दौरान कैप्टन द्वारा बंदी बनाए गए सैकड़ों ग्रामीणों को उन्होंने लड़कर छुड़वा लिया और इसके अलावा बुधु भगत ने गुरिल्ला युद्ध के लिए अपने दस्ते को प्रशिक्षित किया।

आदिवासियों के सभी नेताओं में बुधू भगत सबसे श्रेष्ठ एव शीर्षस्थ थे। छोटा नागपुर के प्रथम क्रांतिकारी थे जिन्हें पकड़ने के लिए अंग्रेजों ने 1000रू पुरस्कार की घोषणा की थी, परंतु कोई भी इस पुरस्कार के लालच में आकर

उन्हें पकड़वाने को तैयार नहीं था। 1828-32 केला का विद्रोह में अपने नेतृत्व का परिचय दिया था। यह विद्रोह है अंग्रेजी हुकूमत और शोषण अत्याचार के विरुद्ध किया गया पहला स्वतंत्रता आंदोलन का हिस्सा था। इस विद्रोह के बाद अंग्रेजों को घुटने टेक देने पड़े।

वीर टिकेन्द्रजीत सिंह–१८५६

टिकेन्द्रजीत सिंह (29 दिसम्बर, 1856 ख्र 13 अगस्त, 1891) स्वतन्त्र मणिपुर रियासत के राजकुमार थे। उन्हें वीर टिकेन्द्रजीत और कोइरेंग भी कहते हैं। वे मणिपुरी सेना के कमाण्डर थे। वे महान देशभक्त और ब्रिटिश साम्राज्यवादी योजना के घोर विरोधी तथा देश की एकता–अखंडता के कट्टर समर्थक थे। उन्होंने साहसपूर्वक ब्रिटिश साम्राज्यवादी शक्ति के कूटनीतिक और विस्तारवादी कृत्यों से जनमानस को अवगत कराया तथा अदम्य साहस और निर्भीकता के साथ अंग्रेजी साम्राज्यवाद और उपनिवेशवाद के विरुद्ध युद्ध किया। इसी कारण उन्हें 'मणिपुर का शेर' कहा जाता है। यहाँ तक कि ब्रिटिश भारत की तत्कालीन सरकार ने उनकी वीरता, निडरता तथा पराक्रम की तुलना एक 'खतरनाक बाघ' से की थी। भारत के स्वतंत्रता–संग्राम में उनका अद्वितीय स्थान है।

उन्होने 'महल–क्रान्ति' की जो मणिपुर रियासत के शासन में अंग्रेजों के परोक्ष हस्तक्षेप के विरुद्ध एक खुला विद्रोह ही था। इसके फलस्वरूप १८९१ में आंग्ल–मणिपुर युद्ध शुरू हुआ। बड़े संघर्ष के बाद अंग्रेज विजयी हुए। इस युद्ध में शहीद होने वाले राज्य के वीर नायकों को श्रद्धांजलि देने के लिए मणिपुर राज्य प्रत्येक वर्ष 13 अगस्त के दिन "देशभक्त दिवस" मनाता है।

प्राकृतिक सौंदर्य से परिपूर्ण मणिपुर का अपना प्राचीनतम एवं गौरवपूर्ण इतिहास रहा है। इसकी सामाजिक, धार्मिक और सांस्कृतिक परंपराएँ और प्राकृतिक सौन्दर्य भारतवासियों के लिए गौरव के विषय हैं, तो उसका शौर्य,

साहस एवं त्याग–बलिदान से परिपूर्ण इतिहास भारतवासियों के लिए प्रेरणास्रोत है। मणिपुर के राजाओं ने सन् 1891 में अंग्रेजों से पराजित होने तक अपनी स्वतंत्रता और संप्रभुता के लिए लगातार संघर्ष किया था। एक लंबे और अनवरत संघर्ष के बाद ब्रिटिश साम्राज्यवादियों ने मणिपुर पर अपना आधिपत्य स्थापित किया। मणिपुर के आंतरिक संकट और उसके बर्मा के साथ चले 18 वर्ष लंबे संघर्ष का लाभ उठाकर वे ऐसा करने में सफल हुए। सन् 1891 के आंग्ल–मणिपुर युद्ध में मणिपुर के बहादुर लोगों ने औपनिवेशिक शक्तियों का प्रतिरोध जिस वीरता और साहस के साथ किया; वह इतिहास में स्वर्णिम अक्षरों में अंकित है।

टिकेंद्रजीत सिंह महाराजा चंद्रप्रकाश सिंह और चोंगथम चानु कूमेश्वरी देवी की चतुर्थ सन्तान थे। उनका जन्म 29 दिसंबर, 1856 को हुआ था। उन्हें "कोइरेंग" भी कहते थे क्योंकि वे बचपन से ही लोकप्रिय तथा स्वतंत्रता प्रेमी थे। धैर्यवान होने के साथ–साथ वे कुशाग्र बुद्धि वाले थे। बाद में वे मणिपुरी सेना के कमाण्डर नियुक्त हुए थे।

राजकुमार गंभीर सिंह के नेतृत्व में प्रथम आंग्ल–बर्मी युद्ध (1824–1826) में मणिपुर ने बर्मा पर विजय प्राप्त की। परिणामस्वरूप, मणिपुर तबाही से उबर गया और गंभीर सिंह को मणिपुर का राजा बनाया गया। परन्तु उस समय राज्य की सभी महत्वपूर्ण शक्तियाँ अंग्रेजों के हाथ में थीं। राजा ब्रिटिश हस्तक्षेप का विरोध नहीं कर सकता था।

राजा चंद्रकान्त सिंह के उत्तराधिकारी महाराजा सूरचंद्र सिंह के शासनकाल में अंग्रेजों का हस्तक्षेप बहुत अधिक बढ़ गया था। राजपरिवार का सदस्य होने के नाते टिकेंद्रजीत अंग्रेजों के कूट स्वभाव से परिचित थे। अत: वे मणिपुर वासियों को उनके वास्तविक दृष्टिकोण और अंतरतम दुर्भावनाओं के बारे में सचेत करते रहते थे। महाराज गंभीर सिंह की मृत्यु के उपरान्त उनके बड़े बेटे, सूरचंद्र ने मणिपुर के सिंहासन का दायित्व संभाला। अन्य राजकुमारों को राज्याधिकारी, सेना के जनरल और पुलिस प्रमुख के रूप में नियुक्त किया गया।

बाद में, झलकारी की मृत्यु के बाद टिकेंद्रजीत को सेनापति नियुक्त किया गया था। लेकिन राजकुमारों के बीच आपसी गलतफहमी और मनमुटाव पैदा हो गया। इसने अंततः राज-परिवार को दो गुटों में विभाजित कर दिया। एक गुट टिकेंद्रजीत के साथ था तो दूसरा पाकसाना के नेतृत्व में कार्यरत था।

राजा इस स्थिति से अनजान रहे और अराजकता बहुत ज्यादा बढ़ती चली गईं टिकेंद्रजीत को लगता था कि राजा पाकसाना के पक्षधर हैं। अंग्रेज सूदखोरी से अपने साम्राज्य का विस्तार करते थे। वे मोटी ब्याज पर राजा और राजपरिवार को कर्ज देकर धीरे-धीरे उनके राज्य के हिस्सों को हड़पते चले जाते थे। यही नीति उन्होंने मणिपुर के राजपरिवार के प्रति भी अपनाई। इसे राजकुमार टिकेंद्रजीत ने स्वीकार नहीं किया। वे इस तथ्य से भी भलीभाँति अवगत थे कि ब्रिटिश लोग मणिपुर को अपनी एक "कॉलोनी" बनाने के लिए अवसर की प्रतीक्षा कर रहे हैं। इसलिए उन्होंने अपने राज्य की संप्रभुता तथा स्वतंत्रता की रक्षा हेतु एक योजना बनाई।

22 सितंबर, 1890 को टिकेंद्रजीत ने दो अन्य राजकुमारों एंगुसन और जिलंगंबा के साथ सूरचंद्र सिंह के खिलाफ विद्रोह किया और राजा सुरचंद्र को सिंहासन से हटा दिया। सुरचंद्र सिंह ने ब्रिटिश निवास में शरण ले ली। तब कुलाचंद्र ने राज्यभार संभाला और टिकेंद्रजीत उसके उत्तराधिकारी बने। इस घटना को मणिपुर के इतिहास में 'राजमहल विद्रोह' के रूप में जाना जाता है।

बाद में, पूर्व शासक सूरचंद्र सिंह कलकत्ता के लिए रवाना हुए। लेकिन उन्होंने टिकेंद्रजीत को सूचित किया कि वे धार्मिक-यात्रा पर वृंदावन जा रहे हैं। कलकत्ता पहुँचने के बाद उन्होंने मणिपुर राज्य का अपना सिंहासन पुनः पाने के लिए ब्रिटिश सरकार को एक याचिका भेजी। उनकी इस याचिका के परिणामस्वरूप अंग्रेज मणिपुर की आतंरिक फूट और संकट से बखूबी अवगत हो गए। वास्तव में, इस याचिका ने ब्रिटिशों को मणिपुर के आंतरिक मामलों में हस्तक्षेप करने का मौका प्रदान किया।

भारत के तत्कालीन वायसराय लॉर्ड लैंड्सडाउन ने कुलाचंद्र को राजा बनाए रखने का निर्णय लिया। लेकिन मणिपुर सिंहासन के उत्तराधिकारी पद से टिकेंद्रजीत को हटाने का आदेश दिया गया क्योंकि अंग्रेज जानते थे कि

टिकेंद्रजीत जैसा राष्ट्रवादी उनकी औपनिवेशिक योजनाओं में बहुत बड़ी अड़चन है। उसकी अनुपस्थिति में ही मणिपुर को ब्रिटिश उपनिवेश में रूपांतरित किया जा सकता है।

अतः 22 मार्च, 1891 को मुख्य आयुक्त जेडब्ल्यू क्विंटन सैनिकों की टुकड़ी के साथ मणिपुर पहुँचा। टिकेंद्रजीत को गिरफ्तार करने के लिए अंग्रेजों द्वारा एक गोपनीय योजना बनाई गई थी। लेकिन उनकी यह गुप्त योजना उजागर हो जाने के कारण विफल हो गईं राजनीतिक एजेंट ग्रिमवुड ने तब राजा कुलाचन्द्र को टिकेंद्रजीत को अंग्रेजों को सौंपने के लिए कहा। राजा कुलाचंद्र ने इसके लिए साफ इनकार कर दिया। परिणामस्वरूप अंग्रेजों ने टिकेंद्रजीत को गिरफ्तार करने के लिए बल प्रयोग किया।

24 मार्च, 1891 की शाम को ब्रिटिश सैनिकों ने पैलेस कंपाउंड, विशेष रूप से टिकेंद्रजीत के निवास पर हमला किया। इस हमले में सांस्कृतिक कार्यक्रम देख रहे महिलाओं और बच्चों सहित अनेक निर्दोष नागरिक मारे गए। हालाँकि, मणिपुरी सेना अपने आक्रामक प्रतिरोध में सफल रही और अंग्रेजों को पीछे हटना पड़ा।

पाँच अंग्रेज अधिकारियों-क्विंटन, ग्रिमवुड, लेफ्टिनेंट कर्नल सिम्पसन, कोसिन और बुलेर को भागकर तहखाने में शरण लेनी पड़ी। जिन मणिपुर वासियों के निर्दोष बच्चे, पत्नियों और रिश्तेदारों को अंग्रेजों द्वारा मार दिया गया था, उनके मन में बदले की भावना इतनी प्रबल हो गई कि उन्होंने इन पाँचों अंग्रेजों को मार डाला।

इसके परिणामस्वरूप 1891 में आंग्ल-मणिपुरी युद्ध हुआ। मणिपुरी लोग बड़ी वीरता से लड़े किन्तु इस भयानक युद्ध में अंग्रेजों ने मणिपुर को तहस-नहस कर दिया। 27 अप्रैल, 1891 को कंगला पैलेस को अंग्रेजों ने अपने कब्जे में ले लिया और मेजर मैक्सवेल मुख्य राजनीतिक एजेंट बन गया। ब्रिटिश भारत सरकार ने जाँच-पड़ताल और सजा-निर्धारण के लिए लेफ्टिनेंट कर्नल जॉन मिशेल के अधीन एक विशेष आयोग का गठन किया। इस जाँच में टिकेंद्रजीत को दोषी ठहराया गया और अंग्रेजी अदालत द्वारा उन्हें मौत की मणिपुरवासियों ने अपने प्रिय राजकुमार की प्राण-रक्षा के लिए उनकी फाँसी

का पुरजोर विरोध किया। परन्तु लोगों की प्रबल भावना और उनके सक्रिय विरोध के बावजूद अंग्रेजों ने वीर टिकेंद्रजीत को 13 अगस्त, 1891 को आम जनता के सामने एक खुली जगह पर फाँसी लगाई ताकि लोगों में डर पैदा किया जा सके।

मणिपुर राज्य की महिलाओं ने भी उनके बचाव में एक आंदोलन शुरू किया था, परन्तु उनका यह आन्दोलन मणिपुर के भविष्य बीर टिकेन्द्रजीत को नहीं बचा सका। उनका बलिदान मणिपुर की स्वतंत्रता, सम्मान और जनकल्याण की भावना के लिए था। उन्होंने विदेशी शक्ति का विरोध करते हुए स्वदेश रक्षा हेतु अपने प्राण गँवाए।

टिकेंद्रजीत अपने विलक्षण युद्ध-कौशल, अद्‌भुत पराक्रम तथा सक्षम प्रशासन के कारण अत्यंत लोकप्रिय थे। इस महानायक को सम्मानित करते हुए मणिपुर विधानसभा ने अगस्त, 2019 में सर्वसम्मति से प्रस्ताव पारित कर तुलीहल अंतरराष्ट्रीय हवाई अड्डे का नाम बदलकर 'बीर टिकेंद्रजीत अंतरराष्ट्रीय हवाई अड्डा' कर दिया है।

गंगादीन 'गंगू मेहतर'–१८५७

क्रांतिवीर 'गंगू मेहतर' को कई नामों से जाना जाता है भंगी जाति के होने के कारण उन्हें गंगू मेहतर, पहलवानी का शौक होने के कारण 'गंगू पहलवान', सतीचौरा स्थान पर इनका अखाड़ा था, श्रद्धा से लोग इन्हें 'गंगू बाबा' कहकर बुलाते थे गंगू के पुरखे कानपुर जिले के अकबर पुरा गाँव के रहने वाले थे, शोषण, बेगारी व अमानवीय व्यवहार के कारण वे शहर में रहने लगे कानपुर में जन्मे 'गदरपार्टी' के जाबाज गंगादीन मेहतर जिन्हें गंगू मेहतर के नाम से जाना जाता है एक उच्च कोटि के पहलवान थे।

पहलवानी सीखी और पेशवा की सेना में भर्ती

19वीं शताब्दी में ईस्ट इंडिया कंपनी ने भारतीय राजाओं से 'सिक्योरिटी गार्ड' रखने की अनुमति ली चोरी चोरी सिक्योरिटी गार्ड के स्थान सेना की भर्ती शुरू किया जब देश के राजाओं को पता चला तो बिरोध स्वाभाविक ही था सभी को ध्यान में होगा कि 1857 के पहले कंपनी का ही तथाकथित शासन था लेकिन उन्हें ध्यान में आया कि हम भारतीयों से लड़ना सम्भव नहीं हो सकता फिर सत्ता रानी विक्टोरिया के हाथ में आ गई, देश भर में कंपनी और ब्रिटिश साम्राज्य का खिलाफ विद्रोह की भावना फैल गई थी, कंपनी ने सिक्योरिटी गार्ड के नाम पर जो सेना बनाया था उसके साथ ब्रिटिश सरकार ने दक्षिण अफ्रीका तथा नेपाल से सैनिक सहयोग लिया हम जीतते जीतते हार गए, मराठा साम्राज्य के अंतिम शासक पेशवा 'बाजीराव पेशवा' थे, वे निःसंतान होने के कारण 'नाना साहब' को गोद लिया था, अंग्रेजी सरकार ने गोदनामा को मान्यता नहीं दिया उस समय पेशवा की राजधानी "कानपुर

बिठूर" थी 'नाना साहब पेशवा' ने सेना भर्ती शुरू किया उसमें चुकी 'गंगू मेहतर' अखाड़ा लड़ते-लड़ाते थे इस प्रकार अपने साथियों के साथ पेशवा की सेना में भर्ती हो गए, गंगू मेहतर को अंग्रेजों के धोखे से सेना का गठन बहुत अखरता था वे अंग्रेजों को देश से निकलना चाहते थे उन्हें नाना साहब जैसे क्रांतिकारी सिपहसालार का साथ मिला, गंगू मेहतर ने यह साबित कर दिखाया कि सेना में सभी का अधिकार था कोई भेद-भाव नहीं था।

1857 की क्रांति का एक गुमनाम नायक जिससे अंग्रेज दहशत में थे

जब अंग्रेजों के खिलाफ युद्ध शुरू हुआ तो भारतीय क्रांतिकारियों की सेना ब्रिटिश सेना पर भारी पड़ रही थी, अंग्रेजों के पास अत्याधुनिक हथियारों के कारण क्रांतिकारी दबाव में आ गए, इसी बीच गंगू मेहतर ने सैकड़ों अंग्रेज सैनिकों को मार गिराया, कुछ लोग कहते हैं कि 200 से अधिक अंग्रेजी सैनिकों को अकेले गंगू ने मार गिराया, अंग्रेजी सेना सहम गई, गंगू मेहतर को गिरफ्तार करने के लिए कुत्ते के समान पीछे पड़ गए, गंगू को गिरफ्तार कर लिया गया, 1857 की लड़ाई में इन्होने नाना साहब की तरफ से लड़ते हुए अपने शागिर्दों की मदद से सैंकड़ो अंग्रेजों को मौत के घाट उतारा था, और इस कत्ल ए आम से अंग्रेजी सरकार बहुत सहम सी गई थी, जिसके बाद अंग्रेजों ने गंगू मेहतर जी को गिरफ्तार करने का आदेश दे दिया, गंगू मेहतर अंग्रेजों से घोड़े पर सवार होकर वीरता से लड़ते रहे, अंत में गिरफ्तार कर लिए गए, जब वह पकड़े गए तो अंग्रेजों ने उन्हे घोड़े से बाँधकर पूरे शहर में घुमाया और उन्हें हथकड़ियाँ और पैरों में बेड़ियाँ पहनाकर जेल की काल कोठरी में रख दिया और तरह तरह के जुल्म किये।

अंतिम समय तक संघर्ष

गंगू मेहतर पर इल्जाम था कि इन्होने कई महिलाओं और बच्चों का कत्ल किया था; पर ये बात प्रोपेगंडा का हिस्सा भी थी, क्युंकि अंग्रेजों ने उस समय मीडीया का भरपूर उपयोग प्रोपेगंडा के लिए किया था! बहरहाल गंगू मेहतर को फांसी की सजा सुनाई जाती है, उसके बाद कानपुर में इन्हे बीच चौराहा पर '8 सितम्बर 1859' को फाँसी के फंदे पर लटका दिया जाता है, लेकिन दुर्भाग्यवश भारत के इतिहास में इनका नामो निशान नही है, बामियों

ने सेकुलरों ने इतिहास को गलत दिसा में लिखा जो क्रन्तिकारी थे देशभक्त थे उन्हें उपेक्षित किया गया, जो उपनिवेश वाद के पक्षधर थे उन्ही को आजादी का श्रेय देने का प्रयास किया, लेकिन अब देश जाग रहा है पुनः इतिहास लेखन होगा और देशभक्तों क्रांतिकारियों के साथ न्याय होगा!

शहीद **गंगू मेहतर** अपनी अंतिम सांस तक अंग्रेजों को ललकारते रहे, हुतात्मा गंगू मेहतर ने आने वाली पीढियों को संदेश दिया जिससे नवजवानों को प्रेरणा मिल सके, और खुशी से फासी के फंदे को चूम लिया–!

"भारत की माटी में हमारे पूर्वजों का खून व कुर्बानी की गंध है, एक दिन यह मुल्क आजाद होगा।" ऐसा कहकर उन्होंने आने वाली पीढ़ियों को क्रान्ति का संदेश दिया और देश के लिए शहीद हो गए।

गया मुंडा–१८५७

भगवान बिरसा मुंडा के सेनापति तथा दाहिना हाथ माने जाते थे सरदार गया मुंडा। आजादी के इस दीवाने ने अंग्रेजी सत्ता तथा आदिवासियों को जमीन से बेदखल करने वाले सेठ साहूकारों के खिलाफ लड़ते हुए सपरिवार कुर्बानी दी थी। मुरहू के राजस्व ग्राम कुदा के टोला एटकेडीह में गया मुंडा का जन्म हुआ था। अंग्रेजी सरकार द्वारा गया मुंडा को पकड़े जाने पूर्व बिरसा मुंडा के नेतृत्व में गया मुंडा ने सर्वदा चर्च पर हमला किया था। इसके बाद गया मुंडा ने बुरजू के गिरजाघर पर हमला करने गए लेकिन वहाँ कोई नहीं था। यह खबर पाकर अंग्रेजी पुलिस ने गया मुंडा को पकड़ने के लिए अभियान तेज कर दिया था। गया मुंडा को पकड़ने आयी पुलिस टीम में शामिल तीन अंग्रेजी सिपाहियों को टांगी से प्रहार कर गया मुंडा ने मौत के घाट उतार दिया था। इस घटना से बौखलाकर काफी संख्या में अंग्रेजी पुलिस एटकेडीह आकर उनके घर को घेर लिया था। बार–बार घर से बाहर आने की चेतावनी दी गई लेकिन वे बाहर नहीं निकले। इस स्थिति में एक सिपाही चाहरदीवारी लांघकर घर के अंदर प्रवेश कर गया। जिसे गया मुंडा ने टांगी से मारकर जख्मी कर दिया था। तब अंग्रेजों ने उनके घर में आग लगा दी। मजबूरन गया मुंडा सपरिवार बाहर निकले और पकड़े गए। गया मुंडा एवं उनके पुत्र सांहड़े को फांसी दी गईं पोते तथा बेटा चाड़ा को आजीवन देश निर्वासन की सजा दी गईं उनकी पत्नी माकी को दो वर्ष का कारावास तथा पुत्रियों और पुत्रवधुओं को तीन–तीन माह जेल काटने के बाद एक दिन की कठोर कारावास की सजा अंग्रेजों ने सुनायी थी। इस क्षेत्र के आदिवासी आज भी गया मुंडा के वीर गाथा गाते हैं।

चौधरी मोहर सिंह–१८५७

भारत को आजादी दिलाने में अनेक वीरों को प्राणों की आहुति देनी पड़ी। शामली में भी अनेक वीरों ने अंग्रेजों से लोहा लिया और स्वतंत्रता की राह में अपने प्राणों का बलिदान कर दिया। ऐसे बलिदानी क्रांतिकारियों में शामली के चौधरी मोहर सिंह का नाम सबसे पहले याद किया जाता है।

1857 में अंग्रेजों के खिलाफ खोला था मोर्चा

चौधरी मोहर सिंह का जन्म शामली के जमींदार चौधरी घासीराम के यहाँ हुआ था। वह आजादी के आंदोलन में अग्रणी सेनानियों में शामिल रहे। उन्होंने अन्य क्रांतिकारियों के साथ वर्ष 1857 में अंग्रेजों के खिलाफ मोर्चा खोला और उनकी तोपों के आगे तन गए। कहा जाता है कि शहीद होने के बावजूद क्रांतिकारियों में दहशत फैलाने के लिए उनके शव को तीन दिन तक पेड़ पर लटका कर रखा था।

मथुरा में गुरु विरजानंद के आश्रम में बनाई थी आंदोलन की योजना

शामली शहर के एसटी तिराहे पर स्थित एकता पार्क में चौधरी मोहर सिंह की प्रतिमा लगी है। इस प्रतिमा पर लगे शिलापट्ट पर चौधरी मोहर सिंह की शहादत की दास्तां लिखी है। वहीं अंग्रेजी हुकुमत के दौर की वह तहसील की बिल्डिंग आज भी जर्जर हालत में खड़ी है। चौधरी मोहर सिंह आजादी के आंदोलन में अग्रणी सेनानियों में शामिल रहे। उन्होंने आंदोलन की योजना मथुरा में गुरु विरजानंद के आश्रम में बनाई थी।

साथियों के साथ शामली तहसील और रेजिडेंसी में आग लगा दी थी

चौधरी मोहर सिंह के साथ थानाभवन के काजी नियामत अली खां और महबूब अली खां ने मिलकर शामली तहसील और रेजिडेंसी में आग लगा दी थी। उनकी अगुवाई में नौजवान अलग-अलग टुकड़ियों में अंग्रेजों से मुकाबला कर रहे थे। करीब छह महीने तक तहसील पर क्रांतिकारियों का कब्जा रहा था। फतेहपुर के जंगल में अंग्रेजों के साथ क्रांतिकारियों का संघर्ष हुआ था। अंग्रेजों ने तोपें लगाकर शामली को चारों ओर से घेर लिया था।

संघर्ष में करीब 225 पुरुष और 27 महिलाएँ हुए थे शहीद

यहाँ पर थानाभवन के अब्दुल रहीम खां, सैदपुर के चौधरी भगवान सिंह, थानाभवन के चौधरी हरज्ञान सिंह, भैंसवाल के भवानी सिंह, आशा देवी, हरड़ के गेंदा सिंह, इंद्राकौर देवी, पुरबालियान के चौधरी हरपाल सिंह, शोभा देवी, परासौली के खैराती खां, शामली से मामकौर, सोरम से चौधरी लक्ष्मण सिंह, राजकौर, ढिकौली से शोभा सिंह के साथ चौधरी मोहर सिंह भी शहीद हो गए थे। शिलापट्ट पर दर्ज जानकारी के अनुसार यहाँ पर 225 पुरुष और 27 महिलाएँ शहीद हुए थे।

क्रांतिकारियों में दहशत फैलाने के लिए झिंझाना-करनाल रोड पर चौधरी मोहर सिंह के शव को तीन दिन तक पेड़ पर फांसी पर लटकाकर रखा गया था। उनके वंशज रामकुमार बताते हैं कि पूरे देश व शामली के लिए गौरव की बात है कि वह उस धरती के वासी हैं, जिस पर अमर बलिदानी क्रांतिकारी चौधरी मोहर सिंह ने जन्म लिया। उन्होंने हमें आजादी दिलाने के लिए अपने प्राणों की आहुति दी। हमें उनके आदर्शों पर चलते हुए देश के लिए काम करना है।

वीर बांके चमार–१८५७

बांके चमार एक स्वतंत्रता सेनानी थे जिनकी मृत्यु 1857 के भारतीय विद्रोह में उनके कार्यों के लिए हुई थी। वह कुआरपुर गाँव, मछली शहर, जौनपुर जनपद के रहने वाले थे। विद्रोह की विफलता के बाद, बांके चमार और उसके 18 सहयोगियों को बागी (विद्रोही) घोषित कर दिया गया। गिरफ्तारी के बाद बांके चमार को फांसी पर लटका दिया गया।

बांके चमार 1857 की क्रांति के महान स्वतंत्रता सेनानी थे जो जौनपुर से क्रांति का नेतृत्व कर रहे थे लेकिन जब 1857 की क्रांति विफल हो गई, तो अंग्रेजों ने उस समय उन पर ₹ 50000 का सबसे बड़ा इनाम रखा।

लेकिन एक मुखबिर ने अंग्रेजों को उनके ठिकाने की जानकारी दे दी, इसलिए अंग्रेज उन्हें पकड़ने के लिए कई सैनिकों को ले गए, जहाँ अंग्रेजों और बांके चमार और उनके साथियों के बीच संघर्ष हुआ, उन्होंने कई ब्रिटिश सैनिकों को मार डाला, लेकिन अंग्रेजों ने उन्हें पकड़ लिया। और बाद में इन महान स्वतंत्रता सेनानियों और उनके 18 साथियों को फांसी पर लटका दिया गया।

ब्राह्मणवाद और अमानवीय वर्ण व्यवस्था के समर्थक रहे इतिहासकारों ने बांके चमार और उनके साथियों के बलिदान और बलिदान को छुपाकर उन्हें इतिहास में जगह नहीं दी।

लेकिन स्वतंत्रता के बाद निष्पक्ष और ईमानदार इतिहासकारों ने न केवल हमें उनके बलिदान और बलिदान से परिचित कराया बल्कि उन्हें एक महान स्वतंत्रता सेनानी के रूप में इतिहास में स्थान भी दिया।

योद्धा भीमा नायक–१८५७

निमाड़ का रॉबिनहुड भीमा नायक आजादी की लड़ाई के पहला आदिवासी योद्धा। जिसने आदिवासी सेना बना कर अंग्रेजों के दांत खट्टे किए थे।

भीमा नायक एक आदिवासी योद्धा थे। कहा जाता है कि आजादी की जंग में भीमा नायक ने अकेले अपने दम पर अंग्रेजी शासन को हिला दिया था। यहाँ तक कि अंग्रेज भीमा नायक के नाम से कांपते थे। उन्होंने आदिवासियों को एकुजट किया था। वीर सपूत भीमा नायक के जीवन को लेकर आज भी कई तथ्य अनसुलझे है। आज तक उनके वास्तविक फोटो को लेकर कोई साक्ष्य नहीं मिला है। जानकारी के मुताबिक, शहीद भीमा नायक का कार्य क्षेत्र बड़वानी रियासत से लेकर महाराष्ट्र के खानदेश तक रहा है। 1857 में हुए अंबापानी युद्ध में भीमा की महत्वपूर्ण भूमिका थी। जिसके साक्ष्य आज भी भीमा गढ़ी पर देखे जा सकते है। अंग्रेज जब नायक भीमा को ऐसे नहीं पकड़ पाए तो उन्हें उनके ही किसी करीबी की मुखबिरी पर धोखे से पकड़ा था। उनके योगदान और उनकी शहादत को लेकर कई तरह के शोध हुए हैं। उसी शोध में एक तथ्य यह भी सामने आया है कि 1857 क्रांति में तात्या टोपे जब निमाड़ आए थे। तो उनकी मुलाकात भीमा नायक से हुई। शोध के मुताबिक कुछ साल पहले भीमा नायक का शहीद प्रमाण-पत्र पहली बार सामने आया था। इसमें ये जिक्र था कि उनकी शहादत 29 दिसंबर 1876 को पोर्ट ब्लेयर में हुई थी।

सेनानी मक्का पासी–१८५७

आजादी के आंदोलन में दलित समाज का महत्वपूर्ण योगदान रहा है। 1857 की प्रथम स्वाधीनता संग्राम की एक प्रमुख विशेषता यह भी है कि इसमें दलित समाज के लोगों ने बढ़ चढ़कर हिस्सा लिया था। उन्होंने रणभूमि में अंग्रेजी सेना के छक्के छुड़ा दिए थें इनमें से कईयों ने मातृभूमि के लिए अपने प्राणों की आहुति दी। मिसाल के तौर पर वीर पासी योद्धा मक्का पासी जिन्होंने 1857 के प्रथम स्वतंत्रता संग्राम में अंग्रेजों के खिलाफ चिनहट की लड़ाई में अदम्य साहस और वीरता का परिचय दिया था। चिनहट की लड़ाई में अंग्रेजों से बहादुरी से लड़ते हुए वीरगति को प्राप्त हुए थे, लेकिन प्राणों की आहुति देने से पहले उन्होंने कई अंग्रेज सैनिकों को मौत के घाट उतार दिया था। इनके पराक्रम को देखकर अंग्रेज भी स्तब्ध रह गए थे। शायद ऊदा देवी और मक्का पासी ही एकमात्र युगल हैं, जो मातृभूमि के लिए प्राणों की आहुति देकर शहीद हुए. लेकिन मुख्यधारा के इतिहास में इन्हें कोई जगह नहीं दी गई शायद राजघराने से ताल्लुक नहीं रखने, गरीब दलित परिवार में जन्म लेने और एक मामूली सैनिक होने के कारण उनके बारे में इतिहास की किताबों में नहीं लिखा गया और वह गुमनाम हो गए। इसीलिए उन्हें वह यश और सम्मान नहीं मिला, जिसके वह हकदार थे। यह पासी समाज के महान स्वतंत्रता सेनानी मक्का पासी की वीरता की कहानी है।

कौन थे मक्का पासी?

मक्का पासी 1857 के प्रथम स्वतंत्रता संग्राम के वीर सिपाही थे। वह अवध के नवाब वाजिद अली शाह की पलटन में एक सैनिक थे। इनका जन्म

लखनऊ के पास उजरियांव गाँव में एक दलित पासी परिवार में हुआ था। वह बचपन से ही साहसी और बहादुर थे। इनका विवाह पीलीभीत की वीरांगना ऊदा देवी से हुई थी। यहाँ इस बात का उल्लेख करना जरूरी है कि पीढ़ियों से चली आ रही अपमान और अन्याय के कारण वर्तमान में पासी समाज की जो भी स्थिति हो, लेकिन इनका इतिहास समृद्ध और गौरवशाली रहा है। यह एक शासक जाति रही है। मध्यकाल में पासी राजाओं ने उत्तर प्रदेश में विशाल साम्राज्यों पर शासन किया था।

वाजिद अली शाह की सेना में भर्ती

जब वाजिद अली शाह अवध के नवाब बने तो उनके सामने कई चुनौतियां थीं। देसी रियासतों पर अंग्रेजों का हस्ताक्षेप बढ़ता जा रहा था। इस चुनौती का सामना करने के लिए नवाब वाजिद अली शाह ने अंग्रेजों से लोहा लेने के लिए अपनी सेना में नए सैनिकों को भर्ती करना शुरू कर दिया। सैन्य शक्ति बढ़ाने के उद्देश्य से लखनऊ में नवाब के सेना में नए सैनिकों की भर्ती की गई, जिसमें समाज के सभी वर्ग के गरीब लोगों को नौकरी प्राप्त करने का एक अच्छा अवसर प्राप्त हुआ। अंग्रेजों के प्रति भारतीयों का गुस्सा बढ़ता जा रहा था। चारों तरफ क्रांति की अग्नि प्रज्वलित हो रही थी। ऐसे में साहसी और पराक्रमी मक्का पासी भी आजादी की लड़ाई में सक्रिय योगदान देने के लिए नवाब की सेना में भर्ती हो गए। उस समय लॉर्ड डलहौजी भारत का वायसराय था। वह लखनऊ को हड़पने का षड्यंत्र रच रहा था। अवध रियासत को हड़पने की योजना के तहत उसने अपने एक दूत को समझौता पत्र लेकर नवाब के पास भेजा। समझौता पत्र के शर्त के अनुसार अवध पर ब्रिटिश ईस्ट इंडिया कंपनी का अधिकार होना था। जब वाजिद अली शाह ने समझौता पत्र पर हस्ताक्षर करने से इंकार कर दिया तो उन्हें नजरबंद करके कोलकाता भेज दिया गया। नवाब के अनुपस्थिति में उनकी बड़ी बेगम हजरत महल ने मोर्चा संभाला और अंग्रेजों का मुकाबला करने लगीं।

मक्का पासी की शहादत

10 जून 1857 को लखनऊ के चिनहट कस्बा के पास इस्माइलगंज में ब्रिटिश ईस्ट इंडिया कंपनी और भारतीय विद्रोही सैनिकों के बीच एक भीषण

युद्ध हुआ. इस युद्ध में अंग्रेजी फौज का नेतृत्व हेनरी लॉरेंस ने किया था। वहीं, संगठित भारतीय विद्रोही सेना का नेतृत्व मौलवी अहमदुल्लाह शाह ने किया था, मक्का पासी इसी फौज के सदस्य थे। इस ऐतिहासिक लड़ाई में विद्रोही सेना विजय हुई थी, जबकि हेनरी लॉरेंस के अगुवाई वाली अंग्रेजी फौज को शर्मनाक हार का सामना करना पड़ा था और वह मैदान छोड़कर भाग गए थे. इस लड़ाई को भारत के प्रथम स्वतंत्रता संग्राम की सबसे बड़ी उपलब्धियों में से एक माना जाता है. देश को गौरव से भर देने वाली और क्रांतिकारियों का मनोबल बढ़ाने वाली इस ऐतिहासिक लड़ाई में अन्य भारतीय सैनिकों के साथ मक्का पासी की शहादत भी हुई थी। कहा जाता है कि 10 जून 1857 को यह ऐतिहासिक लड़ाई तब हुई जब हेनरी लॉरेंस के नेतृत्व में ब्रिटिश सैनिकों की छोटी-सी बटालियन अवध से चिनहट जाने के रास्ते बाराबंकी से गुजर रही थी। चिनहट में हेनरी लॉरेंस की सेना का सामना मक्का पार्टी द्वारा इकट्ठा किए गए 200 पासियों की सेना से हुई। पासियों की सेना अंग्रेज सेना पर काल बनकर टूट गई और कई अंग्रेज सैनिकों को मौत के घाट उतार दिया। जब मक्का पासी अंग्रेज सैनिकों के लिए एक बड़ा खतरा बन गए तो कैप्टन हेनरी लॉरेंस ने मक्का पासी को एक बड़ा खतरा मानते हुए और अपने सैनिकों को मौत से बचाने के लिए मक्का पासी को गोली मार दिया। लेकिन वीरगति को प्राप्त होने से पहले मक्का पासी वीरता से लड़े और रणभूमि में उन्होंने उत्कृष्ट पराक्रम का परिचय दिया। उन्होंने अकेले दम पर कई अंग्रेज सैनिकों को मार डाला।

मक्का पासी और उदा देवी

वीरांगना ऊदा देवी के जीवन पर पति मक्का पासी का व्यापक प्रभाव रहा। जब मक्का पासी नवाब की सेना में शामिल हुए तो उनके साहस और पराक्रम से प्रेरणा लेकर ही ऊदा देवी भी बेगम हजरत महल के महिला बटालियन में शामिल हुई थीं। इतना ही नहीं, पति के बलिदान का बदला लेने के लिए उन्होंने सिकंदर बाग में 32 अंग्रेज अफसरों और सैनिकों को मौत के घाट उतार कर त्याग बलिदान और वीरता के लिए अपना नाम इतिहास के पन्नों में स्वर्ण अक्षरों में अंकित करवा लिया।

मोजे रिबा–१८५७

भारत को स्वतंत्रता दिलाने में देश के करोड़ों लोगों ने जी–जान लगा दी थी। उनमें से कुछ स्वतंत्रता सेनानियों को हम जानते हैं, तो कुछ ऐसे भी हैं जिनका योगदान हमें आज शायद याद नहीं होगा। इनमें पूर्वोत्तर के कुछ स्वतंत्रता सेनानी भी शामिल हैं। स्वतंत्रता सेनानी मोजे रिबा अरुणाचल प्रदेश के सियांग जिले के रहने वाले थे। स्वतंत्रता संग्राम में कूदने से पहले वह एक व्यापारी थे. लेकिन डिब्रुगढ़ की एक बिजनेस ट्रिप पर उन्होंने स्वतंत्रता संग्राम के बारे में सुना, तब उनका मन बदल गया और वह इस संग्राम में कूद गए। वह इंडियन नेशनल कॉंग्रेस में शामिल होने वाले अरुणाचल प्रदेश के पहले व्यक्ति थे। उन्होंने आजादी के लिए किए गए कई मार्च और रैलियों का नेतृत्व किया था। इन्हें आजादी के बाद ताम्रपत्र देकर सम्मानित किया गया था।

राजा शंकर शाह-रघुनाथ शाह मडावी-१८५७

1857 की क्रांती में अपने प्राण न्योछावर करने वाले वीर राजा शंकर शाह और उनके पुत्र रघुनाथ शाह गढ़ा मंडला और जबलपुर के गोंड राजवंश के प्रतापी राजा संग्राम शाह के वंशज थे। इस राजवंश की कई पीढ़ियों ने देश और आत्मसम्मान के लिये अपने प्राण न्यौछावर किये थे। राजा संग्राम शाह के बड़े पुत्र दलपत शाह थे जिनकी पत्नी रानी दुर्गावती और पुत्र वीरनारायण ने अपनी मात्रभूमि और आत्मसम्मान की रक्षा करते हुए अकबर की सेना से युद्ध कर अपना बलिदान दिया। इसके पश्चात गढ़ा मंडला अकबर के अधीन हो गया। अकबर ने अपनी अधीनता में शासन चलाने के लिये रानी दुर्गावती के देवर (राजा दलपत शाह के छोटे भाई) चंदा नरेश, चन्द्र शाह को राजा बनाया। इन्ही चन्द्र शाह की 11 वीं पीढ़ी में अमर शहीद शंकर शाह ने जन्म लिया। राजा शंकर शाह और उनके पुत्र कुंवर रघुनाथ शाह ने 1857 की क्रांती में अपने प्राण अर्पित कर इस वंश से पुनः देश के लिये अपना बलिदान दिया।

कौन थे वीर राजा शंकर शाह-रघुनाथ शाह

शंकर शाह के दादा गोंड राजवंश के अंतिम प्रसिद्ध शासक राजा निजाम शाह थे और इनके पिता राजा सुमेद शाह थे। राजा शंकर शाह और कुंवर रघुनाथ शाह का जन्म मंडला के किले में हुआ था। इस किले का निर्माण इसी गोंड राजवंश के राजा नरेन्द्र शाह ने 1698 में करवाया था। यह किला तीन

दिशाओं से माँ नर्मदा की अथाह जल राशी से घिरा था जो इस किले को तीन दिशाओं में सुरक्षा प्रदान करती थी। राजा शंकर शाह के पिता राजा सुमेद शाह के समय मंडला पेशवाओं और मराठाओं के अधीन आ गया था और पेशवा के प्रतिनधि के रूप में सुमेद शाह मंडला के राजा के रूप में शासन चला रहे थे इसी समय नरहरी शाह और सुमेद शाह के बीच सत्ता का संघर्ष चल रहा था। 1818 में मंडला अंग्रेजों के अधीन आ गया। राजा शंकर शाह पहले के राजाओं की तरह स्वतंत्र राजा नहीं थे, उनके पास मात्र पुरवा और कुछ गाँव की जागीदारी बची थी और उन्हें अंग्रेजों से पेंशन मिलती थी। परन्तु गढ़ा मंडला और जबलपुर की जनता में उन्हें वही मान सम्मान प्राप्त था जो उनके पूर्वजों को था। राजा शंकर शाह की पत्नी का नाम रानी फूलकुंवर था और उनके एकमात्र पुत्र कुंवर रघुनाथ शाह थे। कुंवर रघुनाथ शाह का विवाह रानी मन कुंवर से हुआ और इनके एकमात्र पुत्र का नाम लक्ष्मण शाह थे।

भारत में 1857 की क्रांती लार्ड डलहौजी की भारतीय राज्यों को हड़पने के लिये एक नीति बनाई थी जिसे डॉक्टराइन ऑफ लेप्स (Doctrine of Laps) की कहा जाता था इसमें जिस किसी राजा का आनुवंशिक उत्तराधिकारी नहीं होता था उसे अंग्रेजी राज्य में विलय कर लिया जाता था। इस नीति के तहत झाँसी, नागपुर, अवध, कानपुर, मंडला के रामगढ को अंग्रेज अपने अधीन करना चाहते थे। इसके अतिरिक्त गाय और सुअर के चर्बी वाले कारतूस भी क्रांति का मुख्य कारण बने। इसके पूर्व 1842 के आदिवासी आन्दोलन को अंग्रेज बर्बरता पूर्वक कुचल चुके थे। राजा रघुनाथ शाह इन सभी घटनाओं से बेहद आहत थे और अंग्रेजों को इस देश से भगाना चाहते थे।

वीर शंकर शाह-रघुनाथ शाह और 1857 की क्रांती

राजा शंकर शाह और कुंवर रघुनाथ शाह दोनों ही बहुत वीर साथ ही अच्छे कवि थे और अपनी कवितों के माध्यम से लोगों में देशभक्ति के भावना का संचार कर रहे थे। इसी समय जबलपुर में अंग्रेजों की 52 वीं रेजिमेंट तैनात थी जिसके कई सैनिक अंग्रेजों के विरुद्ध विद्रोह का मन बना चुके थे। इस समय तक क्रांती देश के अधिकांश भागों में फैल चुकी थी। मध्य भारत में

राजा शंकर शाह को जिनकी उम्र 70 वर्ष थी, क्रांति का नेता चुना गया। राजा शंकर शाह की अध्यक्षता में पुरवा में आसपास के जमीदारों और राजाओं की सभा बुलाई गई जिसमें रानी अवन्ती बाई भी शामिल हुई। इस क्षेत्र में प्रचार के लिए एक पत्र और दो काली चूड़ियों की एक पुड़िया बनाकर प्रसाद के रूप में वितरित की गईं। इसके पत्र में लिखा गया- अंगेजों से संघर्ष के लिए तैयार रहो या चूड़ियाँ पहनकर घर बैठो। जो राजा, जमींदार और मालगुजार पुड़िया ले तो इसका अर्थ क्रांति में अंग्रेजों के विरुद्ध अपना समर्थन देना था।

शंकर शाह रघुनाथ शाह की जीवनी

राजा शंकर शाह जबलपुर की अंग्रेज छावनी में तैनात भारतीय सैनिकों की सहायता से छावनी पर आक्रमण कर अंग्रजों को भगाना चाहते थे। किन्तु राजा शंकर शाह के महल के कुछ लोग महल की गोपनीय सूचनायें अंगेजों तक पहुँचा रहे थे। अंग्रेज डिप्टी कमिश्नर ने अपने गुप्तचरों को साधू के भेष में गढ़ पुरवा भेजा ताकि वो राजा शंकर शाह की तैयारियों की जानकारी ले सकें। राजा धार्मिक प्रवृति के व्यक्ति थे उन्होंने साधुओं का स्वागत किया और अपनी योजना भी उन्हें बतला दी। जबलपुर का डिप्टी कमिश्नर सभी भेद जान चुका था उसने अपने गुप्तचर चारो तरफ फैला दिए। 14 सितम्बर 1857 की रात्रि अंग्रजों ने लगभग 20 घुड़सवार और 40 पैदल सिपाहियों के सांथ राजा की हवेली पर धावा बोल दिया और राजा शंकर शाह उनके पुत्र कुंवर रघुनाथ शाह और 13 अन्य लोगों को गिरफ्तार कर लिया और पूरे घर की तलाशी ली। जिसमे राजा द्वारा सरदारों और जमीदारों को लिखे गए पत्र और राजा की कविता हाथ लगी।

कविता कुछ इस प्रकार थी–

मूंद मुख इंडिन को चुगलों को चबाई खाइ, खूंद दौड़ दुष्टन को, शत्रु संहारिका।

मार अंग्रेज, रेज, कर देई मात चण्डी, बचौ नहीं बैरि, बाल बच्चे संहारिका।

संकर की रक्षा कर, दास प्रतिपालकर, दीन की सुन आय मात कालिका।

खायइ लेत मलेछन को, झेल नहीं करो अब, भच्छन कर तच्छन धौर मात कालिका।

वीर राजा शंकर शाह–रघुनाथ शाह का बलिदान। Scrifice of Raja Shankar Shah Raghunath Shah

इसी तरह की कविता कुंवर रघुनाथ शाह की हस्तलिपि में भी मिली इन्ही कविताओं को आधार बनाकर उन पर देशद्रोह का मुकद्दमा चलाया गया। राजा शंकर शाह और कुंवर रघुनाथ शाह बंदी बनाकर जबलपुर हाई कोर्ट और एल्गिन हॉस्पिटल के पास रखा गया वर्तमान में इस स्थान पर वन विभाग का कार्यालय है। बतलाया जाता है की राजा रघुनाथ शाह के सामने कुछ शर्तें रखी गई जिनमे अंग्रेजों से संधि करना, अपना धर्म त्याग कर ईसाई धर्म अपनाना प्रमुख थीं पर राजा ने इन्हें मानने से इंकार कर दिया। अंग्रेजों को डर था की अगर राजा ज्यादा दिन कैद में रहे तो छावनी के सैनिक और जनता विद्रोह कर देगी। अंग्रजों ने तुरंत ही सैनिक अदालत का गठन किया जिसमें डिप्टी कमिश्नर और दो अन्य अंग्रेज अधिकारियों का सैनिक आयोग बनाने का ढोंग किया गया। इसी बीच 52 वीं रेजिमेंट के सैनकों ने राजा और राजकुमार को जेल से मुक्त करने का प्रयत्न भी किया जो सफल नहीं हो सका। अदालत ने राजा शंकर शाह और कुंवर रघुनाथ शाह को देशद्रोह की कवितायें लिखने, लोगों को भड़काने और देशद्रोह के आरोप में मृत्यु दंड की सजा सुनाई। राजा और राजकुमार को गिरफ्तार करने के मात्र कुछ ही दिन के अन्दर ही 18 सितम्बर 1857 को जबलपुर एजेंसी हाउस के सामने फांसी परेड हुई। दोनों को अहाते में लाया गया। दोनों को देखने के लिये विशाल जन सैलाव उमड़ रहा था जो आक्रोशित था। राजा शंकर शाह और कुंवर रघुनाथ शाह के चेहरों पर कोई डर नहीं था दोनों के चेहरे शांत और दृढ़ थे। दोनों की हथकडियाँ खोल दी गईं और दोनों को तोपों क मुँह से बाँध दिया गया। तोप से बाँधते समय राजा और राजकुमार दोनों तेजमय चेहरे के साथ गर्व भाव से चलकर तोपों के सामने आये और दोनों ने सीना तानकर अपनी देवी की प्रार्थना की। तोप के चलते ही राजा शंकर शाह और कुंवर रघुनाथ शाह के शरीर छत–विक्षत हो गये। उनके हाँथ और पैर तोप के पास गिरे क्योंकि वह

तोप से बंधे थे शरीर के भाग लगभग 50 फीट तक विखर गये। चेहरे को छति नहीं पहुँची उनकी गरिमा अक्षुण्य रही।

राज परवार के अन्य सदस्यों को छोड़ दिया गया। राजा शंकर शाह की पत्नी रानी फूलकुंवर बाई ने दोनों के शरीर को एकत्र कर अंतिम क्रिया कर्म करवाया और अंग्रजों से बदला लेने का प्रण लिया। अंग्रजों का इस तरह सरेआम राजा शंकर शाह और कुंवर रघुनाथ शाह को तोप से बाँधकर मृत्युदंड देने का उद्देश्य लोगों और राजाओं में अंग्रजों का डर पैदा करना था परन्तु अंग्रेजों के इस कदम से क्रांती और ज्यादा भड़क गई। लोगों द्वारा दूसरे ही दिन इस स्थान की पूजा की जाने लगी। 52वीं रेजिमेंट के सैनिकों में विद्रोह फैल गया और इनकी टुकड़ी पाटन की ओर कूच कर गई। विद्रोह की आग मंडला, दमोह, नरसिंहपुर, सिवनी और रामगढ तक फैल गई। जगह-जगह अंग्रेजों के खिलाफ सशस्त्र क्रांति फैल गई। रानी फूलकुंवर बाई ने मंडला आकर क्रांती को जारी रखा और अंततः आत्मोत्सर्ग किया। मंडला में खारी की लड़ाई में रानी अवन्ती बाई ने अंग्रेजों को हराकर सम्पूर्ण मंडला को अंग्रेज मुक्त करा दिया। परन्तु अंग्रेज धीरे-धीरे अपनी शक्ति एकत्र कर क्रांति को दबाने में सफल रहे। सम्पूर्ण क्रांति में इस क्षेत्र से राजा शंकर शाह, कुंवर रघुनाथ शाह जैसे कई वीरों ने अपना बलिदान दिया।

इन महान राजा शंकर शाह कुंवर रघुनाथ शाह की बलिदान गाथा से सम्पूर्ण देश को प्रेरणा देने वाली है जिसमें लोगों ने जाती-धर्म से ऊपर उठ कर देश के लिये बलिदान दिया। परन्तु इनके बलिदान को इतिहास में वह जगह नहीं मिली जो मिलनी चाहिये। इनके बलिदान गाथा लोगों के सामने लाने के लिये शासन द्वारा भी प्रयास किये जा रहे हैं। म.प्र. शासन द्वारा वीर शंकर शाह-रघुनाथ शाह राष्ट्रीय सम्मान प्रदान किया जाता है जो जनजातीय जीवन की सांस्कृतिक परमपराओं के क्षेत्र में उल्लेखनीय कार्य के लिये दिया जाता है। अब वह समय आ गया है जब हम वीर राजा शंकर शाह रघुनाथ शाह के इस बलिदान को नई पीढ़ी तक पहुचायें। 1857 की क्रांति में अपना अमूल्य योगदान देने वाले अमर शहीद राजा रघुनाथ शाह और कुंवर शंकर शाह को हमारा शत-शत नमन्।

वीर तिलका मांझी–१८५७

साल 1857 में मंगल पांडे की बन्दूक से निकली गोली ने ब्रिटिश सरकार के खिलाफ विद्रोह का आगाज किया। इस विद्रोह को भारतीय स्वतंत्रता संग्राम का पहला विद्रोह माना जाता है और मंगल पांडे को प्रथम क्रांतिकारी।

हालांकि, 1857 की क्रांति से लगभग 80 साल पहले बिहार के जंगलों से अंग्रेजी हुकुमत के खिलाफ जंग छिड़ चुकी थी। इस जंग की चिंगारी फूंकी थी एक आदिवासी नायक, तिलका मांझी ने, जो असल मायनों में भारतीय स्वतंत्रता संग्राम के पहले क्रांतिकारी थे।

भले ही आपको हमारे इतिहास में तिलका मांझी के योगदान का कोई खास उल्लेख न मिले, पर समय-समय पर कई लेखकों और इतिहासकारों ने उन्हें 'प्रथम स्वतंत्रता सेनानी' होने का सम्मान दिया है। महान लेखिका महाश्वेता देवी ने तिलका मांझी के जीवन और विद्रोह पर बांग्ला भाषा में एक उपन्यास 'शालगिर डाके' की रचना की। एक और हिंदी उपन्यासकार राकेश कुमार सिंह ने अपने उपन्यास 'हुल पहाड़िया' में तिलका मांझी के संघर्ष को बताया है।

तिलका मांझी का जन्म 11 फरवरी, 1750 को बिहार के सुल्तानगंज में 'तिलकपुर' नामक गाँव में एक संथाल परिवार में हुआ था। इनके पिता का नाम सुंदरा मुर्मू था। वैसे उनका वास्तविक नाम 'जबरा पहाड़िया' ही था। तिलका मांझी नाम तो उन्हें ब्रिटिश सरकार ने दिया था।

पहाड़िया भाषा में 'तिलका' का अर्थ है गुस्सैल और लाल-लाल आंखों वाला व्यक्ति साथ ही वे ग्राम प्रधान थे और पहाड़िया समुदाय में ग्राम प्रधान को मांझी कहकर पुकारने की प्रथा है। तिलका नाम उन्हें अंग्रेजों ने दिया। अंग्रेजों ने जबरा पहाड़िया को खूंखार डाकू और गुस्सैल (तिलका) मांझी (समुदाय प्रमुख) कहा। ब्रिटिशकालीन दस्तावेजों में भी 'जबरा पहाड़िया' का नाम मौजूद हैं पर 'तिलका' का कहीं उल्लेख नहीं है।

तिलका ने हमेशा से ही अपने जंगलो को लुटते और अपने लोगों पर अत्याचार होते हुए देखा था। गरीब आदिवासियों की भूमि, खेती, जंगली वृक्षों पर अंग्रेजी शासकों ने कब्जा कर रखा था। आदिवासियों और पर्वतीय सरदारों की लड़ाई अक्सर अंग्रेजी सत्ता से रहती थी, लेकिन पर्वतीय जमींदार वर्ग अंग्रेजी सत्ता का साथ देता था।

धीरे-धीरे इसके विरुद्ध तिलका आवाज उठाने लगे। उन्होंने अन्याय और गुलामी के खिलाफ जंग छेड़ी। तिलका मांझी राष्ट्रीय भावना जगाने के लिए भागलपुर में स्थानीय लोगों को सभाओं में संबोधित करते थे। जाति और धर्म से ऊपर उठकर लोगों को देश के लिए एकजुट होने के लिए प्रेरित करते थे।

साल 1770 में जब भीषण अकाल पड़ा, तो तिलका ने अंग्रेजी शासन का खजाना लूटकर आम गरीब लोगों में बाँट दिया। उनके इन नेक कार्यों और विद्रोह की ज्वाला से और भी आदिवासी उनसे जुड़ गये। इसी के साथ शुरू हुआ उनका 'संथाल हुल' यानी कि आदिवासियों का विद्रोह। उन्होंने अंग्रेजों और उनके चापलूस सामंतो पर लगातार हमले किए और हर बार तिलका मांझी की जीत हुई।

साल 1784 में उन्होंने भागलपुर पर हमला किया और 13 जनवरी 1784 में ताड़ के पेड़ पर चढ़कर घोड़े पर सवार अंग्रेज कलेक्टर 'अगस्टस क्लीवलैंड' को अपने जहरीले तीर का निशाना बनाया और मार गिराया। कलेक्टर की मौत से पूरी ब्रिटिश सरकार सदमे में थी। उन्होंने सपने में भी नहीं सोचा था कि जंगलों में रहने वाला कोई आम-सा आदिवासी ऐसी हिमाकत कर सकता है।

साल 1771 से 1784 तक जंगल के इस बेटे ने ब्रिटिश सत्ता के विरुद्ध लंबा संघर्ष किया। उन्होंने कभी भी समर्पण नहीं किया, न कभी झुके और न ही डरे।

संथाल विद्रोह की एक झलक

उन्होंने स्थानीय सूदखोर जमींदारों एवं अंग्रेजी शासकों को जीते जी कभी चैन की नींद सोने नहीं दिया।

अंग्रेजी सेना ने एड़ी चोटी का जोर लगा लिया, लेकिन वे तिलका को नहीं पकड़ पाए। ऐसे में, उन्होंने अपनी सबसे पुरानी नीति, 'फूट डालो और राज करो' से काम लिया। ब्रिटिश हुक्मरानों ने उनके अपने समुदाय के लोगों को भड़काना और ललचाना शुरू कर दिया। उनका यह फरेब रंग लाया और तिलका के समुदाय से ही एक गद्दार ने उनके बारे में सूचना अंग्रेजों तक पहुँचाई।

सुचना मिलते ही, रात के अँधेरे में अंग्रेज सेनापति आयरकूट ने तिलका के ठिकाने पर हमला कर दिया। लेकिन किसी तरह वे बच निकले और उन्होंने पहाड़ियों में शरण लेकर अंग्रेजों के खिलाफ छापेमारी जारी रखी। ऐसे में अंग्रेजों ने पहाड़ों की घेराबंदी करके उन तक पहुँचने वाली तमाम सहायता रोक दी।

इसकी वजह से तिलका मांझी को अन्न और पानी के अभाव में पहाड़ों से निकल कर लड़ना पड़ा और एक दिन वह पकड़े गए। कहा जाता है कि तिलका मांझी को चार घोड़ों से घसीट कर भागलपुर ले जाया गया। 13 जनवरी 1785 को उन्हें एक बरगद के पेड़ से लटकाकर फांसी दे दी गई थी।

जिस समय तिलका मांझी ने अपने प्राणों की आहुति दी, उस समय मंगल पांडे का जन्म भी नहीं हुआ था। ब्रिटिश सरकार को लगा कि तिलका का ऐसा हाल देखकर कोई भी भारतीय फिर से उनके खिलाफ आवाज उठाने की कोशिश भी नहीं करेगा। पर उन्हें यह कहाँ पता था कि बिहार-झारखंड के पहाड़ों और जंगलों से शुरू हुआ यह संग्राम, ब्रिटिश राज को देश से उखाड़ कर ही थमेगा।

तिलका के बाद भी न जाने कितने आजादी के दीवाने हंसते-हंसते अपनी भारत माँ के लिए अपनी जान न्योछावर कर गये। आजादी की इस लड़ाई में अनगिनत शहीद हुए, पर इन सब शहीदों की गिनती जबरा पहाड़िया उर्फ तिलका मांझी से ही शुरू होती है।

दुमका, झारखंड में तिलका मांफी की प्रतिमा

तिलका मांझी आदिवासियों की स्मृतियों और उनके गीतों में हमेशा जिंदा रहे। न जाने कितने ही आदिवासी लड़ाके तिलका मांफी के गीत गाते हुए फांसी के फंदे पर चढ़ गए। अनेक गीतों तथा कविताओं में तिलका मांझी को विभिन्न रूपों में याद किया जाता है–

तुम पर कोडों की बरसात हुई
तुम घोड़ों में बाँधकर घसीटे गए
फिर भी तुम्हें मारा नहीं जा सका
तुम भागलपुर में सरेआम
फांसी पर लटका दिए गए
फिर भी डरते रहे जमींदार और अंग्रेज
तुम्हारी तिलका (गुस्सैल) आंखों से
मर कर भी तुम मारे नहीं जा सके
तिलका मांझी
मंगल पांडेय नहीं,
तुम आधुनिक भारत के पहले विद्रोही थे
भारत माँ के इस सपूत को सादर नमन!

वीर सुरेंद्र साई–१८५७

सुरेंद्र साई का जन्म 1809 में संबलपुर जिले में उनके पैतृक घर में हुआ था। वे 16वीं शताब्दी में चौहान वंश के संबलपुर के महाराजा मधुकर साई के वंशज थे। साई ने 1857 के विद्रोह से पहले ही विदेशी शासन के खिलाफ लड़ाई शुरू कर दी थी और विद्रोह के थम जाने के बाद भी उन्होंने इसे जारी रखा।

1808 और 1817 के बीच, संबलपुर पर मराठों का कब्जा था. तीसरे एंग्लो–मराठा युद्ध के बाद, अंग्रेजों ने संबलपुर को चौहान राजाओं को सौंप दिया मगर असल कमान अपने हाथ में ही रखी। 1827 में, संबलपुर के शासक महाराज साई बिना किसी वारिस के मर गए। ऐसे में अंग्रेजों ने रानी मोहन कुमारी को गद्दी पर बैठाया और 1833 में, रानी को हटाकर पुराने जमींदार नारायण सिंह को संबलपुर सिंहासन पर बैठा दिया। यह समय संबलपुर के लिए बेहद मुश्किल रहा क्योंकि दोनों ही शासक अकुशल थे। इसके बाद Doctrine of Lapse के चलते संबलपुर पूरी तरह अंग्रेजों का हो गया क्योंकि नारायण सिंह बगैर बिना किसी वारिस के मर गए। वीर सुरेंद्र साई की गिरफ्तारी के बाद उनके साथी शान्त नहीं बैठे। 30 जुलाई, 1857 को सैकड़ों क्रान्तिवीरों ने हजारीबाग जेल पर धावा बोला और वीर सुरेंद्र साई को 32 साथियों सहित छुड़ा कर ले गये।

वीर सुरेंद्र साई एक जन्म–23 जनवरी, 1809; मृत्यु–28 फरवरी, 1884 भारतीय क्रांतिकारी थे। वह 16वीं शताब्दी में चौहान वंश के संबलपुर के महाराजा मधुकर साई के वंशज थे। वीर सुरेंद्र साई ने 1857 के विद्रोह से

पहले ही विदेशी शासन के खिलाफ लड़ाई शुरू कर दी थी और विद्रोह के थम जाने के बाद भी उन्होंने इसे जारी रखा। उन्होंने संबलपुर में लगभग 1500 आदमियों की एक लड़ाकू सेना तैयार की थी। उन्होंने 1857 से 1862 तक अंग्रेजों के खिलाफ गुरिल्ला युद्ध जारी रखा। अंग्रेजों ने उन्हें पकड़ने के लिए हर हथकंडा अपनाया, किन्तु उन्हें रोक नहीं पाए।

वीर सुरेंद्र साई का जन्म ग्राम खिण्डा (सम्बलपुर, उड़ीसा) के चौहान राजवंश में 23 जनवरी, 1809 को हुआ था। इनका गाँव सम्बलपुर से 30 कि. मी. की दूरी पर था। युवावस्था में उनका विवाह हटीबाड़ी के जमींदार की पुत्री से हुआ, जो उस समय गंगापुर राज्य के प्रमुख थे। आगे चलकर सुरेन्द्र साई के घर में एक पुत्र मित्रभानु और एक पुत्री ने जन्म लिया।

सन 1827 में सम्बलपुर के राजा का नि:सन्तान अवस्था में देहान्त हो गया। राजवंश का होने के कारण राजगद्दी पर अब वीर सुरेंद्र साई का हक था; पर अंग्रेज जानते थे कि सुरेन्द्र साई उनका हस्तक बन कर नहीं रहेगा। इसलिए उन्होंने राजा की पत्नी मोहन कुमारी को ही राज्य का प्रशासक बना दिया। मोहन कुमारी बहुत सरल महिला थीं। उन्हें राजकाज की कुछ जानकारी नहीं थी। अत: अंग्रेज उन्हें कठपुतली की तरह अपनी उँगलियों पर नचाने लगे। लेकिन अंग्रेजों की इस धूर्तता से उस राज्य के सब जमींदार नाराज हो गये। उन्होंने मिलकर इसका सशस्त्र विरोध करने का निश्चय किया। इसके लिए उन्होंने वीर सुरेंद्र साई को नेता बनाया। धीरे-धीरे इनके संघर्ष एवं प्रतिरोध की गति बढ़ने लगी। इससे अंग्रेज अधिकारी परेशान हो गये।

गिरफ्तारी

सन 1837 में वीर सुरेंद्र साई, उदन्त साय, बलराम सिंह तथा लखनपुर के जमींदार बलभद्र देव मिलकर डेब्रीगढ़ में कुछ विचार-विमर्श कर रहे थे कि अंग्रेजों ने वहाँ अचानक धावा बोल दिया। उन्होंने बलभद्र देव की वहीं निर्ममता से हत्या कर दी; पर शेष तीनों लोग बचने में सफल हो गये। इस हमले के बाद भी इनकी गतिविधियाँ चलती रहीं। अंग्रेज भी इनके पीछे लगे रहे। उन्होंने कुछ जासूस भी इनको पकड़ने के लिए लगा रखे थे। ऐसे ही देशद्रोहियों की सूचना पर 1840 में वीर सुरेंद्र साई, उदन्त साय तथा बलराम

सिंह अंग्रेजों की गिरफ्त में आ गये। तीनों को आजन्म कारावास का दण्ड देकर हजारीबाग जेल में डाल दिया गया। ये तीनों परस्पर रिश्तेदार भी थे।

क्रान्तिवीरों का जेल पर धावा

वीर सुरेंद्र साई के साथी शान्त नहीं बैठे। 30 जुलाई, 1857 को सैकड़ों क्रान्तिवीरों ने हजारीबाग जेल पर धावा बोला और वीर सुरेंद्र साई को 32 साथियों सहित छुड़ा कर ले गये। सुरेन्द्र साई ने सम्बलपुर पहुँचकर फिर से अपने राज्य को अंग्रेजों से मुक्त कराने के लिए सशस्त्र संग्राम शुरू कर दिया। अंग्रेज पुलिस और सुरेन्द्र साई के सैनिकों में परस्पर झड़प होती ही रहती थी। कभी एक का पलड़ा भारी रहता, तो कभी दूसरे का; पर सुरेन्द्र साई और उनके साथियों ने अंग्रेजों को चैन की नींद नहीं सोने दिया।

शहादत

23 जनवरी, 1864 को जब सुरेंद्र साई अपने परिवार के साथ सो रहे थे, तब अंग्रेज पुलिस ने छापा मारकर उन्हें पकड़ लिया। रात में ही उन्हें सपरिवार रायपुर ले जाया गया और फिर अगले दिन नागपुर की असीरगढ़ जेल में बन्द कर दिया। जेल में भरपूर शारीरिक और मानसिक उत्पीड़न के बाद भी सुरेंद्र साई ने विदेशी शासन के आगे झुकना स्वीकार नहीं किया। अपने जीवन के 37 साल जेल में बिताने वाले वीर सुरेंद्र साई ने 28 फरवरी, 1884 को असीरगढ़ किले की जेल में ही अन्तिम साँस ली।

सेनानी उ तिरोत सिंह–१८५७

हमारे देश को आजाद कराने के लिए न जाने कितने माँ भारती के वीर सपूतों ने अपना सर्वोच्च बलिदान दिया है, तब जाकर भारत अंग्रेजी दासता से मुक्त हुआ और आज हम खुली हवा में सांस ले रहे हैं। 17 जुलाई ही के दिन पूर्वोत्तर भारत के मेघालय राज्य के एक वीर सपूत तिरोत सिंह जो खासी जनजाति से आते हैं, अंग्रेजी दासता को ठुकराकर 33 वर्ष की अल्पायु में अपना सर्वोच्च बलिदान दिया था।

अविभाजित असम (मेघालय व असम के विभाजन के पूर्व) के भूतपूर्व महामहिम राज्यपाल श्री जयरामदास दौलतराम ने 15 दिसम्बर 1952 को मयरांग में उ (खासी भाषा में नाम के आगे सम्मानपूर्वक उ लगाते हैं) तिरोत सिंह के स्मारक का आधारशिला रखते हुए कहा था कि उ तिरोत सिंह एक बहुत हीं कुशल व महान राजा थे और अन्ततः स्वतंत्रता के लिए अपना सर्वस्व बलिदान कर दिया। मैं आशा करता हूँ कि उनके नाम को भारतीय स्वतंत्रता के इतिहास में उचित स्थान मिलेगा। उ तिरोत सिंह नंग्ख्लाऊ के राज्य के राजा थे जो खासी पहाड़ में स्थित है। नंग्ख्लाऊ राज्य का गौरवशाली इतिहास उ शाजेर और उ सेनट्यू के समय से हीं था। उन्होंने नंग्ख्लाऊ राज्य पर शासन बहुत हीं उत्कृष्टता एवं बुद्धिमत्ता से किया। यह उनके राज्य कुशलता व योग्यता का हीं प्रमाण था कि उनका साम्राज्य गुवाहाटी के पास बोरदुआर से लेकर आज के बांग्लादेश के सिल्हट तक था। यह काल था सोलहवीं शताब्दी के आधा बीत जाने के बाद का काल। उ तिरोत सिंह को विरासत में अपने पूर्वजों से कुछ विशिष्ट गुण प्राप्त हुए थे। उन्होंने अंग्रेजों से

अपनी मातृभूमि की रक्षा करते हुए अदम्य साहस व स्वाभिमान का परिचय देते हुए मृत्यु को गले लगा लिया लेकिन कभी भी अंग्रेजी आधिपत्य के सामने सिर नही झुकाया।

अपने मामा उ हेन सिंह के मृत्यु के पश्चात उ तिरोत सिंह नंग्ख्लाऊ राज्य के उत्तराधिकारी नियुक्त हुए। खासी जनजाति मातृ प्रधान समाज होने के कारण राजा के छोटी बहन का पुत्र यानी भांजा हीं राजा होता हैं। बाध्यकारी नियम, कानून एवं परंपरा जो उस भू-भाग पर लागू होते थे उसके कारण उनकी पकड़ को राज्य पर मजबूत करता था। खासी रीति के अनुसार राज्य की सुरक्षा के लिए एक मुखिया की आवश्यकता थी। उ तिरोत सिंह को नंग्ख्लाऊ राज्य का मुखिया यानी राजा मात्र 12 वर्ष की अल्पायु में 1814 ई० में घोषित किया गया। उनकी सरकार का संचालन उ तिरोत सिंह की माँ का कसान सियम किया करती थी। प्रशासनिक कार्य और वहाँ की संसद जिसे दरबार हीमा कहा जाता है उसका संचालन कैबिनेट जो कि अनेक मंत्रियों का समूह हुआ करता था उसके माध्यम से होता था।

उस जमाने में भी खासी राज्य का संविधान पूरी तरह से लोकतांत्रिक था। ब्रिटिश आने से पूर्व खासी पहाड़ में कुल 30 राज्य थे।इन राज्यों के राजा स्वायत व बहुत हीं अधिक शक्तिशाली थे। सभी के पास उनके स्वयं के मंत्रिमंडल थे जिनकी अनुमति के बगैर कोई भी व्यापार नही हो सकता था। खासी राज्य में वस्तुतः ऐसी एक लोकतांत्रिक व्यवस्था थी जिसमें कोई भी ऊँचा नीचा नही था, अपितु सभी का बराबरी का सहभाग था। अगर कभी विवाद या उत्तराधिकारी को लेकर प्रश्न भी खड़ा होता था तो उस विषय की चर्चा सदन में होती थी, जहाँ सभी को अपना मत प्रकट करने व वोट देने का अधिकार था। अंग्रेज अधिकारी डेविड स्कोट के सहायक कैप्टन वाइट एक बार ऐसे हीं मौके पर दरबार में उपस्थित थे। वे दो दिनों तक चली एक चर्चा की व्यवस्था, शालीनता व शिष्टाचार देखकर वो आश्चर्यचकित हो गए।

अंग्रेजी शासन को यह महसूस होने लगा कि अगर ब्रह्मपुत्र वैली से आगे हमें राज्य विस्तार करना है तो असम वैली से सुरमा वैली (सिल्हट) तक सीधा रास्ता तैयार करना होगा। इसके लिए 1827 में डेविड स्काउट ने

नंग्ख्लाऊ के राजा उ तिरोत सिंह से संपर्क किया व संधि किया जो कि दोनों राज्यों के बीच से नंग्ख्लाऊ से होकर सड़क निर्माण कि अनुमति देता है। अंग्रेजों कि चाल भोले भाले खासी समझ नही पाए।

उ तिरोत सिंह को थोड़े ही समय में समझ आ गया कि अंग्रेजों कि संधि ऑगलाल टेटन सिओक्स के प्रमुख रेड क्लाउड के कथन के अनुसार है जिन्होंने कहा था कि "उन्होंने हमसे बहुत सारे वादे किए। इतने सारे वादे कि हम उतने याद भी नही रख सकते। पर सिर्फ उन्होंने एक ही वादा निभाया जो उन्होंने हमारी जमीन लेने का किया था। अन्ततः उन्होंने हमारी जमीन ले ली।" अप्रैल 1829 यानी संधि के दो वर्ष के भी पहले नंग्ख्लाऊ राज दरबार ने निर्णय लिया कि धोखेबाज अंग्रेज एवं उनके समर्थकों को यहाँ से खदेड़ा जाय एवं संधि को तत्काल प्रभाव से निरस्त किया जाय। यह निर्णय अंग्रेज अधिकारियों के बदले रवैये, उनका नंग्ख्लाऊ राज्य कि शासक कि तरह व्यवहार एवं खासी जनता पर शोषण व अत्याचार के कारण लंबी चर्चा के बाद लिया गया। जनता पर अत्याचार की खबरें लगातार सिल्हट व गुवाहाटी से भी प्राप्त हो रहीं थी।

अंग्रेजों से संधि टूटने के बाद अपरिहार्य संघर्ष के लिए मंच सज चुका था क्योंकि दोनों पक्ष समझौते के लिए तैयार नही थे। युद्ध की घोषणा हो गयी थी व अन्य खासी राज्य ने भी युद्धनाद कर दिया था। तीर धनुष से सुसज्जित खासी जनजाति ने सबसे पहले एक ब्रिटिश सैन्य दुर्ग पर हमला किया जिसकी सुरक्षा बंगाल फौज के लेफ्टिनेंट बेफिंगफील्ड और लेफ्टिनेंट बुरीटोन कर रहे थे। अंग्रेजों के ऊपर हुए अचानक हमले से उनका काफी नुकसान हुआ। जिसमें बहुत हीं बड़े-बड़े अधिकारी मारे गए। अंग्रेजों ने इसे नंग्ख्लाऊ हत्याकांड नाम दिया। स्वाभाविक रूप से ब्रिटिश ने इसकी जवाबी कार्यवाही की। 44 वीं असम लाइट इन्फेंट्री जिसका नेतृत्व कैप्टन लिस्टर कर रहे थे एवं 43 वीं असम लाइट इन्फेंट्री जिसका नेतृत्व नेतृत्व लेफ्टिनेंट वेच कर रहे थे उन्हें खासी पहाड़ पर हमले के लिए आदेश दिया गया। खासी राज्य के लोग संख्या व अस्त्र-शस्त्र के मामले में अंग्रेजों से कम थे, परंतु कभी भी सिपाहियों का साहस व उत्साह उ तिरोत सिंह ने कम नही होने दिया।

उ मोन भुट्ट, उ लूरशाई जारेन और उ खेन खारखंगोर उ तिरोत सिंह के कुछ खास सिपहसलार थे, जो उनके कुशल नेतृत्व में अंग्रेजी सेना से लोहा ले रहे थे। यह युद्ध चार वर्षों तक लंबा चला और खासी सिपाहियों के निरंतर संघर्ष के कारण खासी पहाड़ अंग्रेजी आधिपत्य से अप्रभावित रहा। खासी पहाड़ पर शिकंजा कसने के लिए अंग्रेजों द्वारा आर्थिक नाकेबंदी की गईं जिसके कारण अन्न का आयात निर्यात थम सा गया। किन्तु इसके बावजूद खासी सिपाहियों के हौसले बुलंद थे। यहाँ तक कि का फान नोंगलेट जो महिला सैन्य टुकड़ी का नेतृत्व कर रही थी उन्होंने अपने साथियो के साथ अनेक ब्रिटिश सिपाहियों को मार गिराया। उ तिरोत सिंह बहुत हीं तेजी से जब भी मौका मिलता तो अंग्रेजों को अपने गृह पहाड़ियों पर छापामार युद्ध से दांत खट्टे करते रहते।

आर्थिक प्रतिबंध का दुष्प्रभाव खासी राज्य पर पड़ने लगा था और यह युद्ध का एक नया मोड़ साबित हुआ। इस मौके का फायदा अंग्रेजों ने तोलमोल व धमकाने के लिए उठाया। डेविड स्कोट के परवर्ती आये अधिकारी ओबर्स्टन ने गोआलपाड़ा, सिहबंदीश, मॉन्स (बर्मा के बंदूकधारी) और मणिपुरी घुड़सवारों को अधिकृत किया और उसी समय आर्थिक नाकेबंदी को और भी कड़ा किया। सारी खेती बारी बंद हो गयी और अन्न का आयात भी पूरी तरह से बंद हो गया। इंग्लिश नाम का एक अधिकारी जो खासी पहाड़ के ही मिलयम पोस्ट का कमांडर था उसने देखा कि खासी लोग आर्थिक रूप से बहुत हीं कमजोर हो चुके हैं और यही सही मौका है उ तिरोत सिंह को बंदी बनाने का। उसने 13 जनवरी 1833 को उ तिरोत सिंह से बातचीत का प्रस्ताव रखा और खासी रीति के अनुसार तलवार की धार पर नमक रखकर कसम भी खाया कि वह राजा को कोई भी क्षति नही पहुँचाएगा। भोले भाले खासी लोगों को धोखे में रखा गया। 13 जनवरी 1833 को उ तिरोत सिंह मिलयम के लूम मैदान इंग्लिश से बातचीत के लिए गए। इंग्लिश ने उन्हें अभिवादन किया एवं एक बार फिर तलवार की धार से नमक खाकर विश्वास दिलाया। लेकिन अपनी योजना अनुसार अंग्रेजों ने छल से उ तिरोत सिंह को बंदी बना लिया।

राबर्टसन की योजना फलीभूत होने वाली थी। उनका असली उद्देश्य खासी पहाड़ को एक यूरोपियन उपनिवेश बनाने का था और इसके लिए वर्मा के बंदूकधारियों एवं तेजतर्रार मणिपुरिओं को खासी पहाड़ में तैनात करने की योजना बनाई ताकि मणिपुरिओं एवं खासी में संघर्ष बना रहे और इसका लाभ अंग्रेज उठाये। लेकिन खासी मुखिया एवं वहाँ के लोग बड़े ही दूरदर्शी थे उन्होंने इस असमान युद्ध को जारी न रखने में हीं अपनी भलाई समझी। अपने लोगों से हीं युद्ध का परिणाम हार या पूरे खासी पहाड़ का खोना हो सकता था।

अंग्रेजी हुकूमत की यह योजना जिसमे पूरे पूर्वोत्तर को अपना उपनिवेश बनाया जाय इसका प्रयास आज भी जारी है।हाल फिलहाल में नरेंद्र मोदी l jdkj }kjk FCRA Foreign Contribution Regulation Act को निरस्त किया गया। जिसका विरोध पूर्वोत्तर राज्यों के कुछ तथाकथित बुद्धिजीवियों द्वारा की जाती है। इस एक्ट के माध्यम से वे बे-रोकटोक विदेशी धन पूर्वोत्तर में भारत विरोधी गतिविधियों में खर्च हो रहा था। इसके विरोध का स्वर हमें फिर से राबर्टसन ने जो स्वप्न देखा था उसको पूरा करने के लिए ताकतें प्रयासरत प्रतीत होती हैं।

उ तिरोत सिंह को बंदी बनाये जाने के बावजूद खासी राज्य के ज्यादातर भाग को आजाद करा लिया गया था। यद्यपि उन्हें मजबूरीवश रास्ता बनाने के लिए एक अंग्रेजी एजेंट को अनुमति देनी पड़ी। कैप्टन लिस्टर जो सिल्हट के लाइट इन्फेंट्री से था वो उ तिरोत सिंह के अंग्रेजों की ओर से मध्यस्थ थे।

चेन से बाँधकर बन्दी बनाकर उ तिरोत सिंह को गुवाहाटी लाया गया। जहाँ उनके मध्यस्त को टेनासेरिम (वर्मा) सुपुर्द करने का आदेश दिया गया। लेकिन कलकत्ता काउंसिल ने उन्हें निर्वासन के लिए डेक्का भेज दिया गया। एक उपयुक्त लेकिन मजबूत घर उनके लिए ढूंढा गया एवं उन्हें महीने का तिरेसठ रुपये और दो नौकर साथ रखने की अनुमति दी गयी। उन्हें कैद में बहुत यातना दी गयी। यहाँ तक कि यातना के पश्चात अंग्रेज अधिकारियों ने उन्हें प्रलोभन भी दिया और उनके समक्ष पेशकश की कि आप वापस अपने राज्य जा सकते हैं और अंग्रेजी हुकूमत को सर्वोच्च मानकर शासन कर सकते

हैं। लेकिन उन्होंने इस प्रस्ताव को ठुकरा दिया और कहा कि "गुलाम राजा के जीवन से बेहतर है मैं आजाद रहकर मरूँ।" उ तिरोत सिंह अंतिम स्वतंत्र राजा थे, जिन्होंने अपनी शहादत 1835 के पूर्व अपना जीवन कैद एवं एकाकीपन में व्यतित किया। इस तरह से एक बहुत हीं वीर लेकिन भारतीय इतिहास के किसी पन्ने में खोए हुए स्वतंत्रता सेनानी की जीवन यात्रा समाप्त होती है।

उनकी शहादत के 186 वर्ष पूरे हो चुके हैं। नमन है मेघालय के खासी जनजाति का जिन्होंने ऐसे वीर सपूत को जन्म दिया जिन्होंने देश कि संस्कृति, परंपरा और अपना भारतीय धर्म बचाने के लिए अपना सर्वोच्च बलिदान दिया। आज भी देश के बहुत से नागरिक ऐसे वीर हुतात्मा के बारे में नही जानते। आइये हम सब मिलकर उ तिरोत सिंह सियम की जीवन से प्रेरणा ले व उनके संदेश को जन-जन तक पहुँचाए।

मनीराम दीवान–१८५८

असम में चाय उद्योग स्थापित करने वाले मनीराम दीवान पहले अंग्रेजों के वफादार थे लेकिन बाद में बागी हो गए। उन्हें पियाली (या पीली) बरुआ के साथ 26 फरवरी, 1858 को जोरहाट सेंट्रल जेल में 51 साल की उम्र में फांसी दी गई थी।

असम में चाय उद्योग स्थापित करने वाले पहले असमियों में से एक थे मनीराम दीवान अहोम रॉयल को विद्रोह में उठने, अंग्रेजों से स्वतंत्र घोषित करने के लिए प्रेरित किया।

26 फरवरी, 1858 को जोरहाट सेंट्रल जेल में 51 साल की उम्र में फांसी दी गई थी।

गुवाहाटी: मनीराम दत्ता बरुआ, जिन्हें आमतौर पर मनीराम दीवान के नाम से जाना जाता है, असम में चाय उद्योग स्थापित करने वाले पहले असमियों में से एक थे और शुरुआत में अंग्रेजों के वफादार थे। वह अंग्रेजों के दमनकारी प्रभुत्व के कारण बागी हो गए और भारतीय स्वतंत्रता के पहले युद्ध के दौरान उन्होंने असम के अहोम रॉयल को विद्रोह में उठने और खुद को अंग्रेजों से स्वतंत्र घोषित करने के लिए प्रेरित किया। उन्हें पियाली (या पीली) बरुआ के साथ 26 फरवरी, 1858 को जोरहाट सेंट्रल जेल में 51 साल की उम्र में फांसी दी गई थी।

अंग्रेजों की ओर से मनीराम दीवान की फांसी ने औपनिवेशिक शासन के खिलाफ एक खुले विद्रोह को जन्म दिया। गुवाहाटी विश्वविद्यालय के पूर्व कुलपति देबो प्रसाद बरुआ के अनुसार, मनीराम दीवान और पियाली (या

पीली) बरुआ असम में स्वतंत्रता के लिए शहीद हुए और उनके बलिदान और उनके हमवतन के बलिदान ने मन पर एक गहरी और स्थायी छाप छोड़ी। स्वतंत्रता संग्राम के हर चरण में 1857 के इन वीरों को असम के लोग सम्मानपूर्वक याद करते हैं।

मनीराम का परिवार बंगाल चला गया

असम (1817–1826) के बर्मी आक्रमणों के दौरान मनीराम का परिवार बंगाल चला गया, जो उस समय ब्रिटिश ईस्ट इंडिया कंपनी के नियंत्रण में था। प्रथम आंग्ल-बर्मी युद्ध (1824–1826) के शुरुआती दिनों में मनीराम का परिवार अंग्रेजों की सुरक्षा के साथ फिर से असम लौट आया। बर्मी को हराने के बाद ईस्ट इंडिया कंपनी ने यंदाबो की संधि (1826) के माध्यम से असम का नियंत्रण हासिल कर लिया, तत्कालीन शाही राजवंश और असम के लोगों के समर्थन से मनीराम का समर्थन अर्जित किया।

बर्मी आक्रमणों के खिलाफ ब्रिटिश ईस्ट इंडिया कंपनी की भूमिका ने मनीराम को कंपनी का एक वफादार सहयोगी बनने के लिए प्रेरित किया और फिर उन्होंने डेविड स्कॉट के तहत कंपनी के साथ अपना कैरियर शुरू किया, जो पूर्वोत्तर भारत में गवर्नर जनरल के एजेंट थे। 22 वर्षीय मनीराम को 1828 में तहसीलदार और फिर रंगपुर (वर्तमान शिवसागर) का शेरिस्तादार नियुक्त किया गया, जो कभी अहोम साम्राज्य की राजधानी थी।

असम कंपनी लिमिटेड का दीवान नियुक्त

लेखक और इतिहासकार प्रो के.एन. दत्त ने कहा कि उनकी क्षमताओं को पहचानते हुए अंग्रेजों ने उन्हें असम कंपनी लिमिटेड का दीवान नियुक्त किया, जो 1839 में लंदन में स्थापित चाय कंपनी थी, जिसका मुख्यालय पूर्वी असम में शिवसागर के पास नजीरा में था। इस प्रकार उन्हें मनीराम दीवान के नाम से जाना जाने लगा। एक विद्वान, मनीराम साहित्य के संरक्षक भी थे और उन्होंने अक्सर विभिन्न पत्रिकाओं और पुस्तकों के प्रकाशन के लिए धन दान किया।

यहाँ से शुरू हुई अंग्रेजों से नाराजगी

बाद में उन्हें 1833–1838 के दौरान असम के नाममात्र शासक पुरंदर सिंह द्वारा प्रधानमंत्री (बोरभंडार) बनाया गया और मनीराम पुरंदर के बेटे कामेश्वर सिंह और पोते कंदरपेश्वर सिंह के सहयोगी बने रहे। जब अंग्रेजों ने पुरंदर सिंह को अपदस्थ कर दिया, तो नाराज मनीराम ने शेरिस्तादार और तहसीलदार के पदों से इस्तीफा दे दिया, जिससे अंग्रेजों के साथ उनके कड़वे रिश्ते की शुरुआत हुई। विविध विषयों में ज्ञान के साथ मनीराम ने अंग्रेजों को सिंगफो लोगों की ओर से उगाई गई असम चाय के बारे में अवगत कराया, जो अब तक असम के बाहर अज्ञात थी।

चाय और उसके अन्य कौशल के बारे में मनीराम के ज्ञान को ध्यान में रखते हुए वर्ष 1839 में उन्हें 200 रुपये प्रति माह के वेतन के साथ नजीरा में असम चाय कंपनी के दीवान के रूप में नियुक्त किया गया था। लेकिन ब्रिटिश अधिकारियों के साथ मतभेद के बाद, 1840 में मनीराम ने चाय बागान शुरू करने के इरादे से नौकरी छोड़ दी, क्योंकि उन्होंने चाय बागान में पर्याप्त ज्ञान और विशेषज्ञता प्राप्त कर ली थी और वे असम में व्यावसायिक रूप से चाय उगाने वाले पहले भारतीय बन गए। उन्होंने जोरहाट के चेंनीमोरा और शिवसागर के सेलंग में क्रमशः चाय बागानों की स्थापना की।

यू कियांग नंगबाह–१८६०

ये मेघालय के एक स्वतंत्रता सेनानी थे जिन्होंने 1860 में अंग्रेजों के खिलाफ विद्रोह का नेतृत्व किया था। ये वो दौर था जब पश्चिमी जयंतिया पहाड़ के इलाके के लोगों पर अंग्रेजों ने जुल्म करना शुरू कर दिया था। तब इन्होंने अपना एक संगठन बनाया और ब्रिटिश सैनिकों से लड़ने के लिए उन्हें तैयार किया। ये गुरिल्ला अटैक करने में माहिर थे और इसके जरिये अंग्रेजों को परेशान करने लगे। दिसंबर 1862 में किसी ने इनकी मुखबिरी कर दी और अंग्रेजों ने इन्हें गिरफ्तार कर लिया। बाद में ब्रिटिश सरकार ने नंगबाह को सार्वजनिक रूप से फांसी दे दी थी।

पा. तोगन संगमा–१८७२

पा–तोगन नेंगमिनजा संगमा मेघालय की गारो जनजाति के प्रसिद्ध नेता थे। उनकी फिजिक कमाल की थी और लड़ाई में उन्हें जल्दी कोई हरा नहीं सकता था। 1872 में जब ब्रिटिश सैनिकों ने मेघालय पर कब्जा करने के इरादे से गारो पहाड़ पर कैंप लगाया, तब इन्होंने अपने साथियों के साथ उन पर हमला कर दिया। लेकिन अंग्रजों के पास बंदूकें थीं और इनके पास पारंपरिक हथियार। इनके अधिकतर साथी मारे गए और वो भी ब्रिटिश सैनिकों की एक गोली का शिकार हो गए।

भगवान बिरसा मुंडा–१८७५

बिरसा का जन्म अड़की प्रखंड अंतर्गत ग्राम–उलीहातु में 15 नवंबर 1875 को हुआ था। इसके पिता का नाम सुगना मुंडा और माता का नाम करमी था। बिरसा के पूर्वज चुटू मुंडा और नागू मुंडा थे। वे पूर्ती गोत्र के थे। वे रांची के उपनगर चुटिया में रहा करते थे। कहा जाता है कि इन दो भाईयों के नाम से इस क्षेत्र का नाम छोटानागपुर पड़ा। चुटिया में अनके वर्षों तक इनका समय बीता। काल–क्रमानुसार इनकी जनसंख्या में वृद्धि हुई। परिणामस्वरूप इन उपवंश के मुंडा अपने रहने के लिए क्षेत्र की खोज में निकला पड़े। वे खूँटी में मरंगहदा के पास तिलमा पहुँचे और वहाँ बस गये। वहाँ से फिर मांझिया मुंडा के नेतृत्व में आगे बढ़े और तमाड़ में मांझीडीह गाँव की स्थापना की। मांझीडीह से वे रंका और लाका मुंडा के नेतृत्व में अडकी प्रखंड के मुख्यालय से 10 किलोमीटर पश्चिम दुर्गम एवं पहाड़ी मार्ग पार पहाड़ की छोटी पर उलीहातु गाँव बसाया। बाद में उलीहातु विकसित होकर एक बड़ा गाँव के रूप में परिणत हो गया। इसी गाँव में लकारी मुंडा का जन्म हुआ था जो बिरसा का दादा थे। बिरसा के पिता सुगना मुंडा का जन्म भी यहीं हुआ था और बिरसा पैदाइश एवं पैतृक गाँव भी उलीहातु ही था। बिरसा दादा लकारी मुंडा मूल रूप से उलीहातु ही था। उनका विवाह चलकद में हुआ था और उसके तीन पुत्र हुए। उनमें बिरसा के पिता सुगना मुंडा का दूसरा स्थान था। सुगना का विवाह अयुबहातु में डिबर मुंडा की सबसे बड़ी पुत्री करमी से हुआ। उनके तीन पुत्र और दो पुत्रियाँ थी। इनमें से बिरसा का चौथा स्थान था।

आर्थिक एवं सामाजिक जीवन

ग्राम–उलीहातू में बिरसा वंशजों की आर्थिक स्थिति काफी बिगड़ी हुई थी। परिस्थिति से विविश होकर खेत में काम करने वाले मजदूरों या बंटाईदार अथवा रैयतों के रूप में काम की तलाश में बिरसा के पिता, माँ और चाचा पसना मुंडा उलीहातू छोड़कर बीरबांकी के निकट कूडुम्बदा चले गये। वहाँ से परिवार चम्बा चली गयी और फिर चलकद आये। चलकद में आकर वे गाँव के मुंडा बिर्सिन्ह के यहाँ शरण लिए। बिरसा के जन्म के बहुत दिन पहले ही उसके बड़े पिता कानू उलिह्तू में ईसाई बन चुके थे। इनका मसीही नाम पौलूस था। बिरसा के पिता सुगना और उसके छोटे भाई फसना ने बम्बा में जाकर ईसाई धर्म स्वीकार कर लिया। यहाँ तक की सुगना तो जर्मन ईसाई मिशन के प्रचारक भी बन गए थे। इसलिए बिरसा भी अपने पिता के साथ ईसाई हो गये। सुगना का मसीही नाम मसीहदस और बिरसा का दाऊद मुंडा पड़ा। बिरसा को दाउद बिरसा भी कहा जाता था। इस तरह से बिरसा का परिवार उलगुलान होने तक चलकद में ही रहा और बिरसा का बचपन भी अपने माता–पिता के साथ काफी दिनों तक चलकद में ही व्यतीत हुआ।

गरीबी के कारण कुछ बड़े होने पर बिरसा को अपने मामा घर अयुबहातु ले जाया गया। बिरसा के बड़े भाई कोंता मुंडा 10 वर्ष के उम्र में कूदी चला गया। वहाँ एक मुंडा के यहाँ नौकरी करने लगा और काफी अर्से तक वहीं रह गया था। बाद में उनकी शादी उसी गाँव की एक मुंडा लड़की से हुई। बिरसा अयुबहातु में दो वर्ष तक रहा। वहीं रहते जयपाल नाग द्वारा संचालित सलगा स्कूल में दाखिला होकर आरंभिक शिक्षा प्राप्त की। कुछ दिनों बाद उनकी सबसे छोटी मौसी जौनी की शादी खटंगा में हो गईं चूंकि बिरसा अपनी मौसी का बड़ा प्यारा था। इसलिए शादी के बाद उसे अपने साथ खटंगा लेती गईं यहाँ से ईसाई प्रचारक से उनका संपर्क हुआ। वह प्रचारक मुंडाओं की पुरानी धर्म व्यवस्था की आलोचना किया करता था। यह बिरसा को बिलकुल अच्छा नहीं लगा। वह इस चिंता में भाव–मग्न होकर अध्ययन में इतना तल्लीन रहता था कि उसे भेड़–बकरियों को चराने के लिए सौंपे गये कार्यों को भी मन लगाकर नहीं निभा पाता था। इस कारण से उसे कभी–कभी अपनी मौसी

तथा अन्य लोगों से डांट भी मिल जाया करता था। फलत: उसने वह वहाँ कुछ समय तक रहा। वहाँ से वह बुडजो स्थित जर्मन मिशन स्कूल में भर्ती हो गया और वही से निम्न प्राथमिक की शिक्षा उसे प्राप्त करने के लिए जर्मन ईसाई मिशन स्कूल चाईबासा में 1886 ई. में अपना दाखिला ले लिया।

चाईबासा में बिरसा चार वर्षों (1886 से 1890) तक रहा। इस बीच उनके साथ एक रोचक घटना घटी। एक बूढ़ी महिला ने उसके माथे की रेखाओं का निरीक्षण करने के बाद यह भविष्यवाणी की थी कि वह एक दिन बहुत बड़ा काम कर दिखाएगा और एक महान व्यक्ति बनेगा। इस अवधि में जर्मन–लूथेरन और रोमन कैथोलिक ईसाईयों के भूमि आन्दोलन चल रहे थे। एक दिन चाईबासा मिशन में उपदेश देते हुए डॉ. नोट्रेट ने ईश्वर के राज्य के सिद्धांत पर विस्तार से प्रकाश डाला। इस उपदेश के श्रोता के रूप में बिरसा भी उपस्थित था। डॉ. नोट्रोट का कहना था कि यदि वे ईसाई बने रहेंगे और और उनके अनुदेशों का अनुपालन करते रहेंगे तो उनकी छिनी हुई जमीन की वापसी कर दी जाएगी। इस बात से बिरसा को और अन्य लोगों को भी बड़ा धक्का लगा और 1886–87 में मिशनरियों से सरदारों का संबंध विच्छेद हो गया। उसके बाद मिशनरियों ने सरदारों को धोखेबाज कहना शुरू किया। बिरसा ने उसी समय डॉ. नोट्रोट और मिशनरियों को बहुत ही तीखे शब्दों में आलोचना की। इसका नतीजा यह हुआ कि बिरसा को स्कूल से निकाल दिया गया। इस घटना के बाद उसने अपनी आवाज बुलंद की 'साहब' साहब एक टोपी है। अर्थात गोरे अंग्रेज और मिशनरी एक जैसे हैं। चाईबासा में रहकर बिरसा उच्च प्राथमिक स्तर की शिक्षा पाई और हिंदी और अंग्रेजी की थोड़ी बहुत जानकारी हुई। हिंदी बोल लेता किन्तु अंग्रेजी में बातचीत नहीं कर पाता था। बिरसा 1890 में चाईबासा छोड़ दिगा और उसके तुरंत बाद उसने जर्मन ईसाई मिशन की सदस्यता भी छोड़ दी। इसके साथ उनके और भी सहपाठी भी थे जिन्होंने इनका साथ दिया। उन्होंने भी यह जर्मन ईसाई मिशन की सदस्यता छोड़ दी। तथा उसने जर्मन मिशन त्याग कर रोमन कैथोलिक मिशन धर्म स्वीकार किया। उसके साथ कुछ दिनों तक रहा, पर बाद में उस धर्म के प्रति भी उनके मन में विरक्ति आने लगी। ऐसी बार सरदारों के आन्दोलन के

साथ भी हुई। उन लोगों ने जिन माँगों को लेकर रोमन कैथोलिक मिशन का समर्थन प्राप्त करना चाहा था। उस ओर से वे निराश होकर अपनी पुरानी धर्म की ओर लौट आये। इस तरह से वे मिशन धर्म का त्याग कर अपनी धर्म की आस्था पर विशेष बल देने लगे।

चाईबासा से लौटने के बाद बिरसा करीब एक वर्ष तक अपनी बड़ी बहन दसकीर के यहाँ कांडेर में समय बिताया। सन 1891 में वह बंदगाँव पांड से होता है। आनंद पांड में कोई पण्डित नहीं था बल्कि बंदगाँव के गैर मुंडा आदिवासी जमींदार जगमोहन सिंह के मुंशी था। आनंद पांड स्वांसी जाति का एक धार्मिक व्यक्ति था। उससे मिलकर बिरसा ने वैष्णव धर्म के प्रारम्भिक सिद्धांतों और रामायण महाभारत की कथाओं का श्रवण कर ज्ञान हासिल किया। आनन्द पांड बिरसा का गुरूतुल्य था जिनके साथ वह तीन वर्षो तक रहा। उनके साथ रहकर वह गौड़बेड़ा, बमनी और पाटपुर आदि गाँव का भ्रमण किया था। इस कर्म में बमनी में एक वैष्णव साधु से उनकी मुलाकात हुई। साधू उसे तीन महीने तक उपदेश देते रहा। उनके उपदेशों से प्रभावित होकर बिरसा ने मांस खाना छोड़ दिया और जनेऊ धारण कर शुद्धता और धर्म परायणता का जीवन व्यतीत करने में विशेष जोर देने लगा। वह तुलसी की पूजा करने लगा और माथे पर चन्दन का टीका लगाना शुरू किया। उन्होंने गो-वध को भी रूकवाया। आनंद पांड के अधीन बिरसा की शिष्यत्व की अवधि 1893-94 में समाप्त हो गयी।

बिरसा का यह समय व्यक्तित्व निर्माण का था। 1894 तक में बिरसा बढ़ कर एक बलिष्ठ और सुन्दर युवक बन चुका था। ईसाई धर्म ने जो उसके चारों ओर एक प्रमुख शक्ति के रूप में उभर रहा था, उनके बचपन को एक विशेष सांचे में ढाला और इसके कारण ही उसे अच्छी स्कूली शिक्षा मिल पाई। बाद में वह ईसाई और वैष्णव धर्म की मिश्रित प्रभाव में आकर धार्मिक आन्दोलन की ओर प्रेरित हुआ। सरदारों के भूमि संबंधी आन्दोलन के अदम्य प्रभाव ने बिरसा को मिशनरियों से भिड़ने तथा स्कूल छोड़ने के लिए बाध्य किया। बिरसा ने सरदार आन्दोलन का अनुसरण किया और आनंद पांड का साथ छोड़ा। बाद में वह वैन एवं भूमि संबंधी अधिकारों की माँगों को लेकर चल रहे सरदारी आन्दोलन में विशेष रूप से भाग लिया।

धार्मिक जीवन

अब बिरसा का जीवन एक सरदार की तरह व्यतीत हो रहा था। अंतर इतना था कि वह धार्मिक प्रभाव में रहता था। उनके जीवन में कई तरह की विलक्षण घटनाएँ घटती रही और आगे चलकर 1895 तक में वह एक पैगंबर बन गया। उसके बाद वह चोट लगे लोगों की बीमारियों को छूने मात्र से ठीक करने लगा। इस तरह से सास्विक धर्म का सूत्रपात्र हुआ। वह मुंडाओं के बीच प्रचलित बोंगा एवं पूजा प्रथा को नफरत करने लगा। बलि प्रथा का विरोध किया और एक नये धर्म का सृजन किया जिसे बिरसाइत धर्म कहा जाता है। इतना होने के बावजूद भी बिरसा एक अधर्मी-सा काम करने लगा था। कहा जाता है कि गरीबी हालत में बिरसा मुर्दे के साथ गाड़े गये गहने एवं पैसे चुराया था और उसे बाजार में बेच कर अनाज की व्यवस्था की थी। इस मामले में वह चोर पकड़ा गया और उसे धर्म बहिष्कार भी कर दिया गया। उसे बालू बिरसा अर्थात पागल बिरसा कहा जाने लगा। किन्तु जल्दी ही उनकी पुरानी प्रतिष्ठा वापस आयी और उसकी धार्मिक अनुभूतियाँ परिपक्व हो गयी। सन 1895 में बरसात के समय एक दिन उसे बिजली की कड़क के साथ सर्वोच्च प्रभू के दर्शन हुई। उसे भगवान का संदेश मिला। इस संदेश का संबंध उसकी अपनी जनता की मुक्ति से था। यह बात सुनकर बिरसा के दर्शन के लिए लोगों के भीड़ चलकद की ओर उमड़ पड़ी। उनहोंने बिरसा को जनेऊ और काठ की खड़ाऊ पहने देखा। उनसे बातें की और उनकी चमत्कारिक कामों को देखकर लोगों की यह एहसास हुआ कि बिरसा को दुनिया की सभी शक्तियाँ प्राप्त हो गयी। लोग उनके प्रवचन सुनते थे और साथ मिलकर ईश्वर की प्रार्थना करते थे। बिरसा चेचक और महामारी के समय बीमारों एवं पीड़ितों की सेवा करने लगा था। बिरसा की प्रार्थना में जिनको विश्वास था वे अच्छे हो जाते थे।

राजनीतिक आन्दोलन में योगदान

अब तक बिरसा का आन्दोलन केवल सुधारवादी सिद्धांतों के आधार पर चल रहा था। किन्तु उनके आन्दोलन में भीतर ही भीतर ईसाई मिशनरियों के विरूद्ध विरोध का स्वर था। क्योंकि बिरसा की ईसाई धर्म विरोधी रूख पर

मिशनरी के अधिकारी क्षुब्ध थे। बिरसा आन्दोलन धीरे-धीरे स्वतंत्र जन आन्दोलन के रूप में भी विकसित हो रहा था। इसमें सरदारों का शामिल होना महत्वपूर्ण था। उन्हीं के प्रभाव के कारण आन्दोलनकारी सरदार के रूप में उभरने की बिरसा की दमित आंकाक्षा उभर कर सामने आने वाली।

1895 में निर्दोष और धार्मिक रंग लिए हुए आन्दोलन की शुरूआत हुई। धीरे-धीरे वह एक भूमि संबंधी राजनीतिक आन्दोलन का स्वरुप ले लिया। इस परिवर्तन के पीछे सरदारों का बढ़ता प्रभाव काम कर रहा था। सरदार अन्दोलन के प्रभाव से बिरसा के उपदेश का स्वर भी बदल गया। वह अब मुंडाओं के अलावा और किसी को भी प्रोत्साहन देने को तैयार न था। अन्य बहरी लोगों के प्रति उसे नफरत हो गया था। अपनी एक सभा में उसने अपनी जाति के शोषकों के विरुद्ध आवाज उठाई। गुस्से से आग बबुला हो गया और अपने हाथ-पैर पटकने लगा। लोग यह दृश्य देखकर डर गये वास्तव में उसका गुस्सा जमींदारों पर था। लोग उन्हें बाबू कहते थे, उसे बाबू ना कहने के लिए आवाज बुलंद किया।

यद्यपि बिरसा पर सरदारों का प्रभाव था, किन्तु वह उनका प्रवक्ता न था। इतना सही है कि सरदार और बिरसा आन्दोलन दोनों को ही जड़ में भूमि संबंधी पृष्ठभूमि कायम थी। इस प्रश्न को लेकर वर्षों तक मुंडाओं के बीच घोर चिंता और असंतोष चल रहा था। शुरू में सरदारों ने अग्रेजों के प्रति और यहाँ तक कि छोटानागपुर के राजा के प्रति भी निष्ठा प्रकट की थी। वे लोग सिर्फ बिचौलया स्वार्थों को समाप्त करना चाहते थे। बाद में उनमें से कुछ यूरोपियों के प्रति खिलाफ हो गए और सितंबर 1892 में अपनी जनता के समस्याओं के समाधान के लिए हिंसा पर उतारू हो गए। पर उनके सामने कोई स्पष्ट और ठोस राजनीतिक कार्यक्रम न था। ऐसा कार्यक्रम 1895 में बिरसा ने पेश किया पर वह भी कुछ अस्पष्ट-सा था। बिरसा का उद्देश्य अपने को मुंडा राज्य का प्रधान बनना था। साथ ही वह धार्मिक और राजनीतिक स्वतंत्रता भी हासिल करना चाहता था। जब सरदारों ने देखा कि उनके आन्दोलन के सफल होने की संभावना नहीं थी तो उन्होंने बिरसा की योजना के अनुसार काम करने लगे। फल यह हुआ कि उनके बेढंगे से विचार भी

बिरसा आन्दोलन को प्रभावित करने लगे। बिरसा के अनुमोदन लेकर या उनके बिना ही सरदारों ने आन्दोलन की तैयारियाँ शुरू कर दी थी और हथियार इकट्ठे किए जा रहे थे। यद्यपि 24 अगस्त 1895 को विद्रोह छिड़ जाने की संभावना न थी, पर शीघ्र ही छिड़ सकता था, यह तय सी बात थी।

बिरसा को गिरफ्तार करने के लिए सरकार का षड्यंत्र

आन्दोलन छिड़ने की आशंका से बिरसा को गिरफ्तार करने के लिए सरकार की षड्यंत्र चलने लगी। 22 अगस्त 1895 तक सरकार ने बिरसा को गिरफ्तार करने का निर्णय नहीं लिया था। कमिश्नर चाहते थे कि या तो एक संदिग्ध पागल अथवा शान्ति भंग करने की आशंका उत्पन्न करने वाली कारवाईयों में लगे व्यक्ति के रूप में पकड़ कर लाया जाय। जिला पदाधिकारियों की एक बैठक में बिरसा की गिरफ्तारी की योजना पर विचार हुआ। और योजना के अनुसार भारतीय दण्ड प्रकिया दंडिता धारा 353 और 505 के अधीन गिरफ्तारी का वारंट जारी किया गया। निर्देशानुसार पुलिस पार्टी चलकद की ओर रवाना हो गयी। चूँकि उस वक्त बिरसा चलकद में ही था। पार्टी तीसरे पहर तीन बजे बन्द्गाँव से 14 मील की दुर्गम रास्ते तय कर चलकद पहुँची और बिना किसी झंझट के बिरसा को गिरफ्तार कर ले जाया गया। बंदी बिरसा रांची में 4 बजे शाम को लाया गया। उसे कमिश्नर के सामने पेश किया गया और शाम को करीब 7 बजे बिरसा को जेल ले जाया गया। उस पर मुकदमा चला। मुकद्दमा चलाने का स्थान रांची से बदल कर खूंटी ले जाया गया जो कि मुंडा क्षेत्र का केंद्र स्थान था। इस मुकद्दमे में बीस गवाहों की जाँच की गयी। अभियुक्त बिरसा ने अपने बचाव में कुछ न कहा और न गवाहों से जिरह की। बिरसा और अन्य अभियुक्त को भारतीय दण्ड संहिता की धारा 505 के अधीन 19 नवम्बर 1895 को दोषी ठहराया गया। उनलोगों को दंगा कराने के अपराध के लिए अतिरिक्त अल्पकालिक सजाएं दी गयी और मुख्य अपराध के लिए दो वर्षों के सश्रम कारावास की सजा दी गईं बिरसा को 50 रूपया जुर्माना भी की गई और जुर्माना न देने की स्थिति में छह महीने सश्रम कारावास की सजा सुनाई गईं अन्य लोगों में से हरेक को 20-20 रूपये का जुर्माना किया गया। उन्हें जुर्माना ने देने की स्थिति में तीन महीने की सश्रम

कारवास की सजा सुनाई गईं उच्च न्यायालय में अपील करने पर दंडादेश में परिवर्तन किया गया और दो वर्ष छह महीने की सजा घटा कर दो वर्ष कर दी गईं।

बिरसा के आन्दोलन के दमन और उस बारे में की गई सरकारी करवाई से परिणाम यह हुआ कि घटनाओं ने अत्यधिक सरलता और शीघ्रता के साथ विपरीत दिशा में पलटा खाया। नए लोगों ने ईसाई धर्म स्वीकार किया और जो ईसाई धर्म छोड़कर बिरसा की ओर चले गये थे, वे पुनः ईसाई धर्म के छत्रछाया में आ गये। लोगों ने सरकार द्वारा प्रतिशोध के कदम के आशंका से बहुत ही ज्यादा भयभीत होकर पादरी के आड़ में शरण लेना श्रेयकर समझा।

बिरसा की जेल यात्रा

सजा सुनाये जाने के बाद बिरसा को रांची की जेल से हजारीबाग जेल भेज दिया गया। उसने वहाँ दो वर्ष की सजा भोगी। सजा खत्म होने के कुछ दिनों पूर्व उसे रांची जेल फिर भेज दिया गया ताकि उसके रिहाई के बाद उसके गतिविधि पर रांची की पुलिस निगाह रख सके। बिरसा को 30 नवंबर 1897 को जेल से रिहा किया गया। उसे पुलिस चलकद ले आई और चेतावनी दी गई कि वह अब पुरानी हरकतें नहीं करेगा। अगले महीने 7 तारीख को डिप्टी कमिश्नर ने चलकद में उससे मुलाकात की। बिरसा ने वादा किया कि अब वह किसी तरह का उपद्रव नहीं करेगा।

बिरसा के जेल से निकलने के के कुछ दिनों बाद उसके अनुयायी उससे मिले। उन्होंने उससे निवेदन किया कि एक संगठन फिर से खड़ा किया जाए। उनहोंने कहा कि अपने खोये अधिकारों को फिर से हासिल करने और दुश्मनों को मार भगाने के लिए संगठन बनाना नितांत आवश्यक था। अनुयायी एवं शिष्यगण दो टुकड़ियों में बांट दिए गये। एक टुकड़ी पर धार्मिक प्रचार का भार था और दूसरी विद्रोही की तैयारियों में लग गयी थी। राजनीतिक संगठन कार्य में सरदारों का बोलबाला था। इस प्रकार से बिरसा के धार्मिक आन्दोलन के तैयारी के सिलसिले में आन्दोलन का स्वरुप ही बदल गया था। धार्मिक संगठन के इस स्वरुप से राजनैतिक आन्दोलन की तैयारी में आसानी हुई।

जैसी की विद्रोह की योजना बनाई गयी थी बड़ा दिन (क्रिसमस) के एक दिन पूर्व अर्थात 24 दिसम्बर 1899 को अगलगी और तीरों से प्रहार की। महामारी की वर्षा कर दी गयी। सिंहभूम जिले के चक्रधरपुर थाने और रांची जिले के खूँटी, कर्रा, तोरपा, तमाड़ और बसिया थानों के अंतर्गत विद्रोह के आग दहक उठी। खूँटी थाने का क्षेत्र इस आन्दोलन का केंद्र था। आन्दोलन के सिलसिले में मुरहू एंग्लिकन स्कूल भवन पर दो तीर चलाये गये। किन्तु तीर से किसी को चोट नहीं लगी। सरवदा ईसाई मिशन में रात 9 बजे के बाद गोदाम में आग लगा दी गईं कुछ गाँव में घर जलाये गये। सिंहभूम के पोडाहाट क्षेत्र में तीरों के प्रहार के बजाय आग लगी की घटनाएँ ज्यादा हुई। कूटूगूटू में 28 जनवरी को जर्मन मिशन का गिरजाघर जला दिया गया। इस तरह की कई घटनाएँ जहाँ तहाँ घटने लगी। बिरसा अनुयायी जोर-शोर से नारे लगाते थे हेन्दे राम्बड़ा रे केच्चे, केच्चे, पूंडी राम्बड़ा रे केच्चे-केच्चे। इसका मतलब यह हुआ कि काले ईसाइयों और गोर ईसाईयों का सर काट दो। परंतु कोई ईसाई न मारा गया। कुछ ईसाई विद्रोहियों के प्रहार से घायल अवश्य हुए थे।

इन सब घटनाओं को देखकर बिरसा की गिरफ्तारी की कोशिशें फिर से शुरू हुई। उधर रांची के डिप्टीकमिश्नर के आदमी बिरसा की खोज में पोड़ाहाट की जंगलों की खाक छान रहे थे और इधर खूँटी क्षेत्र में बिरसा के अनूयायियों ने आम बगावत की तैयारी शुरू कर दी थी। 9 जनवरी को 8 बजे सुबह साईलरकब पहाड़ी विद्रोही मुंडाओं की एक बड़ी बैठक होने जा रही थी। यह जगह डोम्बरी से कुछ दूर और सैको से करीब तीन मील उत्तर है। बैठक के लिए 25 दिसम्बर 1899 से ही विद्रोही बड़ी संख्या गें तीर धनुष और मशाल लेकर सईलरकब पहाड़ी पहुँचने लगे थे। वहाँ वे घमासान लड़ाई के लिए तैयारी किये हुए थे। यह खबर सुनते ही पुलिस कर्मी उन्हें गिरफ्तार करने के लिए उस पहाड़ी तक पहुँच गईं।

स्ट्रीटफील्ड ने विद्रोहियों को चेतवानी दी की यदि उन्होंने तुरंत आत्मसमर्पण न किया तो उन पर गोलियाँ चलाई जाएगी। पर विद्रोही इसी तरह अड़े रहे और बिना भयभीत हुए विरोध भाव के साथ उन्होंने चिल्ला कर जवाब दिया कि वे लड़ने के लिए पूरी तरह से तैयार थे। गोलीबारी शुरू हुई। इसका जवाब

विद्रोहियों ने पत्थरों और तीरों से दिया। गोली के बौछार से अनगिनत लोग मारे गये जिसमें महिलाएँ एवं बच्चे भी शामिल थे। खून नदियाँ बही, बहुत से बच्चे अनाथ हुए, औरतें विधवा हुई, परिवार उजड़ गया। किन्तु वे अपने मैदान में डटे रहे। गोली का जवाब तीरों से देते रहे। विद्रोहियों में से बहुत कोई गिरफ्तार हुए। अंततः तीन जनवरी 1900 को बिरसा भी पकड़े गये। उसे रांची जेल भेज दिया गया। 9 जून 1900 की सुबह 9 बजे अचानक उसकी मृत्यु जेल में हुई। कहा जाता है कि उसकी मृत्यु हैजा की प्रकोप से हुई। किन्तु संभावनायें व्यक्त की जाती रही है कि उसे जहर दे कर मार दिया गया। इस तरह से छोटानागपुर की धरती के इस वीर सपूत का अंतकाल हो गया।

छोटानागपुर काश्त–कारी अधिनियम

बिरसा आन्दोलन के परिणामस्वरूप 1908 का छोटानागपुर काश्त कारी अधिनियम बना। इस अधिनियम द्वारा एक शताब्दी से चली आ रही भूमि उपद्रवों की काली रात खत्म हो गईं इस प्रकार छोटानागपुर में बिरसा आन्दोलन ने जो तहलका मचा रखा था वह इस क्षेत्र के स्वतंत्रता पूर्व इतिहास की सारी अवधि तक गूंजती रही। छोटानागपुर के सभी आंदोलनों के सन्दर्भ में एक विशिष्ट के मुंडा राज्य और धर्म स्थापना की संभवना तथा परिवर्तन लाने के लिए उग्र साधनों की धारणा छीन मानी जाए किन्तु क्षेत्रीय और राष्ट्रिय स्तर पर सामाजिक परिवर्तन के प्रतीक के रूप में बिरसा और उसके आन्दोलन को मान्यता मिल चुकी है।

धरती बाबा, महानायक और भगवान। बिरसा मुंडा को ये तीनों नाम यूं ही नहीं मिले। अंतिम सांस तक अंग्रेजों से अधिकारों की लड़ाई लड़ने वाले और प्रकृति को भगवान की तरह पूजने वाले बिरसा मुंडा की आज जयंती है। देश में आज इनकी जयंती को जनजाति गौरव दिवस के तौर पर मनाया जा रहा है।

इस मौके पर पीएम नरेंद्र मोदी ने झारखंड में बिरसा मुंडा संग्राहलय का उद्घाटन किया और इसे देशवासियों को समर्पित किया।

बिरसा मुंडा कौन थे, अंग्रेजों के खिलाफ इन्होने क्यों बिगुल फूंका और एक नए बिरसाइत धर्म की शुरुआत क्यों की, जानिए इन सवालों के जवाब।

अंतिम सांस तक आदिवासियों के अधिकारों के लिए लड़ते रहे

आदिवासियों के महानायक बिरसा मुंडा का जन्म झारखंड के खूंटी जिले में 15 नवंबर, 1875 को हुआ था। आदिवासी परिवार में जन्में बिरसा मुंडा के पिता सुगना पुर्ती और मां करमी पूर्ती निषाद जाति से ताल्लुक रखते थे। बिरसा मुंडा का सारा जीवन आदिवासियों को उनके अधिकारों के लिए जागरुक करने और आदिवासियों के हित के लिए अंग्रेजों से संघर्ष करते हुए बीता। अंग्रेजों के खिलाफ आंदोलनों के कारण कई बार इनकी गिरफ्तारी भी हुई, लेकिन न तो यह सफर थमा और न ही अधिकारों की लड़ाई मंद पड़ी।

ऐसे शुरू हुआ संघर्ष

ब्रिटिश सरकार के समय शोषण और दमन की नीतियों से आदिवासी समुदाय बुरी तरह जूझ रहा था। इनकी जमीनें छीनीं जा रही थीं और आवाज उठाने पर बुरा सुलूक किया जा रहा था। अंग्रेजों का अत्याचारों के खिलाफ और लगान माफी के लिए इन्होने 1 अक्टूबर 1894 को समुदाय के साथ मिलकर आंदोलन किया। 1895 में इन्हें गिरफ्तार किया गया और हजारीबाग केन्द्रीय कारागार में दो साल करावास की सजा दी गई।

अंग्रेजों से लोहा भी लिया और हराया भी

अंग्रेजों के खिलाफ बिरसा मुंडा की लड़ाई यूं तो बहुत कम उम्र में ही शुरू हो गई थी, लेकिन एक लम्बा संघर्ष 1897 से 1900 के बीच चला। इस बीच मुंडा जाति के लोगों और अंग्रेजों के बीच युद्ध होते रहे। बिरसा और उनके समर्थकों ने तीर कमान से ही अंग्रेजों से युद्ध लड़ा भी और जीता भी। बाद में अपनी हार से गुस्साए अंग्रेजों ने कई आदिवासी नेताओं को गिरफ्तार भी किया।

जनवरी 1900 में डोम्बरी पहाड़ पर एक जनसभा को सम्बोधित कर रहे बिरसा मुंडा पर अंग्रेजों ने हमला किया। इस हमले में कई औरतें व बच्चे मारे गए। शिष्यों की गिरफ्तारियों के बाद 3 फरवरी 1900 को चक्रधरपुर के जमकोपाई जंगल से अंग्रेजों ने इन्हें भी बंदी बना लिया।

हार से गुस्साए अंग्रेजों ने बिरसा मुंडा को दिया जहर

बिरसा मुंडा ने अंतिम सांस 9 जून, 1900 को ली जब रांची कारागार में अंग्रेजों ने इन्हें जहर देकर मार दिया। रांची के डिस्पि्ने लरी पुल के पास बिरसा मुंडा की समाधि बनी है। छत्तीसगढ़, झारखंड, उड़ीसा, बिहार और पश्चिम बंगाल के आदिवासी क्षेत्रों में इन्हें भगवान की तरह पूजा जाता है। रांची का केंद्रीय कारागार और एयरपोर्ट भी इनके नाम पर ही है।

प्रकृति को समर्पित बिरसाइत धर्म की नींव डाली

1894 में बिरसा मुंडा ने एक ऐसे धर्म की शुरुआत की जो पूरी तरह से प्रकृति को समर्पित था। बिरसाइत धर्म में गुरुवार के दिन फूल, पत्तियाँ और दातून को तोड़ने पर भी मनाही थी। इस दिन हल चलाने की भी पाबंदी थी। इस धर्म को मानने वालों का एक ही लक्ष्य था, प्रकृति की पूजा. इस धर्म के प्रसार के लिए बिरसा मुंडा ने 12 शिष्यों को नियुक्त किया. बीबीसी की एक रिपोर्ट के मुताबिक, इस धर्म को मानने वाले लोग मांस, मदिरा, तम्बा कू और बीड़ी का सेवन भी नहीं कर सकते।

वीर तेलंगा खड़ियाँ–१८८६

छोटानागपुर के अनेक वीर महापुरूषों ने अंग्रेजों के शोषण के विरूद्ध भारत वर्ष के स्वतंत्रता के लिए अपने जान की कुर्बानी दी और शहीद हुए। उन वीर महापुरूषों में तेलंगा खड़ियाँ भी एक थे। जिन्होंने अंग्रेजों के शोषण अत्याचार के खिलाफ अपनी जान की कुर्बानी दी।

तेलंगा खड़ियाँ की जीवनी

तेलंगा खड़ियाँ का जन्म 9 फरवरी 1806 ई. में ग्राम–मुरगू, थाना–सिसई, जिला–गुमला (बिहार) में हुआ था। तेलंगा खड़ियाँ एक साधारण किसान के घर में जन्म लिए थे। उनके पिता का नाम हुईया खड़ियाँ और माता का नाम पेतो खड़ियाँ था। कहा जाता है कि तेलंगा बचपन से ही वीर साहसी और अधिक वक्ता थे। वीर, साहसी एवं अधिक बोलने वाले व्यक्ति को खड़ियाँ भाषा में तेबलंगा कहते हैं। संभवता तेबलंगा से ही तेलंगा हुआ। इनका शरीर हट्ठा–कट्ठा एवं सांवले रंग का था, तथा इनका ऊँचाई 5 फीट 9 ईंच था। तेलंगा खड़ियाँ पढ़ा–लिखा नहीं था, परंतु वह एक कर्मठ समाजसेवी नेता था। इनकी शादी सन, 1846 ई. में कुमारी रतनी खड़ियाँ से हुई थी। तेलंगा का मुख्य पेशा खेती करना और अपने अनुयायियों को सुबह–शाम गदका, तलवार एवं तीर चलाने का कला सिखाना था। प्रत्येक कला सीखने एवं प्रशिक्षण कार्यक्रम प्रारंभ करने के पहले इस झंडा के पास पूरब मुँह करके सभी लोग (गुरू–शिष्य) घुटना टेककर धरती माता, सरना माता, सूर्य भगवान, महादान देव एवं अपने–अपने पूवर्जों का स्मरण कर पूजा एवं अराधना करते थे। सिसई

का वह मैदान उन दिनों गदका, लाठी, तलवार एवं तीर चलाने के लिए चारों ओर से ग्रामीण युवक इस मैदान में इकट्ठा होते थे।

तेलंगा के पिता ढूईया खड़ियाँ को छोटानागपुर नागवंशी महाराजा द्वारा रातू गढ़ की ओर से ग्राम मुरगू के लिए भण्डारी नियुक्त किया गया था और वह ग्राम मुरगू का पाहन भी था। भण्डारी का कार्य मझियस जमीन के फसल को इकट्ठा कर एवं कराकर रातू गढ़ पहुँचाना था।

अंग्रेजों के शोषण और अत्याचार से द्रवित हुए थे तेलंगा खड़ियाँ

तेलंगा अपने पिता के साथ कभी-कभी महाराज के दरबार में जाया करता था। जिसके कारण उसे सामाजिक कार्य का साधारण ज्ञान की जानकारी प्राप्त हुई थी। उन दिनों अर्थात सन् 1849-50 ई. में भारतवर्ष में अंग्रेजों का शासन था। अंग्रेज शासकों द्वारा इस क्षेत्र के लोगों से मनमानी कर वसूल करना आदि अत्याचार करने लगे थे। शोषण एवं अत्याचार से इस क्षेत्र की जनता उब चुकी थी, परंतु उन दिनों छोटानागपुर के लोग ही नहीं पूरे भारतवर्ष के लोगों में फूट थी, एकता नहीं थी। अंग्रेजों की नीति थी–भारतियों के बीच फूट डालो और शासन करो, अंग्रेजों के शोषण एवं अत्याचार को देखकर तेलंगा खड़ियाँ सहन नहीं कर सका और अंग्रजों के विरूद्ध लड़ाई करने के लिए तैयार हो गया। इस क्रम में तेलंगा खड़ियाँ गाँव-गाँव जाकर एकता के लिए लोगों से संपर्क करने लगा और जगह-जगह जुड़ी पंचायत गठन कर लोगों के बीच अंग्रेजों से लड़ने के लिए बीज बोया। तेलंगा खड़ियाँ छोटानागपुरके पूर्वी एवं दक्षिणी इलाके के प्रत्येक गाँव में जाकर सभी वर्गों के लोग एवं धर्मी के बीच समन्वय स्थापित किया। वे सत्यवादी, ईमानदार और साहसी थे। इनका मुख्य हथियार तलवार एवं तीन-धनुष ही था। अंग्रेजों के रायफल और बन्दूक की गोली को तेलंगा तलवार से ही रोक लेते है। मानों उसे ईश्वरीय वरदान था।

जूरी पंचायत कायम करने के बाद तेलंगा के बहुत से अनुयायी हुए। इनके संगठनात्मक कार्य के बारे में अंग्रेज सरकार को पता चला, तो तेलंगा को अंग्रेज सरकार द्वारा पकड़ने के लिए आदेश जारी किया। जब तेलंगा को इसकी जानकारी मिली तो वे घर से बाहर रहकर ही संगठन का कार्य करने

लगे। तेलंगा कभी-कभी घर आया करते थे, क्योंकि उन्हें इस बात का डर था कि अंग्रेज पुलिस ने देख लिया तो उसे जेल जाना पड़ेगा और उनका सपना साकार नहीं हो पाएगा।

तेलंगा के क्रियाकलापों के बारे में नहीं लिखे जाने का मुख्य कारण अंग्रेजों द्वारा प्रतिबंध लगाया जाना था, साथ ही साथ इस क्षेत्र के लोगों के बीच शिक्षा की कमी थी। फिर भी जनता उनके कार्यों को कैसे भूल सकती थी। उनकी जीवनी, क्रिया-कलाप, ईमानदारी एवं साहस का परिचय उस समय के गीतों में मिलती है। जो अभी भी प्रचलित है। कुछ गीत इस प्रकार है जो खड़ियाँ भाषा में हैं–जिसका हिंदी अनुवाद दिया गया–

1. किधर से सूर्य की किरण जैसे निकला तेलंगा,
सब आदमी का रक्षा किया (तेलंगा)
मुरगू ग्राम से सूर्य की किरण जैसे निकला तेलंगा
सब आदमी का रक्षा किया (तेलंगा)

2. कहाँ से पूर्वज आये तेलंगा,
महुआ गिरने वाला स्थान बैठे, तेलंगा
पामीर से तिब्बत पहाड़, दिल्ली तेलंगा,
दिल्ली से सरना स्थापित कर, खेती किए, तेलंगा

3. दिल्ली से पटना आये तेलंगा
पटना में पाट सरना स्थापित किये (तेलंगा)
पटना से पूर्वज आये तेलंगा,
छोटानागपुर में भूइंहर (जागीर) स्थान बनाये, (तेलंगा)

4. आदमी, गाय साथ आये तेलंगा
छोटानागपुर में महुआ खा रहे थे (तेलंगा)
घना जंगल को काटकर तेलंगा
महुआ पेड़ के पास रहे थे, (तेलंगा)

5. राजा जमींदार अंग्रेज के साथ लड़ाई किये तेलंगा
इलाका का आदमी शांति से रहते थे, (तेलंगा)
अंग्रेज से रकम लेकर बोधन सिंह,
तुमको शीशा गोली से मारा, तेलंगा

6. तुम्हारा शरीर मजबूत था, उस समय तेलंगा,
मनुष्य जीव खुशी मना रहे थे (तेलंगा)
अभी तक नाम सुनकर तेलंगा
मनुष्य जीव खुशी मनाते हैं (तेलंगा)

7. सबके लिए काम किया तेलंगा
आदमी जीव कभी नहीं भूलेंगे, (तेलंगा)
सबकी रक्षा के लिए जान दिया तेलंगा
आदमी जीव कभी नहीं भूलेंगे तेलंगा

8. तुम्हारा नाम तेलंगा दुनिया में मशहूर हो गया है,
तुम्हारा नाम अमर रहेगा, तेलंगा
सूर्य, चाँद, धरती रहने तक तेलंगा
तुम्हारा नाम अमर रहेगा, (तेलंगा)

एक दिन जब तेलंगा ग्राम ख्र कुम्हारी, थाना-बसिया, जिला-गुमला में लोगों के एकत्रित कर जूरी पंचायत का गठन कर रहा था, उसी समय अंग्रेज पुलिस द्वारा पकड़ लिया गया। इन्हें पकड़वाने का हाथ जमींदार दलालों का था। तेलंगा को पकड़ कर कलकत्ता जेल भेज दिया गया। इसका प्रमाण अभी तक गीतों में पाया जाता है, जो निम्न प्रकार–

कहाँ का राईज राजा, कहाँ का हीरा राजा,
राजा झाई कालिकत्ता तेलंगा का डेरा।।1।।
जशपुर का राईज राजा नागपुर का हीरा राजा,
राजा भाई कालिकात्ता तेलंगा का डेरा।।2।।

शोध से पता चलता है कि तेलंगा खड़ियाँ अपने कार्य क्षेत्र में जुरी पंचायत का गठन कर अनेक केंद्र बनाए थे, जो एस प्रकार है–

1. ग्राम–मुरगु, थाना–सिसई, 2. ग्राम–जुरा, थाना–सिसई, 3. ग्राम–डोइसा नगर, थाना–सिसई, 4. ग्राम–ढेढौली, थाना–गुमला, 5. ग्राम–दुन्दरिया, थाना–गुमला, 6. ग्राम–सोसो, थाना–गुमला, 7. ग्राम–नीमटोली, थाना–गुमला, 8. ग्राम–बघिमा, थाना–पालकोट, 9. ग्राम–नाथपुर, थाना–पालकोट, 10. ग्राम–कुम्हारी, थाना–बसिया, 11. ग्राम–वेन्दोरा, थाना–चौनपुर, 12. ग्राम–कोलेबिरा, थाना–कोलेबिरा, 13. ग्राम–महाबुआंग, थाना–बानो। ये सभी केन्द्र वर्तमान गुमला जिले में खोले गये थे। तेलंगा के साहसी एवं वीरता के कारण ही बहुत से गाँव में उनके नाम से टांड, दोन एवं बाग–बगीचा का नाम रखा गया जैसे–तेलंगा बगीचा, ग्राम–सिसई, तेलंगा बाँध, ग्राम–लावागाई, थाना–सिसई, तेलंगा टांड, ग्राम–नीमतोली, थाना–गुमला में है।

कलकत्ता जेल से छुटने के बाद तेलंगा अपना घर मुरगू आया। दूसरे दिन सुबह छः बजे सिसई मैदान (अखाड़ा) गया। अखाड़ा पर तेलंगा के अनुयायी उपस्थित थे। तेलंगा खड़ियाँ अपने नियमानुसार तीर, तलवार, गढ़का एवं लाठी सिखाने के पहले झंडा के पास घुटना टेक एवं सिर झुकाकर धरती माता, सरना माता, सूर्य भगवान, महादान देव एवं अपने पूर्वजों का नाम लेकर प्रार्थना (पूजा) कर रहा था, उसी समय एक कुख्यात, असामाजिक प्रवृति का अंग्रेजों का दलाल, बोधन सिंह जो नजदीक के झाड़ी में छिपकर मौके की तलाश में था, बन्दूक से गोली मार दिया। तेलंगा पूजा स्थल पर ही तड़प–तड़प कर हे सरना माँ कहकर प्राण त्याग दिया। वह दिन 23 अप्रैल 1880 को हुई, परंतु अधिकतर लोगों का मानना है, की बोधन सिंह द्वारा तेलंगा खड़ियाँ की हत्या 23 अप्रैल 1880 ई. को की गई थी।

तेलंगा खड़ियाँ के शव को तुरंत उनके अनुयायी नजदीक के घनघोर जंगल होते हुए कोयल नदी पार कर ग्राम सोसो, नीमटोली के एक टांड में गाड़ दिए। एस तांड का नाम तेलंगा तोपा टांड के नाम से जाना जाता है। इसके बारे में किसी अंग्रेज शासकों को जानकारी नहीं दी गई।

तेलंगा की मृत्यु की खबर सुनकर इलाके में सन्नाटा छा गया, लोग फूट फूट कर रोने लगे तथा दुखभरी गीत गाने लगे। तेलंगा को बोधन सिंह द्वारा गोली मारकर हत्या किया गया, इस सम्बन्ध में अभी भी गीत गाया जाता है, इस सम्बन्ध में अभी भी गीत गाया जाता है, जो इस प्रकार है–

राजा जमींदार अंग्रेज से लड़ाई करते तेलंगा,
इलाका के शांति करले। 1
अंग्रेज से भाड़ा लेवल बोधन सिंह,
तेलंगा के शीशा गोली से मारे। 2

तेलंगा का मुख्य प्रशिक्षण केंद्र सिसई के मैदान पर था, जहाँ आज सिसई बाजार लगता है। बोधन सिंह, ग्राम–बरगाँव, थाना–सिसई, जिला–रांची, वर्तमान–गुमला (बिहार) का निवासी था, जो ग्राम–मुरगू से करीब दो मील की दूरी पर है। दुष्ट बोधन सिंह मर गया, उनका वारिस (खानदान) एक भी नहीं है।

तेलंगा का मात्र एक लड़का था, जिसका नाम जोगिया खड़ियाँ था। तेलंगा के मारे जाने के बाद खड़ियाँ समुदाय को लोग मुरगू गाँव में रहना पसंद नहीं किये। कुछ दिन के बाद तेलंगा परिवार एवं उनके सहयोगी गाँव छोड़ कर सिसई थाना के ही गाँव–घाघरा चले गये, और वहीं रहने लगे, जो आज भी तेलंगा के खानदान के लोग घाघरा गाँव में पहनाई का काम कर रहे हैं।

मुरगू गाँव से जाने के पहले तेलंगा के पिता दुईया खड़ियाँ उसी गाँव के एक उराँव जनजाति परिवार को पहनाई काम करने का जिम्मा सौंपा जिसका नाम करमु उराँव था।

कहा जाता है, की मुरगू एक पुराना गाँव है और यहाँ खड़ियाँ जाति के लोग ही पहले आगमन किये थे। जब ग्राम–मुरगू पहान था, उस समय सरना एवं पूजा स्थल पर खड़ियाँ भाषा से ही पूजा होती थी।

खड़ियाँ भाषा को इस क्षेत्र में देव भाषा कहा जाता है। पहनाई कार्य एवं पूजा पाठ के लिए उराँव जनजातीय समुदाय को जिम्मा दिया गया तो उराँव पहान वर्ष में एक बार खड़ियाँ पहान को ग्राम घाघरा, थाना सिसई से पूजा के

लिए आवश्यक समझ कर बुला कर लाता था। पूजा होती थी, और गाँव के सभी वर्ग के लोग खुशहाल रहते थे।

इस प्रकार उपरोक्त तथ्यों के आलोक में यह कहा जा सकता है कि तेलंगा खड़ियाँ एक वीर एवं साहसी महापुरुष थे, जिन्होंने अंग्रेजों, जमींदारों के शोषण तथा अत्याचार के खिलाफ लड़ाई लड़ी और अंग्रेज शासन से मुक्ति तथा देश के स्वतंत्रता के लिए अपनी जान की कुर्बानी दी ऐसे महापुरुष को नमन प्रणाम।

टंट्या भील-१८८९

टंट्या भील (तंट्या मामा) वर्ष 1878 और 1889 के बीच ब्रिटिश भारत में एक बड़े सक्रिय डकैत थे। महान टंट्या भील का वर्णन ब्रिटिश काल में अपराधी के रूप में और नकारात्मक रूप से वर्णित किया गया है, लेकिन स्थानीय मान्यता है की वह एक वीर और साहसी व्यक्ति थे। उन्हे डाकू के बजाय भारतीय "रॉबिन हुड" के रूप में वर्णित किया है।

टंट्या भील स्वदेशी आदिवासी समुदाय के भील जनजाति के सदस्य थे। टंट्या ने इस जीवन के तरीके को 1857 का भारतीय विद्रोह के बाद अंग्रेजों द्वारा किए गए कठोर उपायों के कारण अपनाया था। टंट्या को पहली बार 1874 के आसपास "बुरा जीवनयापन" के लिए गिरफ्तार किया गया था और एक साल की सजा के बाद चोरी और अपहरण के गंभीर अपराधों में उनकी सजा बदल कर उन्हे रिहा करने से रोक दिया।

उन्हें 1878 में दूसरी बार हाजी नसरुल्ला खान यूसुफजई द्वारा गिरफ्तार किया गया था और केवल तीन दिनों के बाद खंडवा में जेल में डाल दिया गया था, फिर वहाँ से एक डकैत के रूप में उन्होंने अपना जीवन में परिवर्तन कर लिया। यह एक निर्विवाद तथ्य है कि स्वतंत्रता सेनानियों को ब्रिटिश शासन द्वारा विद्रोही कहा गया है।

टंट्या भील उन महान क्रांतिकारियों में से एक थे जिन्होंने बारह साल तक ब्रिटिश शासन के खिलाफ सशस्त्र संघर्ष किया और विदेशी शासन को उखाड़ फेंकने के अपने अदम्य साहस और जुनून के कारण जनता के लिए

खुद को तैयार किया। राजनीतिक दलों और शिक्षित वर्ग ने ब्रिटिश शासन को समाप्त करने के लिए जोरदार आंदोलन चलाया।

लेकिन इन आंदोलनों से बहुत पहले आदिवासी समुदायों और तात्या भील जैसे क्रांतिकारी ने ब्रिटिश शासन के खिलाफ विद्रोह का झंडा बुलंद किया था। वह आदिवासियों और आम लोगों की भावनाओं के प्रतीक बन गए। लगभग एक सौ बीस साल पहले तांत्या भील जनता के एक महान नायक के रूप में उभरा और तब से भील जनजाति का एक गौरव बन चुका है। उन्होंने अदम्य साहस, असाधारण चपलता और आयोजन कौशल का प्रतीक बनाया।

कहा जाता है की, टंट्या भील ब्रिटिश सरकार के सरकारी खजाने को लूटता था और उनके चाटुकारों की संपत्ति को गरीबों और जरूरतमंदों में बांट देता था। वास्तव में, वह वंचितों का मसीहा था। उन्हें सभी आयु वर्ग के लोगों द्वारा लोकप्रिय रूप से "मामा" कहा जाता था। उनका यह संबोधन इतना लोकप्रिय हुआ कि भील आज भी "मामा" कहे जाने पर गर्व महसूस करते हैं। वह चमत्कारिक ढंग से उन लोगों तक पहुँच जाता था जिन्हें आर्थिक मदद की जरूरत होती थी।

टंट्या भील का जन्म कहां हुआ।

टंट्या भील का जन्म 1840 में तत्कालीन मध्य प्रांत के पूर्वी निमाड़ (खंडवा) की पंधाना तहसील के बडाडा गाँव में हुआ था, जो वर्तमान में भारतीय राज्य मध्य प्रदेश में स्थित है। माना जाता है की वह बचपन से ही साहसी, होशियार थे, जो बाद में नकारात्मक रूप से डाकू बने। टंट्या भील गुरिल्ला युद्ध में निपुण था। वह एक महान निशानेबाज भी थे और पारंपरिक तीरंदाजी में भी दक्ष थे। "दावा" या फलिया उसका मुख्य हथियार था। उन्होंने बंदूक चलाना भी सीख लिया था।

अपनी छोटी उम्र से ही वह घने जंगलों, घाटियों और पहाड़ों में जीवन भर अंग्रेजों और होलकर राज्य की सेनाओं के साथ तलवारों को साथ पले। उन्होंने शक्तिशाली ब्रिटिश साम्राज्य की पुलिस पर उलटफेर किया और कई वर्षों तक उनसे दूर रहे। टंट्या की मदद करने के आरोप में हजारों लोगों को

गिरफ्तार किया गया और उनमें से सैकड़ों को सलाखों के पीछे डाल दिया गया।

टंट्या भील की मृत्यु कैसे हुई

टंट्या भील को उसकी औपचारिक बहन के पति गणपत के विश्वासघात के कारण गिरफ्तार कर लिया गया। उन्हें इंदौर में ब्रिटिश रेजीडेंसी क्षेत्र में सेंट्रल इंडिया एजेंसी जेल में रखा गया था। बाद में उन्हे सख्त पुलिस सुरक्षा में जबलपुर ले जाया गया। उन्हें भारी जंजीरों से जकड़ कर जबलपुर जेल में रखा गया जहाँ ब्रिटिश अधिकारियों ने उन्हें अमानवीय रूप से प्रताड़ित किया। उस पर तरह-तरह के अत्याचार किए गए। सत्र न्यायालय, जबलपुर ने उन्हें 19 अक्टूबर 1889 को फांसी की सजा सुनाई। उन्हे फिर 4 दिसम्बर 1889 को फासी दी गई, इस तरह टंट्या भील की मृत्यु हुई।

ब्रिटिश सरकार भील विद्रोह के टूटने से डरी हुई थी। आमतौर पर यह माना जाता है कि उसे फासी के बाद इंदौर के पास खंडवा रेल मार्ग पर पातालपानी रेलवे स्टेशन के पास फेंक दिया गया था। जिस स्थान पर उनके लकड़ी के पुतले रखे गए थे, वह स्थान तांत्या मामा की समाधि मानी जाती है। आज भी सभी ट्रेन चालक तांत्या मामा के सम्मान में ट्रेन को एक पल के लिए रोक देते हैं।

टंट्या भील का वास्तविक नाम

टंट्या भील का वास्तविक नाम तांतिया था, जिन्हे प्यार से टंट्या मामा के नाम से भी बुलाया जाता था। टंट्या भील की गिरफ्तारी की खबर न्यूयॉर्क टाइम्स के 10 नवंबर 1889 के अंक में प्रमुखता से प्रकाशित हुई थी। इस समाचार में उन्हें "भारत के रॉबिन हुड" के रूप में वर्णित किया गया था।

वह अंग्रेजों को सबक सिखाना चाहते थे और भीलों के समाजवादी समाज के सपने को साकार करना चाहते थे। वह भारत को ब्रिटिश अधीनता से मुक्त करने के जुनून के साथ कार्य कर रहे थे; इस कारण उन्होंने कई बार जेल तोड़ी।

पौना ब्रजबासी–१८९१

पौना ब्रजबासी मणिपुर साम्राज्य की सेना के मेजर थे। वो मणिपुरी मार्शल आर्ट और तलवारबाजी में माहिर थे। उन्हें 1891 में अंग्रेजों के साथ हुए एंगलो–मणिपुर युद्ध के लिए याद किया जाता है। जब अंग्रेजों ने मणिपुर को हथियाने के लिए राज्य पर हमला किया था, तो उन्हें ही अंग्रेजों से लड़ने के लिए भेजा गया था। कहते हैं बहुत कम हथियारों के साथ वो वीरता से लड़े थे। जब वो निहत्थे हो गए थे तो एक अंग्रेज अफसर ने उन्हें अपने साथ आने का ऑफर दिया था। लेकिन उन्होंने देशद्रोह करने से बेहतर अपना सिर काटने की पेशकश कर दी थी। वो इस युद्ध में शहीद हो गए।

अल्लूरी सीताराम राजू–१८९७

जन्म 4 जुलाई 1897 को विशाखापट्टणम् जिले के पांड्रिक गाँव में हुआ। उनके पिता अल्लूरी वेंकट रामराजू ने बचपन से ही सीताराम राजू को यह बताकर क्रांतिकारी संस्कार दिए कि अंग्रेजों ने ही हमें गुलाम बनाया है और वे हमारे देश को लूट रहे हैं। सीताराम राजू के जहन में पिता की ये बात घर कर गईं।

क्रांतिकारी, वीर राजू ने स्कूली शिक्षा के साथ साथ निजी रुचि के तौर पर वैद्यक और ज्योतिष का भी अध्ययन किया और यह अध्ययन उनके व्यवहारिक अभ्यास में भी लगा रहा। इसके कारण ही जब उसने युवावस्था में वनवासी समाज को अंग्रेजों के खिलाफ संगठित करना शुरू किया तो इन विधाओं की जानकारियों ने उसे अभूतपूर्व सहायता प्रदान की। राजू का पालनपोषण उसके चाचा अल्लूरी रामकृष्ण के परिवार में हुआ। इनके पिता अल्लूरी वेंकट रामराजू गोदावरी के माग्गूल ग्राम में रहते थे। उन्होंने बाल अवस्था में ही सीताराम राजू को यह बताकर क्रांतिकारी संस्कार दिए कि अंग्रेज ही तो हमें गुलाम बनाए हैं, जो देश को लूट रहे हैं। इन शब्दों की सीख के साथ ही पिता का साथ तो छूट गया, लेकिन विप्लव पथ के बीज लग चुके थे। युवावस्था में वनवासियों को अंग्रेजों के शोषण के विरुद्ध संगठित करना शुरू किया, जिसका आरंभ वनवासियों का उपचार व भविष्य की जानकारी देने से होता था।

1920 में उन पर गाँधीजी के विचारों का प्रभाव पड़ा और उन्होंने आदिवासियों को मद्यपान छोड़ने तथा अपने विवाद पंचायतो को हल करने की

सलाह दी किन्तु जब एक वर्ष में स्वराज्य का गाँधीजी का स्वप्न साकार नही हुआ तो राजू अपने अनुयायी आदिवासियों की सहायता से अंग्रेजो के विरुद्ध सशस्त्र विदोह करके स्वतंत्र सत्ता स्थापित करने के प्रयत्न आरम्भ कर दिए। आरम्भ में उनका मुख्य उद्देश्य पुलिस थानों पर आक्रमण करके वहा से शस्त्रास्त्र छीनना था जिससे सशस्त्र विद्रोह को आगे बढाया जा सके। 22 अगस्त 1922 से मई 1924 तक राजू के दल ने दसियों पुलिस थानों पर कब्जा करके हथियार लूट लिए।

पुलिस को हर बार उनकी संगठित शक्ति के सामने पराजित होकर भागना पड़ा। यहां तक कि स्थिति आ गयी कि सरकार ने थानों में हथियार रखना ही बंद कर दिया। मालाबार से पुलिस बुलाई गयी पर वह भी राजू के दलों के सामने नही टिक सकी।

क्रांतिकारी गतिविधियाँ–

कुछ समय बाद सीताराम राजू ने गाँधी जी के विचारों को त्याग दिया और सैन्य संगठन की स्थापना की। उन्होंने सम्पूर्ण रम्पा क्षेत्र को क्रांतिकारी आन्दोलन का केंद्र बना लिया। मालाबार का पर्वतीय क्षेत्र छापामार युद्ध के लिए अनुकूल था। इसके अलावा क्षेत्रीय लोगों का पूरा सहयोग भी उन्हें मिल रहा था। आन्दोलन के लिए प्राण तक न्यौछावर करने वाले लोग उनके साथ थे। इसीलिए आन्दोलन को गति देने के लिए गुदेम में गाम मल्लू डोरे और गाम गौतम डोरे बंधुओ को लेफ्टिनेट बनाया गया। आन्दोलन को और तेज करने के लिए उन्हें आधुनिक शस्त्र की आवश्यकता थी। ब्रिटिश सैनिकों के सामने धनुष-बाण लेकर अधिक देर तक टिके रहना आसान नहीं था। इस बात को सीताराम राजू भली-भांति समझते थे। यही कारण था कि उन्होंने डाका डालना शुरू किया। इससे मिलने वाले धन से शस्त्रों को खरीद कर उन्होंने पुलिस स्टेशनों पर हमला करना शुरू किया। 22 अगस्त, 1922 को उन्होंने पहला हमला चिंतापल्ली में किया। अपने 300 सैनिकों के साथ शस्त्रों को लूटा।

आदिवासी स्वतंत्रा प्रिय हैं, उन्हें किसी बंधन में अथवा पराधीनता में नहीं जकडा जा सकता है, इसीलिये उन्होंने सबसे पहले जंगलों से ही विदेशी

आक्रांताओं एवं दमनकारियों के विरुद्ध उनका यह संघर्ष देश के स्वतंत्र होने तक निरंतर चलता रहा। आज हम कह सकते हैं कि जंगलों के टीलों से ही स्वाधीनता की योजना का आरंभ हुआ। यह प्रकृति पुत्र हैं, इसीलिए जंगलों से ही स्वतंत्रता का अलख जगाया। ऐसे प्रकृति प्रेमी आदिवासी क्रांतिकारियों की लंबी शृंखला हैं। कई परिदृश्य में छाए रहे और कई अनाम रहे। जिन्होंने अपना सम्पूर्ण जीवन स्वतंत्रता के संघर्ष में गुजारा। ऐसे ही महान क्रांतिकारी अल्लूरी सीताराम राजू का जन्म ४ जुलाई १८९७ को विशाखापट्टणम जिले के पांड्रिक गाँव में हुआ।

क्रांतिकारी, वीर राजू ने स्कूली शिक्षा के साथ साथ निजी रुचि के तौर पर वैद्यक और ज्योतिष का भी अध्ययन किया और यह अध्ययन उनके व्यवहारिक अभ्यास में भी लगा रहा। इसके कारण ही जब उसने युवावस्था में आदिवासी समाज को अंग्रेजों के खिलाफ संगठित करना शुरू किया तो इन विधाओं की जानकारियों ने उसे अभूतपूर्व सहायता प्रदान की। राजू का पालनपोषण उसके चाचा अल्लूरी रामकृष्ण के परिवार में हुआ। इनके पिता अल्लूरी वेंकट रामराजू गोदावरी के माग्गूल ग्राम में रहते थे। उन्होंने बाल अवस्था में ही सीताराम राजू को यह बताकर क्रांतिकारी संस्कार दिए कि अंग्रेज ही तो हमें गुलाम बनाए हैं, जो देश को लूट रहे हैं। इन शब्दों की सीख के साथ ही पिता का साथ तो छूट गया, लेकिन विप्लव पथ के बीज लग चुके थे। युवावस्था में आदिवासीयों को अंग्रेजों के शोषण के विरुद्ध संगठित करना शुरू किया, जिसका आरंभ आदिवासीयों का उपचार व भविष्य की जानकारी देने से होता था। यही नहीं इस महान क्रांतिकारी ने महर्षि की तरह दो वर्ष तक सीतामाई नामक पहघडी की गुफा में अध्यात्म साधना व योग क्रियाओं से चिंतन तथा ताप विकसित किया। यही वह समय था, जब राजू ने आदिवासीयों और गिरिजनों की पघेडा को करीब से जाना। उन्हें उठ खड़ा होने के लिए प्रेरित किया।

राजू के क्रांतिकारी साथियों में बीरैयादौरा का नाम विख्यात है। बीरैयादौरा का प्रारंभ में अपना अलग संगठन था। वह भी आदिवासीयों का ही एक संगठन था, जिन्होंने अंग्रेजों से युद्ध छेड़ रखा था। यह बात सन् १९१८ की

है। अनंतर अंग्रेजों ने बीरैयादौरा को एक मुठभेड़ में गिरफ्तार कर लिया, उसे जेल में रखा, लेकिन वह जेल की दीवार कूदकर जंगलों में भाग गया। उसके बाद बीरैयादौरा ने दल से संपर्क जोड़कर ब्रिटिश सत्ता से संग्राम जारी रखा। जिसमें वो दोबारा जेल भेज दिए गए। अंग्रेज बीरैयादौरा को फांसी पर लटका देते, परंतु उस समय सीताराम राजू का संगठन बहुत प्रबल हो चुका था। पुलिस राजू से थरथर कांपती थी। वह ब्रिटिश सत्ता को खुलेआम चुनौती देता था। कैदी बीरैयादौरा के लिए भी उसने अंग्रेज सत्ता को पहले से सूचना भिजवा दी थी कि 'मैं बीरैया को रिहा करवाकर रहूँगा। दम हो तो रोक लेना।' वही हुआ। एक दिन पुलिस दल जब बीरैया को हथकडी बेड़ी से कसे अदालत ले जा रहा था, सीताराम राजू ने पुलिस टुकडी पर धावा बोल दिया। दोनों तरफ से गोलियाँ चलीं, लेकिन गोलियों की बौछार में भी पुलिस दस्ता राजू का बाल बांका न कर सका और वह दिन दहाडे खुलेआम लड़कर बीरैयादौरा को छुड़ा ले गया। अंग्रेजी सत्ता के लिए राजू तथा बीरैया की खोज एक समस्या बनी रही। पुलिस छापे विफल होते रहे।

अंग्रेजों ने उसे पकड़वाने के लिए अखबारों व इश्तहारों में दस हजार रु नगद इनाम का एलान किया। सन् १९२२-२४ में यह धनराशि एक बड़ा प्रलोभन था। गाँधीजी ने राजू के लिए ठीक ही कहा था कि 'उस वीरात्मा का त्यागबलिदान, मुसीबतोंभरा जीवन, सच्चाई, सेवाभावना, लगन, निष्ठा और अदम्य हिम्मत हमारे लिए प्रेरणाप्रद है'। सुभाषचंद्र बोस ने कहा था 'देशवासी उस अप्रतिम योद्धा के सम्मान में विनत हों। उसकी समर्पणभावना देशानुराग, असीम धीरज और पराक्रम गौरव गरिमामंडित है'।

सीताराम राजू के संघर्ष और क्रांति की सफलता का एक कारण यह भी था कि आदिवासी अपने नेता को धोखा देना, उनके साथ विश्वासघात करना नहीं जानते थे। कोई भी सामान्य व्यक्ति मुखबिर या गद्दार नहीं बना। आंध्र के रम्पा क्षेत्र के सभी आदिवासी राजू को भरसक आश्रय, आत्मसमर्थक देते रहते थे। स्वतंत्रता संग्राम की उस बेला में उन भोलेभाले गृहहीन, वस्त्रहीन व सर्वहारा समुदाय का कितना बड़ा योगदान है कि अंग्रेजों के कोड़े खाकर, लातघूंसे खाकर भी राजू को पकड़वा देना उन्हें स्वीकार नहीं हुआ। यही

कारण है कि आज भी गोदावरी पार रम्पा क्षेत्र में कोई आदमी विश्वास नहीं करता कि राजू कभी पकड़ा गया था और उसे ईस्ट कोस्ट स्पेशल पुलिस के चीफ कुंचू मेनन ने गोली मार दी।

क्रांतिकारी बीरैया को ब्रिटिश कैद से रिहा करा लेने पर दोनों क्रांतिकारी राजू और बीरैया एकजुट हो गए, एक साथ काम करने लगे। अब राजू की शक्ति दुगुनी हो गईं दो अन्य क्रांतिकारी गाम मल्लू दौरा और गाम गन्टन दौरा भी राजू के दल में आ मिले। चारों ने संयुक्त छापेमारी के सिलसिले ऐसे चले कि अंग्रेज दमनकारी त्रस्त हो उठे। वे राजू का एक भी आदमी न तो मार सके न गिरफ्तार कर सके और राजू अनेक वर्षों तक अंग्रेज सत्ता को नाकों चने चबाता रहा। क्रांतिकारी सीताराम राजू ने आंध्र क्षेत्र के सैकड़ों नौजवानों में क्रांति की अलख जगाई थी। राजू के कहने पर नौजवान साथ खड़े हो जाते थे, जिसके ऐतिहासिक प्रमाण १९२८ और १९२९ के आंध्र में तेलुगु में प्रकाशित साप्ताहिक अखबार कांग्रेस में मौजूद हैं। संपादक पदूरि अन्नपूर्णय्या ने लिखा है कि आंध्र के नौजवानों ने अगर किसी व्यक्ति के निर्देशन में अंग्रेजों से लड़ाई जारी रखी तो वह सीताराम राजू ही था और आंध्र के इतिहास में वह प्रथम संग्राम था।

विप्लव पथ का पथिक बनकर क्रांतिकारी राजू ने अपना संगठन खड़ा करने के साथ उत्तराखंड के क्रांतिकारियों से सम्पर्क किया। यही नहीं गदर पार्टी के नेता बाबा पृथ्वी सिंह को दक्षिण भारत की राज महेन्द्री जेल से छुड़ाने का भरसक प्रयास किया। सीताराम राजू गुरिल्ला पद्धति से युद्ध करते और नल्लईमल्लई पहाड़यों में अन्तर्ध्यान हो जाते। गोदावरी नदी के पास फैली यह पहाड़ियाँ राजू व उसके साथियों की आश्रयदात्री व प्रशिक्षण केन्द्र दोनों थी। यहीं वे युद्ध के गुर सीखते, अभ्यास करते व आक्रमण की रणनीति बनाते। इसी जगह को रम्पा कहा जाता था। राजू द्वारा चकमा देकर पहाड़यों में विलुप्त हो जाने की वजह से अंग्रेज उन्हें रम्पा फितूरी कहते थे। ब्रिटिश अफसर राजू से लगातार मात खाते रहे। आंध्र की पुलिस राजू के सामने व्यर्थ साबित हो चुकी थी। अंत में केरल की मालाबार पुलिस के दस्ते राजू पर लगाए गए, क्योंकि उन्हें पर्वतीय इलाकों में छापे मारने का अनुभव था। १२ अक्टूबर

१९२२ को नल्लईमल्लई की पहाड़यों की घाटी में ये दस्ते रवाना किए गए। मालाबार पुलिस फोर्स से राजू की कई मुठभेडें हुईं। इनमें मालाबार दस्तों को मुँह की खानी पड़ी। उसके बाद भी पुलिस राजू को गिरफ्तार नहीं कर सकी।

६ मई १९२४ को राजू के दल का मुकाबला सुसज्जित असम राइफल्स से हुआ, जिसमें उसके साथी शहीद हो गए, पर राजू बचा रहा। अब ईस्ट कोस्ट स्पेशल पुलिस उसे पहाड़यों के चप्पेचप्पे में खोज रही थी। ७ मई १९२४ को जब वह अकेला जंगल में भटक रहा था, तो सहसा उसकी खोज में वन पर्वतों को छानते फिर रहे फोर्स के अफसर की नजर राजू पर पड़ गईं उसने राजू का छिपकर पीछा किया। यद्यपि वह राजू को पहचान नहीं सका था, क्योंकि उस समय राजू ने लंबी दाढ़ी बढ़ा ली थी। पुलिस दल ने राजू पर पीछे से गोली चलाई। राजू जख्मी होकर वहीं गिर पड़े। तब राजू ने स्वयं अपना परिच्चय देते हुए कहा कि 'मैं ही सीताराम राजू हूँ' गिरफ्तारी के साथ ही यातनाएँ शुरू हुईं। अंततः उस महान क्रांतिकारी को नदी किनारे ही एक वृक्ष से बाँधकर भून दिया गया। एक क्रांतिकारी की इससे श्रेष्ठ शहादत और क्या हो सकती थी। इस बलिदान के साक्ष्य थे गोदावरी नदी और नल्लईमल्लई की पहाड़यां, जहाँ आज भी अल्लूरी सीताराम राजू जिंदा है। आदिवासीयों की आत्मा में, देवता स्वरूप लोकगीतों में तथा लोकनायक के रूप में।

बाबा साहेब भीमराव आम्बेडकर–१९००

भीमराव रामजी आंबेडकर डॉ. बाबा साहेब आंबेडकर नाम से लोकप्रिय, भारतीय बहुज्ञ, विधिवेत्ता, अर्थशास्त्री, राजनीतिज्ञ, और समाजसुधारक थे। उन्होंने दलित बौद्ध आंदोलन को प्रेरित किया और अछूतों (दलितों) से सामाजिक भेदभाव के विरुद्ध अभियान चलाया था। श्रमिकों, किसानों और महिलाओं के अधिकारों का समर्थन भी किया था। वे स्वतंत्र भारत के प्रथम विधि एवं न्याय मन्त्री, भारतीय संविधान के जनक एवं भारत गणराज्य के निर्माताओं में से एक थे।

आंबेडकर विपुल प्रतिभा के छात्र थे। उन्होंने कोलंबिया विश्वविद्यालय और लंदन स्कूल ऑफ इकोनॉमिक्स दोनों ही विश्वविद्यालयों से अर्थशास्त्र में डॉक्टरेट की उपाधियाँ प्राप्त कीं तथा विधि, अर्थशास्त्र और राजनीति विज्ञान में शोध कार्य भी किये थे। व्यावसायिक जीवन के आरम्भिक भाग में ये अर्थशास्त्र के प्रोफेसर रहे एवं वकालत भी की तथा बाद का जीवन राजनीतिक गतिविधियों में अधिक बीता। इसके बाद आंबेडकर भारत की स्वतंत्रता के लिए प्रचार और चर्चाओं में शामिल हो गए और पत्रिकाओं को प्रकाशित करने, राजनीतिक अधिकारों की वकालत करने और दलितों के लिए सामाजिक स्वतंत्रता की वकालत की और भारत के निर्माण में उनका महत्वपूर्ण योगदान रहा।

हिंदू पंथ में व्याप्त कुरूतियों और छुआछूत की प्रथा से तंग आकार सन 1956 में उन्होंने बौद्ध धर्म अपना लिया था। सन 1990 में, उन्हें भारत रत्न, भारत के सर्वोच्च नागरिक सम्मान से मरणोपरांत सम्मानित किया गया था। 14 अप्रैल को उनका जन्म दिवस आंबेडकर जयंती के तौर पर भारत समेत दुनिया भर में मनाया जाता है। डॉक्टर आंबेडकर की विरासत में लोकप्रिय संस्कृति में कई स्मारक और चित्रण शामिल हैं।

आंबेडकर का जन्म 14 अप्रैल 1891 को ब्रिटिश भारत के मध्य भारत प्रांत (अब मध्य प्रदेश) मंस स्थित महू नगर सैन्य छावनी में हुआ था। वे रामजी मालोजी सकपाल और भीमाबाई की १४ वीं व अंतिम संतान थे। उनका परिवार कबीर पंथ को माननेवाला मराठी मूल का था और वो वर्तमान महाराष्ट्र के रत्नागिरी जिले में आंबडवे गाँव का निवासी था। वे हिंदू महार जाति से संबंध रखते थे, जो तब अछूत कही जाती थी और इस कारण उन्हें सामाजिक और आर्थिक रूप से गहरा भेदभाव सहन करना पड़ता था। भीमराव आंबेडकर के पूर्वज लंबे समय से ब्रिटिश ईस्ट इंडिया कंपनी की सेना में कार्यरत रहे थे और उनके पिता रामजी सकपाल, भारतीय सेना की महू छावनी में सेवारत थे तथा यहाँ काम करते हुये वे सूबेदार के पद तक पहुँचे थे। उन्होंने मराठी और अंग्रेजी में औपचारिक शिक्षा प्राप्त की थी।

अपनी जाति के कारण बालक भीम को सामाजिक प्रतिरोध का सामना करना पड़ रहा था। विद्यालयी पढ़ाई में सक्षम होने के बावजूद छात्र भीमराव को छुआछूत के कारण अनेक प्रकार की कठिनाइयों का सामना करना पड़ता था। 7 नवम्बर 1900 को रामजी सकपाल ने सातारा की गवर्न्मेंण्ट हाइस्कूल में अपने बेटे भीमराव का नाम भिवा रामजी आंबडवेकर दर्ज कराया। उनके बचपन का नाम 'भिवा' था। आबेडकर का मूल उपनाम सकपाल की बजाय आंबडवेकर लिखवाया था, जो कि उनके आंबडवे गाँव से संबंधित था। क्योंकि कोकण प्रांत के लोग अपना उपनाम गाँव के नाम से रखते थे, अतः आंबेडकर के आंबडवे गाँव से आंबडवेकर उपनाम स्कूल में दर्ज करवाया गया। बाद में एक देवरुखे ब्राह्मण शिक्षक कृष्णा केशव आंबेडकर जो उनसे विशेष स्नेह रखते थे, ने उनके नाम से 'आंबडवेकर' हटाकर अपना सरल

'आंबेडकर' उपनाम जोड़ दिया। तब से आज तक वे आंबेडकर नाम से जाने जाते हैं।

रमाबाई आंबेडकर, आंबेडकर की पत्नी

रामजी सकपाल परिवार के साथ बंबई (अब मुंबई) चले आये। अप्रैल 1906 में, जब भीमराव लगभग 15 वर्ष आयु के थे, तो नौ साल की लड़की रमाबाई से उनकी शादी कराई गई थी। तब वे पाँचवी अंग्रेजी कक्षा पढ़ रहे थे। उन दिनों भारत में बाल-विवाह का प्रचलन था।

प्राथमिक शिक्षा

आंबेडकर ने सातारा नगर में राजवाड़ा चौक पर स्थित शासकीय हाईस्कूल (अब प्रतापसिंह हाईस्कूल) में 7 नवंबर 1900 को अंग्रेजी की पहली कक्षा में प्रवेश लिया। इसी दिन से उनके शैक्षिक जीवन का आरम्भ हुआ था, इसलिए 7 नवंबर को महाराष्ट्र में विद्यार्थी दिवस रूप में मनाया जाता हैं। उस समय उन्हें 'भिवा' कहकर बुलाया जाता था। स्कूल में उस समय 'भिवा रामजी आंबेडकर' यह उनका नाम उपस्थिति पंजिका में क्रमांक-1914 पर अंकित था। जब वे अंग्रेजी चौथी कक्षा की परीक्षा उत्तीर्ण हुए, तब क्योंकि यह अछूतों में असामान्य बात थी, इसलिए भीमराव की इस सफलता को अछूतों के बीच सार्वजनिक समारोह के रूप में मनाया गया, और उनके परिवार के मित्र एवं लेखक दादा केलुस्कर द्वारा स्वलिखित 'बुद्ध की जीवनी' उन्हें भेंट दी गयी। इसे पढकर उन्होंने पहली बार गौतम बुद्ध व बौद्ध धर्म को जाना एवं उनकी शिक्षा से प्रभावित हुए।

माध्यमिक शिक्षा

1897 में, आंबेडकर का परिवार मुंबई चला गया जहाँ उन्होंने एल्फिंस्टोन रोड पर स्थित शासकीय हाईस्कूल में आगे कि शिक्षा प्राप्त की।

बॉम्बे विश्वविद्यालय में स्नातक अध्ययन

एक छात्र के रूप में आंबेडकर 1907 में, उन्होंने अपनी मैट्रिक परीक्षा उत्तीर्ण की और अगले वर्ष उन्होंने एल्फिंस्टन कॉलेज में प्रवेश किया, जो कि

बॉम्बे विश्वविद्यालय से संबद्ध था। इस स्तर पर शिक्षा प्राप्त करने वाले अपने समुदाय से वे पहले व्यक्ति थे।

1912 तक, उन्होंने बॉम्बे विश्वविद्यालय से अर्थशास्त्र और राजनीतिक विज्ञान में कला स्नातक (बी.ए.) प्राप्त की, और बड़ौदा राज्य सरकार के साथ काम करने लगे। उनकी पत्नी ने अभी अपने नये परिवार को स्थानांतरित कर दिया था और काम शुरू किया जब उन्हें अपने बीमार पिता को देखने के लिए मुंबई वापस लौटना पड़ा, जिनका 2 फरवरी 1913 को निधन हो गया।

कोलंबिया विश्वविद्यालय में स्नातकोत्तर अध्ययन

कोलंबिया विश्वविद्यालय में छात्र के रूप में आंबेडकर (1915-1917)

1913 में, आंबेडकर 22 वर्ष की आयु में संयुक्त राज्य अमेरिका चले गए जहाँ उन्हें सयाजीराव गायकवाड़ तृतीय (बड़ौदा के गायकवाड़) द्वारा स्थापित एक योजना के अंतर्गत न्यूयॉर्क नगर स्थित कोलंबिया विश्वविद्यालय में स्नातकोत्तर शिक्षा के अवसर प्रदान करने के लिए तीन वर्ष के लिए 11.50 डॉलर प्रति माह बड़ौदा राज्य की छात्रवृत्ति प्रदान की गई थी। वहाँ पहुँचने के तुरन्त बाद वे लिविंगस्टन हॉल में पारसी मित्र नवल भातेना के साथ बस गए। जून 1915 में उन्होंने अपनी कला स्नातकोत्तर (एम.ए.) परीक्षा पास की, जिसमें अर्थशास्त्र प्रमुख विषय, और समाजशास्त्र, इतिहास, दर्शनशास्त्र और मानव विज्ञान यह अन्य विषय थे। उन्होंने स्नातकोत्तर के लिए प्राचीन भारतीय वाणिज्य (Ancient Indian Commerce) विषय पर शोध कार्य प्रस्तुत किया। आंबेडकर जॉन डेवी और लोकतंत्र पर उनके काम से प्रभावित थे।

1916 में, उन्हें अपना दूसरा शोध कार्य, भारत का राष्ट्रीय लाभांश-एक ऐतिहासिक और विश्लेषणात्मक अध्ययन (National Dividend of India A Historical And Analytical Study)के लिए दूसरी कला स्नातकोत्तर प्रदान की गई, और अन्ततः उन्होंने लंदन की राह ली। 1916 में अपने तीसरे शोध कार्य ब्रिटिश भारत में प्रांतीय वित्त का विकास (Evolution of Provincial Finance in British India) के लिए अर्थशास्त्र में पीएचडी प्राप्त की, अपने शोध कार्य को प्रकाशित करने के बाद १९२७ में अधिकृत रुप से पीएचडी प्रदान की गईं ९ मई को, उन्होंने मानव विज्ञानी अलेक्जेंडर गोल्डनवेइजर द्वारा

आयोजित एक सेमिनार में भारत में जातियाँ: उनकी प्रणाली, उत्पत्ति और विकास नामक एक शोध पत्र प्रस्तुत किया, जो उनका पहला प्रकाशित पत्र था। ३ वर्ष तक की अवधि के लिये मिली हुई छात्रवृत्ति का उपयोग उन्होंने केवल दो वर्षों में अमेरिका में पाठ्यक्रम पूरा करने में किया और १९१६ में वे लंदन गए।

सन 1922 में एक बैरिस्टर के रूप में डॉ. भीमराव आंबेडकर

अक्टूबर 1916 में, ये लंदन चले गये और वहाँ उन्होंने ग्रेजएट इन में बैरिस्टर कोर्स (विधि अध्ययन) के लिए प्रवेश लिया, और साथ ही लंदन स्कूल ऑफ इकोनॉमिक्स में भी प्रवेश लिया जहाँ उन्होंने अर्थशास्त्र की डॉक्टरेट (Doctorate) थीसिस पर काम करना शुरू किया। जून 1917 में, विवश होकर उन्हें अपना अध्ययन अस्थायी तौरपर बीच में ही छोड़ कर भारत लौट आए क्योंकि बड़ौदा राज्य से उनकी छात्रवृत्ति समाप्त हो गई थी। लौटते समय उनके पुस्तक संग्रह को उस जहाज से अलग जहाज पर भेजा गया था जिसे जर्मन पनडुब्बी के टारपीडो द्वारा डुबो दिया गया। ये प्रथम विश्व युद्ध का काल था। उन्हें चार साल के भीतर अपने थीसिस के लिए लंदन लौटने की अनुमति मिली। बड़ौदा राज्य के सेना सचिव के रूप में काम करते हुये अपने जीवन में अचानक फिर से आये भेदभाव से डॉ. भीमराव आंबेडकर निराश हो गये और अपनी नौकरी छोड़ एक निजी ट्यूटर और लेखाकार के रूप में काम करने लगे। यहाँ तक कि उन्होंने अपना परामर्श व्यवसाय भी आरम्भ किया जो उनकी सामाजिक स्थिति के कारण विफल रहा। अपने एक अंग्रेज जानकार मुंबई के पूर्व राज्यपाल लॉर्ड सिडनेम के कारण उन्हें मुंबई के सिडनेम कॉलेज ऑफ कॉमर्स एंड इकोनोमिक्स मे राजनीतिक अर्थव्यवस्था के प्रोफेसर के रूप में नौकरी मिल गयी। १९२० में कोल्हापुर के शाहू महाराज, अपने पारसी मित्र के सहयोग और कुछ निजी बचत के सहयोग से वो एक बार फिर से इंग्लैंड वापस जाने में सफल हो पाए तथा 1921 में विज्ञान स्नातकोत्तर (एम.एस.सी.) प्राप्त की, जिसके लिए उन्होंने 'प्रोवेन्शियल डीसेन्ट्रलाईजेशन ऑफ इम्पीरियल फायनेन्स इन ब्रिटिश इण्डिया' (ब्रिटिश भारत में शाही अर्थ व्यवस्था का प्रांतीय विकेंद्रीकरण) खोज ग्रन्थ प्रस्तुत

किया था। 1922 में, उन्हें ग्रेज इन ने बैरिस्टर-एट-लॉज डिग्री प्रदान की और उन्हें ब्रिटिश बार में बैरिस्टर के रूप में प्रवेश मिल गया। 1923 में, उन्होंने अर्थशास्त्र में डी.एससी. (डॉक्टर ऑफ साईस) उपाधि प्राप्त की। उनकी थीसिस "दी प्राब्लम आफ दि रुपी: इट्स ओरिजिन एंड इट्स सॉल्यूशन" (रुपये की समस्या: इसकी उत्पत्ति और इसका समाधान) पर थी। लंदन का अध्ययन पूर्ण कर भारत वापस लौटते हुये भीमराव आंबेडकर तीन महीने जर्मनी में रुके, जहाँ उन्होंने अपना अर्थशास्त्र का अध्ययन, बॉन विश्वविद्यालय में जारी रखा। किंतु समय की कमी से वे विश्वविद्यालय में अधिक नहीं ठहर सकें। उनकी तीसरी और चौथी डॉक्टरेट्स (एलएल.डी., कोलंबिया विश्वविद्यालय, 1952 और डी.लिट., उस्मानिया विश्वविद्यालय, 1953) सम्मानित उपाधियाँ थीं।

छुआछूत के विरुद्ध संघर्ष

भाषण करते हुए आंबेडकर

महाड़ सत्याग्रह एवं कालाराम मन्दिर सत्याग्रह

आंबेडकर ने कहा था "छुआछूत गुलामी से भी बदतर है।" आंबेडकर बड़ौदा के रियासत राज्य द्वारा शिक्षित थे, अतः उनकी सेवा करने के लिए बाध्य थे। उन्हें महाराजा गायकवाड़ का सैन्य सचिव नियुक्त किया गया, लेकिन जातिगत भेदभाव के कारण कुछ ही समय में उन्हें यह नौकरी छोड़नी पड़ी। उन्होंने इस घटना को अपनी आत्मकथा, वेटिंग फॉर अ वीजा में वर्णित किया। इसके बाद, उन्होंने अपने बढ़ते परिवार के लिए जीविका साधन खोजने के पुनः प्रयास किये, जिसके लिये उन्होंने लेखाकार के रूप में, व एक निजी शिक्षक के रूप में भी काम किया, और एक निवेश परामर्श व्यवसाय की स्थापना की, किन्तु ये सभी प्रयास तब विफल हो गये जब उनके ग्राहकों ने जाना कि ये अछूत हैं। 1918 में, ये मुंबई में सिडेनहम कॉलेज ऑफ कॉमर्स एंड इकोनॉमिक्स में राजनीतिक अर्थशास्त्र के प्रोफेसर बने। हालांकि वे छात्रों के साथ सफल रहे, फिर भी अन्य प्रोफेसरों ने उनके साथ पानी पीने के बर्तन साझा करने पर विरोध किया।

भारत सरकार अधिनियम 1919, तैयार कर रही साउथबरो समिति के समक्ष, भारत के एक प्रमुख विद्वान के तौर पर आंबेडकर को साक्ष्य देने के लिये आमंत्रित किया गया। इस सुनवाई के दौरान, आंबेडकर ने दलितों और अन्य धार्मिक समुदायों के लिये पृथक निर्वाचिका और आरक्षण देने की वकालत की। १९२० में, बंबई से, उन्होंने साप्ताहिक मूकनायक के प्रकाशन की शुरूआत की। यह प्रकाशन शीघ्र ही पाठकों मे लोकप्रिय हो गया, तब आंबेडकर ने इसका प्रयोग रूढ़िवादी हिंदू राजनेताओं व जातीय भेदभाव से लड़ने के प्रति भारतीय राजनैतिक समुदाय की अनिच्छा की आलोचना करने के लिये किया। उनके दलित वर्ग के एक सम्मेलन के दौरान दिये गये भाषण ने कोल्हापुर राज्य के स्थानीय शासक शाहू चतुर्थ को बहुत प्रभावित किया, जिनका आंबेडकर के साथ भोजन करना रूढ़िवादी समाज में हलचल मचा गया।

बॉम्बे उच्च न्यायालय में विधि का अभ्यास करते हुए, उन्होंने अछूतों की शिक्षा को बढ़ावा देने और उन्हें ऊपर उठाने के प्रयास किये। उनका पहला संगठित प्रयास केंद्रीय संस्थान बहिष्कृत हितकारिणी सभा की स्थापना था, जिसका उद्देश्य शिक्षा और सामाजिक-आर्थिक सुधार को बढ़ावा देने के साथ ही अवसादग्रस्त वर्गों के रूप में सन्दर्भित "बहिष्कार" के कल्याण करना था। दलित अधिकारों की रक्षा के लिए, उन्होंने मूकनायक, बहिष्कृत भारत, समता, प्रबुद्ध भारत और जनता जैसी पाँच पत्रिकाएँ निकालीं।

सन 1925 में, उन्हें बंबई प्रेसीडेंसी समिति में सभी यूरोपीय सदस्यों वाले साइमन कमीशन में काम करने के लिए नियुक्त किया गया। इस आयोग के विरोध में भारत भर में विरोध प्रदर्शन हुये। जहाँ इसकी रिपोर्ट को अधि कतर भारतीयों द्वारा अनदेखा कर दिया गया, आंबेडकर ने अलग से भविष्य के संवैधानिक सुधारों के लिये सिफारिश लिखकर भेजीं

'जयस्तंभ', कोरेगाँव भिमा में डॉ. बाबासाहब आंबेडकर एवं उनके अनुयायी, 1 जनवरी 1927

द्वितीय आंग्ल–मराठा युद्ध के अन्तर्गत 1 जनवरी 1818 को हुई कोरेगाँव की लड़ाई के दौरान मारे गये भारतीय महार सैनिकों के सम्मान में आंबेडकर ने 1 जनवरी 1927 को कोरेगाँव विजय स्मारक (जयस्तंभ) में एक समारोह आयोजित किया। यहाँ महार समुदाय से संबंधित सैनिकों के नाम संगमरमर के एक शिलालेख पर खुदवाये गये तथा कोरेगाँव को दलित स्वाभिमान का प्रतीक बनाया।

सन 1927 तक, डॉ. आंबेडकर ने छुआछूत के विरुद्ध एक व्यापक एवं सक्रिय आंदोलन आरम्भ करने का निर्णय किया। उन्होंने सार्वजनिक आंदोलनों, सत्याग्रहों और जलूसों के द्वारा, पेयजल के सार्वजनिक संसाधन समाज के सभी वर्गों के लिये खुलवाने के साथ ही उन्होनें अछूतों को भी हिंदू मन्दिरों में प्रवेश करने का अधिकार दिलाने के लिये संघर्ष किया। उन्होंने महाड शहर में अछूत समुदाय को भी नगर की चवदार जलाशय से पानी लेने का अधिकार दिलाने कि लिये सत्याग्रह चलाया। 1927 के अंत में सम्मेलन में, आंबेडकर ने जाति भेदभाव और "छुआछूत" को वैचारिक रूप से न्यायसंगत बनाने के लिए, प्राचीन हिंदू पाठ, मनुस्मृति, जिसके कई पद, खुलकर जातीय भेदभाव व जातिवाद का समर्थन करते हैं, की सार्वजनिक रूप से निंदा की, और उन्होंने औपचारिक रूप से प्राचीन पाठ की प्रतियाँ जलाई। 25 दिसंबर 1927 को, उन्होंने हजारों अनुयायियों के नेतृत्व में मनुस्मृति की प्रतियों को जलाया। इसकी स्मृति में प्रतिवर्ष 25 दिसंबर को 'मनुस्मृति दहन दिवस' के रूप में आंबेडकरवादियों और हिंदू दलितों द्वारा मनाया जाता है।

1930 में, आंबेडकर ने तीन महीने की तैयारी के बाद कालाराम मन्दिर सत्याग्रह आरम्भ किया। कालाराम मन्दिर आंदोलन में लगभग 15,000 स्वयंसेवक इकट्ठे हुए, जिससे नासिाक की सबरो बड़ी प्रक्रियाएं हुईं। जुलूस का नेतृत्व एक सैन्य बैंड ने किया था, स्काउट्स का एक बैच, महिलाएँ और पुरुष पहली बार भगवान को देखने के लिए अनुशासन, आदेश और दृढ़ संकल्प में चले गए थे। जब वे द्वार तक पहुँचे, तो द्वार ब्राह्मण अधिकारियों द्वारा बंद कर दिए गए।

पूना पैक्ट

पुणे समझौता और गोलमेज सम्मेलन (भारत)

दूसरा गोलमेज सम्मेलन, 1931; जिसमें आंबेडकर (दाईं तरफ से पहले), गाँधी, मालवीय व आदि लोग शामिल थे।

अब तक भीमराव आंबेडकर आज तक की सबसे बड़ी अछूत राजनीतिक हस्ती बन चुके थे। उन्होंने मुख्यधारा के महत्वपूर्ण राजनीतिक दलों की जाति व्यवस्था के उन्मूलन के प्रति उनकी कथित उदासीनता की कटु आलोचना की। आंबेडकर ने भारतीय राष्ट्रीय कांग्रेस और उसके नेता महात्मा गाँधी की भी आलोचना की, उन्होंने उन पर अछूत समुदाय को एक करुणा की वस्तु के रूप मे प्रस्तुत करने का आरोप लगाया। आंबेडकर ब्रिटिश शासन की विफलताओं से भी असंतुष्ट थे, उन्होंने अछूत समुदाय के लिये एक ऐसी अलग राजनीतिक पहचान की वकालत की जिसमे कांग्रेस और ब्रिटिश दोनों का ही कोई दखल ना हो। लंदन में 8 अगस्त, 1930 को एक शोषित वर्ग के सम्मेलन यानी प्रथम गोलमेज सम्मेलन के दौरान आंबेडकर ने अपनी राजनीतिक दृष्टि को दुनिया के सामने रखा, जिसके अनुसार शोषित वर्ग की सुरक्षा उसके सरकार और कांग्रेस दोनों से स्वतंत्र होने में है।

हमें अपना रास्ता स्वयं बनाना होगा और स्वयं राजनीतिक शक्ति शोषितों की समस्याओं का निवारण नहीं हो सकती, उनका उद्धार समाज मे उनका उचित स्थान पाने में निहित है। उनको अपना रहने का बुरा तरीका बदलना होगा उनको शिक्षित होना चाहिए... एक बड़ी आवश्यकता उनकी हीनता की भावना को झकझोरने और उनके अंदर उस दैवीय असंतोष की स्थापना करने की है जो सभी उँचाइयों का स्रोत है।

आंबेडकर ने कांग्रेस और गाँधी द्वारा चलाये गये नमक सत्याग्रह की आलोचना की। उनकी अछूत समुदाय मे बढ़ती लोकप्रियता और जनसमर्थन के चलते उनको 1931 मे लंदन में होने वाले दूसरे गोलमेज सम्मेलन में भी, भाग लेने के लिए आमंत्रित किया गया। वहाँ उनकी अछूतों को पृथक निर्वाचिका देने के मुद्दे पर गाँधी से तीखी बहस हुई, एवं ब्रिटिश डॉ. आंबेडकर के विचारों से सहमत हुए। धर्म और जाति के आधार पर पृथक निर्वाचिका देने

के प्रबल विरोधी गाँधी ने आशंका जताई, कि अछूतों को दी गयी पृथक निर्वाचिका, हिंदू समाज को विभाजित कर देगी। गाँधी को लगता था की, सवर्णों को छुआछूत भूलाने के लिए उनके ह्रदयपरिवर्तन होने के लिए उन्हें कुछ वर्षों की अवधि दी जानी चाहिए, किन्तु यह तर्क गलत सिद्ध हुआ जब सवर्णों हिंदूओं द्वारा पूना सन्धि के कई दशकों बाद भी छुआछूत का नियमित पालन होता रही।

1932 में जब ब्रिटिशों ने आंबेडकर के विचारों के साथ सहमति व्यक्त करते हुये अछूतों को पृथक निर्वाचिका देने की घोषणा की। कम्युनल अवार्ड की घोषणा गोलमेज सम्मेलन में हुए विचार विमर्श का ही परिणाम था। इस समझौते के तहत आंबेडकर द्वारा उठाई गई राजनैतिक प्रतिनिधित्व की माँग को मानते हुए पृथक निर्वाचिका में दलित वर्ग को दो वोटों का अधिकार प्रदान किया गया। इसके अंतर्गत एक वोट से दलित अपना प्रतिनिधि चुन सकते थे व दूसरी वोट से सामान्य वर्ग का प्रतिनिधि चुनने की आजादी थी। इस प्रकार दलित प्रतिनिधि केवल दलितों की ही वोट से चुना जाना था। इस प्रावधान से अब दलित प्रतिनिधि को चुनने में सामान्य वर्ग का कोई दखल शेष नहीं रहा था। लेकिन वहीं दलित वर्ग अपनी दूसरी वोट का इस्तेमाल करते हुए सामान्य वर्ग के प्रतिनिधि को चुनने से अपनी भूमिका निभा सकता था। ऐसी स्थिति में दलितों द्वारा चुना गया दलित उम्मीदवार दलितों की समस्या को अच्छी तरह से तो रख सकता था किन्तु गैर उम्मीदवार के लिए यह जरूरी नहीं था कि उनकी समस्याओं के समाधान का प्रयास भी करता।

गाँधी इस समय पूना की येरवडा जेल में थे। कम्युनल एवार्ड की घोषणा होते ही गाँधी ने पहले तो प्रधानमंत्री को पत्र लिखकर इसे बदलवाने की माँग की। लेकिन जब उनको लगा कि उनकी माँग पर कोई अमल नहीं किया जा रहा है तो उन्होंने मरण व्रत रखने की घोषणा कर दी। तभी आंबेडकर ने कहा कि "यदि गाँधी देश की स्वतंत्रता के लिए यह व्रत रखता तो अच्छा होता, लेकिन उन्होंने दलित लोगों के विरोध में यह व्रत रखा है, जो बेहद अफसोसजनक है। जबकि भारतीय ईसाइयों, मुसलमानों और सिखों को मिले इसी (पृथक निर्वाचन के) अधिकार को लेकर गाँधी की ओर से कोई आपत्ति

नहीं आई।" उन्होंने यह भी कहा कि गाँधी कोई अमर व्यक्ति नहीं हैं। भारत में न जाने कितने ऐसे लोगों ने जन्म लिया और चले गए। आंबेडकर ने कहा कि गाँधी की जान बचाने के लिए वह दलितों के हितों का त्याग नहीं कर सकते। अब मरण व्रत के कारण गाँधी की तबियत लगातार बिगड़ रही थी। गाँधी के प्राणों पर भारी संकट आन पड़ा। और पूरा हिंदू समाज आंबेडकर का विरोधी बन गया।

देश में बढ़ते दबाव को देख आंबेडकर 24 सितम्बर 1932 को शाम पाँच बजे येरवडा जेल पहुँचे। यहाँ गाँधी और आंबेडकर के बीच समझौता हुआ, जो बाद में पूना पैक्ट के नाम से जाना गया। इस समझौते मे आंबेडकर ने दलितों को कम्यूनल अवॉर्ड में मिले पृथक निर्वाचन के अधिकार को छोड़ने की घोषणा की। लेकिन इसके साथ हीं कम्युनल अवार्ड से मिली 78 आरक्षित सीटों की बजाय पूना पैक्ट में आरक्षित सीटों की संख्या बढ़ा कर 148 करवा ली। इसके साथ ही अछूत लोगो के लिए प्रत्येक प्रांत मे शिक्षा अनुदान में पर्याप्त राशि नियत करवाई और सरकारी नौकरियों से बिना किसी भेदभाव के दलित वर्ग के लोगों की भर्ती को सुनिश्चित किया और इस तरह से आंबेडकर ने महात्मा गाँधी की जान बचाई। आंबेडकर इस समझौते से असमाधानी थे, उन्होंने गाँधी के इस अनशन को अछूतों को उनके राजनीतिक अधिकारों से वंचित करने और उन्हें उनकी माँग से पीछे हटने के लिये दवाब डालने के लिये गाँधी द्वारा खेला गया एक नाटक करार दिया। 1942 में आंबेडकर ने इस समझौते का धिक्कार किया, 'स्टेट ऑफ मायनॉरिटी' इस ग्रंथ में भी पूना पैक्ट संबंधी नाराजगी व्यक्त की हैं। भारतीय रिपब्लिकन पार्टी द्वारा भी इससे पहले कई बार धिक्कार सभाएँ हुई हैं।

राजनीतिक जीवन भाषण करते हुए आंबेडकर

आंबेडकर का राजनीतिक कैरियर 1926 में शुरू हुआ और 1956 तक वह राजनीतिक क्षेत्र में विभिन्न पदों पर रहे। दिसंबर 1926 में, बॉम्बे के गवर्नर ने उन्हें बॉम्बे विधान परिषद के सदस्य के रूप में नामित किया; उन्होंने अपने कर्तव्यों को गंभीरता से लिया, और अक्सर आर्थिक मामलों पर भाषण दिये। वे 1936 तक बॉम्बे लेजिस्लेटिव काउंसिल के सदस्य थे।

13 अक्टूबर 1935 को, आंबेडकर को सरकारी लॉ कॉलेज का प्रधानाचार्य नियुक्त किया गया और इस पद पर उन्होने दो वर्षो तक कार्य किया। उन्होंने दिल्ली विश्वविद्यालय के रामजस कॉलेज के संस्थापक श्री राय केदारनाथ की मृत्यु के बाद इस कॉलेज के गवर्निंग बॉडी के अध्यक्ष के रूप में भी कार्य किया। आंबेडकर बंबई (अब मुंबई) में बस गये, उन्होंने यहाँ एक तीन मंजिला बड़े घर 'राजगृह' का निर्माण कराया, जिसमें उनके निजी पुस्तकालय में 50,000 से अधिक पुस्तकें थीं, तब यह दुनिया का सबसे बड़ा निजी पुस्तकालय था। इसी वर्ष 27 मई 1935 को उनकी पत्नी रमाबाई की एक लंबी बीमारी के बाद मृत्यु हो गईं रमाबाई अपनी मृत्यु से पहले तीर्थयात्रा के लिये पंढरपुर जाना चाहती थीं पर आंबेडकर ने उन्हे इसकी इजाजत नहीं दी। आंबेडकर ने कहा की उस हिन्दू तीर्थ में जहाँ उनको अछूत माना जाता है, जाने का कोई औचित्य नहीं है, इसके बजाय उन्होंने उनके लिये एक नया पंढरपुर बनाने की बात कहीं।

1936 में, आंबेडकर ने स्वतंत्र लेबर पार्टी की स्थापना की, जो 1937 में केन्द्रीय विधान सभा चुनावों मे 13 सीटें जीती। आंबेडकर को बॉम्बे विधान सभा के विधायक के रूप में चुना गया था। वह 1942 तक विधानसभा के सदस्य रहे और इस दौरान उन्होंने बॉम्बे विधान सभा में विपक्ष के नेता के रूप में भी कार्य किया।

इसी वर्ष आंबेडकर ने 15 मई 1936 को अपनी पुस्तक 'एनीहिलेशन ऑफ कास्ट' (जाति प्रथा का विनाश) प्रकाशित की, जो उनके न्यूयॉर्क में लिखे एक शोधपत्र पर आधारित थी। इस पुस्तक में आंबेडकर ने हिंदू धार्मिक नेताओं और जाति व्यवस्था की जोरदार आलोचना की। उन्होंने अछूत समुदाय के लोगों को गाँधी द्वारा रचित शब्द हरिजन पुकारने के कांग्रेस के फैसले की कड़ी निंदा की। बाद में, 1955 के बीबीसी साक्षात्कार में, उन्होंने गाँधी पर उनके गुजराती भाषा के पत्रों में जाति व्यवस्था का समर्थन करना तथा अंग्रेजी भाषा पत्रों में जाति व्यवस्था का विरोध करने का आरोप लगाया।

ऑल इंडिया शेड्यूल्ड कास्ट्स फेडरेशन एक सामाजिक-राजनीतिक संगठन था जिसकी स्थापना दलित समुदाय के अधिकारों के लिए अभियान

चलाने के लिए 1942 में आंबेडकर द्वारा की गई थी। वर्ष 1942 से 1946 के दौरान, आंबेडकर ने रक्षा सलाहकार समिति और वाइसराय की कार्यकारी परिषद में श्रम मंत्री के रूप में सेवारत रहे।

आंबेडकर ने भारत की आजादी की लड़ाई में सक्रिय रूप से हिस्सा लिया था।

पाकिस्तान की माँग कर रहे मुस्लिम लीग के लाहौर रिजोल्यूशन (1940) के बाद, आंबेडकर ने थॉट्स ऑन पाकिस्तान नामक 400 पृष्ठों वाली एक पुस्तक लिखी, जिसने अपने सभी पहलुओं में "पाकिस्तान" की अवधारणा का विश्लेषण किया। इसमें उन्होंने मुस्लिम लीग की मुसलमानों के लिए एक अलग देश पाकिस्तान की माँग की आलोचना की। साथ ही यह तर्क भी दिया कि हिंदुओं को मुसलमानों के पाकिस्तान का स्वीकार करना चाहिए। उन्होंने प्रस्तावित किया कि मुस्लिम और गैर-मुस्लिम बहुमत वाले हिस्सों को अलग करने के लिए पंजाब और बंगाल की प्रांतीय सीमाओं को फिर से तैयार किया जाना चाहिए। उन्होंने सोचा कि मुसलमानों को प्रांतीय सीमाओं को फिर से निकालने के लिए कोई आपत्ति नहीं हो सकती है। अगर उन्होंने किया, तो वे काफी "अपनी माँग की प्रकृति को समझ नहीं पाए"। विद्वान वेंकट ढलीपाल ने कहा कि थॉट्स ऑन पाकिस्तान ने "एक दशक तक भारतीय राजनीति को रोका"। इसने मुस्लिम लीग और भारतीय राष्ट्रीय कांग्रेस के बीच संवाद के पाठ्यक्रम को निर्धारित किया, जो भारत के विभाजन के लिए रास्ता तय कर रहा था। हालांकि वे मोहम्मद अली जिन्नाह और मुस्लिम लीग की विभाजनकारी सांप्रदायिक रणनीति के घोर आलोचक थे पर उन्होने तर्क दिया कि हिंदुओं और मुसलमानों को पृथक कर देना चाहिए और पाकिस्तान का गठन हो जाना चाहिये क्योंकि एक ही देश का नेतृत्व करने के लिए, जातीय राष्ट्रवाद के चलते देश के भीतर और अधिक हिंसा पनपेगी। उन्होंने हिंदू और मुसलमानों के सांप्रदायिक विभाजन के बारे में अपने विचार के पक्ष मे ऑटोमोन साम्राज्य और चेकोस्लोवाकिया के विघटन जैसी ऐतिहासिक घटनाओं का उल्लेख किया। उन्होंने पूछा कि क्या पाकिस्तान की स्थापना के लिये पर्याप्त कारण मौजूद थे? और सुझाव दिया कि हिंदू और

मुसलमानों के बीच के मतभेद एक कम कठोर कदम से भी मिटाना संभव हो सकता था। उन्होंने लिखा है कि पाकिस्तान को अपने अस्तित्व का औचित्य सिद्ध करना चाहिये। कनाडा जैसे देशों मे भी सांप्रदायिक मुद्दे हमेशा से रहे हैं पर आज भी अंग्रेज और फ्रांसीसी एक साथ रहते हैं, तो क्या हिन्दू और मुसलमान भी साथ नहीं रह सकते। उन्होंने चेताया कि दो देश बनाने के समाधान का वास्तविक क्रियान्वयन अत्यंत कठिनाई भरा होगा। विशाल जनसंख्या के स्थानान्तरण के साथ सीमा विवाद की समस्या भी रहेगी। भारत की स्वतंत्रता के बाद होने वाली हिंसा को ध्यान में रख कर की गई यह भविष्यवाणी सही थी।

"व्हॉट कॉंग्रेस एंड गॉंधी हैव डन टू द अनटचेबल्स?" (कॉंग्रेस और गॉंधी ने अछूतों के लिये क्या किया?) इस किताब के साथ, आंबेडकर ने गॉंधी और कांग्रेस दोनो पर अपने हमलों को तीखा कर दिया, उन्होंने उन पर ढोंग करने का आरोप लगाया।

आंबेडकर ने अपनी राजनीतिक पार्टी को अखिल भारतीय अनुसूचित जाति फेडरेशन (शेड्युल्ड कास्ट फेडरेशन) में बदलते देखा, हालांकि 1946 में आयोजित भारत के संविधान सभा के लिए हुये चुनाव में खराब प्रदर्शन किया। बाद में वह बंगाल जहाँ मुस्लिम लीग सत्ता में थी वहाँ से संविधान सभा में चुने गए थे। आंबेडकर ने बॉम्बे उत्तर में से 1952 का पहला भारतीय लोकसभा चुनाव लड़ा, लेकिन उनके पूर्व सहायक और कांग्रेस पार्टी के उम्मीदवार नारायण काजोलकर से हार गए। 1952 में आंबेडकर राज्य सभा के सदस्य बन गए। उन्होंने भंडारा से 1954 के उपचुनाव में फिर से लोकसभा में प्रवेश करने की कोशिश की, लेकिन वे तीसरे स्थान पर रहे (कांग्रेस पार्टी जीती)। 1957 में दूसरे आम चुनाव के समय तक आंबेडकर का निर्वाण (मृत्यु) हो गया था।

आंबेडकर दो बार भारतीय संसद के ऊपरी सदन राज्य सभा में महाराष्ट्र का प्रतिनिधित्व करने वाले भारत की संसद के सदस्य बने थे। राज्यसभा सदस्य के रूप में उनका पहला कार्यकाल 3 अप्रैल 1952 से 2 अप्रैल 1956 के बीच था, और उनका दूसरा कार्यकाल 3 अप्रैल 1956 से 2 अप्रैल 1962

तक आयोजित किया जाना था, लेकिन कार्यकाल समाप्त होने से पहले, 6 दिसंबर 1956 को उनका निधन हो गया।

30 सितंबर 1956 को, आंबेडकर ने "अनुसूचित जाति महासंघ" को खारिज करके "रिपब्लिकन पार्टी ऑफ इंडिया" की स्थापना की घोषणा की थी, लेकिन पार्टी के गठन से पहले, 6 दिसंबर 1956 को उनका निधन हो गया। उसके बाद, उनके अनुयायियों और कार्यकर्ताओं ने इस पार्टी के गठन की योजना बनाई। पार्टी की स्थापना के लिए 1 अक्टूबर 1957 को प्रेसीडेंसी की एक बैठक नागपुर में आयोजित की गई थी। इस बैठक में एन. शिवराज, यशवंत आंबेडकर, पी. टी. बोराले, ए. जी. पवार, दत्ता कट्टी, डी. ए. रूपवते उपस्थित थे। 3 अक्टूबर 1957 को रिपब्लिकन पार्टी ऑफ इंडिया का गठन किया गया और एन. शिवराज को पार्टी के अध्यक्ष के रूप में चुना गया था।

आंबेडकर ने अपनी पुस्तक 'हू वर द शुद्राज?' (शुद्र कौन थे?) के द्वारा हिंदू जाति व्यवस्था के पदानुक्रम में सबसे नीची जाति यानी शुद्रों के अस्तित्व मे आने की व्याख्या की। उन्होंने इस बात पर भी जोर दिया कि किस तरह से अतिशुद्र (अछूत), शुद्रों से अलग हैं। 1948 में 'हू वेयर द शुद्राज?' की उत्तरकथा द अनटचेबलसः ए थीसिस ऑन द ओरिजन ऑफ अनटचेबिलिटी (अछूतः छुआछूत के मूल पर एक शोध) में आंबेडकर ने हिंदू धर्म को लताड़ा।

हिंदू सभ्यता जो मानवता को दास बनाने और उसका दमन करने की एक क्रूर युक्ति है और इसका उचित नाम बदनामी होगा। एक सभ्यता के बारे में और क्या कहा जा सकता है जिसने लोगों के एक बहुत बड़े वर्ग को विकसित किया जिसे एक मानव से हीन समझा गया और जिसका स्पर्श मात्र प्रदूषण फैलाने का पर्याप्त कारण है?

आंबेडकर दक्षिण एशिया के इस्लाम की रीतियों के भी बड़े आलोचक थे। उन्होने भारत विभाजन का तो पक्ष लिया पर मुस्लिमों में व्याप्त बाल विवाह की प्रथा और महिलाओं के साथ होने वाले दुर्व्यवहार की घोर निंदा की। उन्होंने कहा, बहुविवाह और रखैल रखने के दुष्परिणाम शब्दों में व्यक्त नहीं किये जा सकते जो विशेष रूप से एक मुस्लिम महिला के दुःख के स्रोत

हैं। जाति व्यवस्था को ही लें, हर कोई कहता है कि इस्लाम गुलामी और जाति से मुक्त होना चाहिए, जबकि गुलामी अस्तित्व में है और इसे इस्लाम और इस्लामी देशों से समर्थन मिला है। जबकि कुरान में निहित गुलामों के न्याय और मानवीय उपचार के बारे में पैगंबर द्वारा किए गए नुस्खे प्रशंसनीय हैं, इस्लाम में ऐसा कुछ भी नहीं है जो इस अभिशाप के उन्मूलन का समर्थन करता हो। अगर गुलामी खत्म भी हो जाये पर फिर भी मुसलमानों के बीच जाति व्यवस्था रह जायेगी।

उन्होंने लिखा कि मुस्लिम समाज मे तो हिंदू समाज से भी कही अधिक सामाजिक बुराइयां है और मुसलमान उन्हें "भाईचारे" जैसे नरम शब्दों के प्रयोग से छुपाते हैं। उन्होंने मुसलमानो द्वारा अर्जल वर्गों के खलिाफ भेदभाव जिन्हें "निचले दर्जे का" माना जाता था के साथ ही मुस्लिम समाज में महिलाओं के उत्पीड़न की दमनकारी पर्दा प्रथा की भी आलोचना की। उन्होंने कहा हालाँकि पर्दा हिंदुओं मे भी होता है पर उसे धर्मिक मान्यता केवल मुसलमानों ने दी है। उन्होंने इस्लाम में कट्टरता की आलोचना की जिसके कारण इस्लाम की नीतयों का अक्षरशः अनुपालन की बद्धता के कारण समाज बहुत कट्टर हो गया है और उसे को बदलना बहुत मुश्किल हो गया है। उन्होंने आगे लिखा कि भारतीय मुसलमान अपने समाज का सुधार करने में विफल रहे हैं जबकि इसके विपरीत तुर्की जैसे देशों ने अपने आपको बहुत बदल लिया है।

"सांप्रदायिकता" से पीड़ित हिंदुओं और मुसलमानों दोनों समूहों ने सामाजिक न्याय की माँग की उपेक्षा की है।

धर्म परिवर्तन की घोषणा

13 अक्टूबर 1935, को येवला नासिक में धर्म परिवर्तन की घोषणा करते हुए आंबेडकर 10–12 साल हिन्दू धर्म के अन्तर्गत रहते हुए बाबासाहब आंबेडकर ने हिन्दू धर्म तथा हिन्दु समाज को सुधारने, समता तथा सम्मान प्राप्त करने के लिए तमाम प्रयत्न किए, परन्तु सवर्ण हिन्दुओं का हृदय परिवर्तन न हुआ। उल्टे उन्हें निंदित किया गया और हिन्दू धर्म विनाशक तक कहा गया। उसके बाद उन्होंने कहा था की, "हमने हिन्दू समाज में समानता

का स्तर प्राप्त करने के लिए हर तरह के प्रयत्न और सत्याग्रह किए, परन्तु सब निरर्थक सिद्ध हुए। हिन्दू समाज में समानता के लिए कोई स्थान नहीं है।" हिन्दू समाज का यह कहना था कि "मनुष्य धर्म के लिए हैं" जबकि आंबेडकर का मानना था कि "धर्म मनुष्य के लिए हैं।" आंबेडकर ने कहा कि ऐसे धर्म का कोई मतलब नहीं जिसमें मनुष्यता का कुछ भी मूल्य नहीं। जो अपने ही धर्म के अनुयायिओं (अछूतों को) को धर्म शिक्षा प्राप्त नहीं करने देता, नौकरी करने में बाधा पहुँचाता है, बात-बात पर अपमानित करता है और यहाँ तक कि पानी तक नहीं मिलने देता ऐसे धर्म में रहने का कोई मतलब नहीं। आंबेडकर ने हिन्दू धर्म त्यागने की घोषणा किसी भी प्रकार की दुश्मनी व हिन्दू धर्म के विनाश के लिए नहीं की थी बल्कि उन्होंने इसका फैसला कुछ मौलिक सिद्धांतों को लेकर किया जिनका हिन्दू धर्म में बिल्कुल तालमेल नहीं था।

13 अक्टूबर 1935 को नासिक के निकट येवला में एक सम्मेलन में बोलते हुए आंबेडकर ने धर्म परिवर्तन करने की घोषणा की।

"हालांकि मैं एक अछूत हिन्दू के रूप में पैदा हुआ हूँ, लेकिन मैं एक हिन्दू के रूप में हरगिज नहीं मरूँगा!"

उन्होंने अपने अनुयायियों से भी हिंदू धर्म छोड़ कोई और धर्म अपनाने का आह्वान किया। उन्होंने अपनी इस बात को भारत भर में कई सार्वजनिक सभाओं में भी दोहराया। इस धर्म-परिवर्तन की घोषणा के बाद हैदराबाद के इस्लाम धर्म के निजाम से लेकर कई ईसाई मिशनरियों ने उन्हें करोड़ों रुपये का प्रलोभन भी दिया पर उन्होनें सभी को ठुकरा दिया। निःसन्देह वो भी चाहते थे कि दलित समाज की आर्थिक स्थिति में सुधार हो, पर पराए धन पर आश्रित होकर नहीं बल्कि उनके परिश्रम और संगठन होने से स्थिति में सुधार आएँ इसके अलावा आंबेडकर ऐसे धर्म को चुनना चाहते थे जिसका केन्द्र मनुष्य और नैतिकता हो, उसमें स्वतंत्रता, समता तथा बंधुत्व हो। वो किसी भी हाल में ऐसे धर्म को नहीं अपनाना चाहते थे जो वर्णभेद तथा छुआछूत की बीमारी से जकड़ा हो और ना ही वो ऐसा धर्म चुनना चाहते थे जिसमें अंधविश्वास तथा पाखंडवाद हो। 21 मार्च, 1936 के 'हरिजन' में

गाँधी ने लिखा की, 'जबसे डॉक्टर आंबेडकर ने धर्म-परिवर्तन की धमकी का बमगोला हिन्दू समाज में फेंका है, उन्हें अपने निश्चय से डिगाने की हरचन्द कोशिशें की जा रही हैं.' यहीं गाँधी जी आगे एक जगह लिखते हैं, हां! ऐसे समय में (सवर्ण) सुधारकों को अपना हृदय टटोलना जरूरी है। उसे सोचना चाहिए कि कहीं मेरे या मेरे पड़ोसियों के व्यवहार से दुखी होकर तो ऐसा नहीं किया जा रहा है।... यह तो एक मानी हुई बात है कि अपने को सनातनी कहने वाले हिन्दुओं की एक बड़ी संख्या का व्यवहार ऐसा है जिससे देशभर के हरिजनों को अत्यधिक असुविधा और खीज होती है। आश्चर्य यही है कि इतने ही हिन्दुओं ने हिन्दू धर्म क्यों छोड़ा, और दूसरों ने भी क्यों नहीं छोड़ दिया? यह तो उनकी प्रशंसनीय वफादारी या हिन्दू धर्म की श्रेष्ठता ही है जो उसी धर्म के नाम पर इतनी निर्दयता होते हुए भी लाखों हरिजन उसमें बने हुए हैं।'

आंबेडकर ने धर्म परिवर्तन की घोषणा करने के बाद 21 वर्ष तक के समय के बीच उन्होंने विश्व के सभी प्रमुख धर्मों का गहन अध्ययन किया। उनके द्वारा इतना लंबा समय लेने का मुख्य कारण यह भी था कि वो चाहते थे कि जिस समय वो धर्म परिवर्तन करें उनके साथ ज्यादा से ज्यादा उनके अनुयायी धर्मान्तरण करें। आंबेडकर बौद्ध धर्म को पसन्द करते थे क्योंकि उसमें तीन सिद्धांतों का समन्वित रूप मिलता है जो किसी अन्य धर्म में नहीं मिलता। बौद्ध धर्म प्रज्ञा (अंधविश्वास तथा अतिप्रकृतिवाद के स्थान पर बुद्धि का प्रयोग), करुणा (प्रेम) और समता (समानता) की शिक्षा देता है। उनका कहना था कि मनुष्य इन्हीं बातों को शुभ तथा आनंदित जीवन के लिए चाहता है। देवता और आत्मा समाज को नहीं बचा सकते। आंबेडकर के अनुसार सच्चा धर्म वो ही है जिसका केन्द्र मनुष्य तथा नैतिकता हो, विज्ञान अथवा बौद्धिक तत्व पर आधारित हो, न कि धर्म का केन्द्र ईश्वर, आत्मा की मुक्ति और मोक्ष। साथ ही उनका कहना था धर्म का कार्य विश्व का पुनर्निर्माण करना होना चाहिए ना कि उसकी उत्पत्ति और अंत की व्याख्या करना। वह जनतांत्रिक समाज व्यवस्था के पक्षधर थे, क्योंकि उनका मानना था ऐसी स्थिति में धर्म मानव जीवन का मार्गदर्शक बन सकता है। ये सब बातें उन्हें एकमात्र बौद्ध धर्म में मिलीं।

संविधान निर्माण

ड्राफ्टिंग कमेटी के अध्यक्ष डॉ. आंबेडकर भारतीय संविधान के अंतिम मसौदे को 25 नवंबर 1949 को राजेन्द्र प्रसाद को पेश करते हुए।

भारतीय संविधान सभा और भारत का संविधान

गाँधी व कांग्रेस की कटु आलोचना के बावजूद आंबेडकर की प्रतिष्ठा एक अद्वितीय विद्वान और विधिवेत्ता की थी। जिसके कारण जब, 15 अगस्त 1947 को भारत को स्वतंत्रता मिलने के बाद, कांग्रेस के नेतृत्व वाली नई सरकार अस्तित्व में आई तो उसने आंबेडकर को देश के पहले कानून एवं न्याय मंत्री के रूप में सेवा करने के लिए आमंत्रित किया, जिसे उन्होंने स्वीकार कर लिया। 29 अगस्त 1947 को, आंबेडकर को स्वतंत्र भारत के नए संविधान की रचना के लिए बनी संविधान की मसौदा समिति के अध्यक्ष पद पर नियुक्त किया गया। संविधान निर्माण के कार्य में आंबेडकर का शुरुआती बौद्ध संघ रीतियों और अन्य बौद्ध ग्रंथों का अध्ययन भी काम आया

आंबेडकर एक बुद्धिमान संविधान विशेषज्ञ थे, उन्होंने लगभग 60 देशों के संविधानों का अध्ययन किया था। आंबेडकर को "भारत के संविधान का पिता" के रूप में मान्यता प्राप्त है। संविधान सभा में, मसौदा समिति के सदस्य टी. टी. कृष्णामाचारी ने कहा:

"अध्यक्ष महोदय, मैं सदन में उन लोगों में से एक हूँ, जिन्होंने डॉ. आंबेडकर की बात को बहुत ध्यान से सुना है। मैं इस संविधान की ड्राफ्टिंग के काम में जुटे काम और उत्साह के बारे में जानता हूँ।" उसी समय, मुझे यह महसूस होता है कि इस समय हमारे लिए जितना महत्वपूर्ण संविधान तैयार करने के उद्देश्य से ध्यान देना आवश्यक था, वह ड्राफ्टिंग कमेटी द्वारा नहीं दिया गया। सदन को शायद सात सदस्यों की जानकारी है। आपके द्वारा नामित, एक ने सदन से इस्तीफा दे दिया था और उसे बदल दिया गया था। एक की मृत्यु हो गई थी और उसकी जगह कोई नहीं लिया गया था। एक अमेरिका में था और उसका स्थान नहीं भरा गया और एक अन्य व्यक्ति राज्य के मामलों में व्यस्त था, और उस सीमा तक एक शून्य था। एक या दो लोग दिल्ली से

बहुत दूर थे और शायद स्वास्थ्य के कारणों ने उन्हें भाग लेने की अनुमति नहीं दी। इसलिए अंततः यह हुआ कि इस संविधान का मसौदा तैयार करने का सारा भार डॉ. आंबेडकर पर पड़ा और मुझे कोई संदेह नहीं है कि हम उनके लिए आभारी हैं। इस कार्य को प्राप्त करने के बाद मैं ऐसा मानता हूँ कि यह निःसंदेह सराहनीय है।

ग्रैनविले ऑस्टिन ने 'पहला और सबसे महत्वपूर्ण सामाजिक दस्तावेज' के रूप में आंबेडकर द्वारा तैयार भारतीय संविधान का वर्णन किया। 'भारत के अधिकांश संवैधानिक प्रावधान या तो सामाजिक क्रांति के उद्देश्य को आगे बढ़ाने या इसकी उपलब्धि के लिए जरूरी स्थितियों की स्थापना करके इस क्रांति को बढ़ावा देने के प्रयास में सीधे पहुँचे हैं।'

आंबेडकर द्वारा तैयार किए गए संविधान के पाठ में व्यक्तिगत नागरिकों के लिए नागरिक स्वतंत्रता की एक विस्तृत श्रृंखला के लिए संवैधानिक गारंटी और सुरक्षा प्रदान की गई है, जिसमें धर्म की आजादी, छुआछूत को खत्म करना, और भेदभाव के सभी रूपों का उल्लंघन करना शामिल है। आंबेडकर ने महिलाओं के लिए व्यापक आर्थिक और सामाजिक अधिकारों के लिए तर्क दिया, और अनुसूचित जातियों (एससी) और अनुसूचित जनजातियों (एसटी) और अन्य पिछड़ा वर्ग (ओबीसी) के सदस्यों के लिए नागरिक सेवाओं, स्कूलों और कॉलेजों में नौकरियों के आरक्षण की व्यवस्था शुरू करने के लिए असेंबली का समर्थन जीता, जो कि सकारात्मक कार्रवाई थी। भारत के सांसदों ने इन उपायों के माध्यम से भारत की निराशाजनक कक्षाओं के लिए सामाजिक-आर्थिक असमानताओं और अवसरों की कमी को खत्म करने की उम्मीद की। संविधान सभा द्वारा 26 नवंबर 1949 को संविधान अपनाया गया था। अपने काम को पूरा करने के बाद, बोलते हुए, आंबेडकर ने कहा:

मैं महसूस करता हूँ कि संविधान, साध्य (काम करने लायक) है, यह लचीला है पर साथ ही यह इतना मजबूत भी है कि देश को शांति और युद्ध दोनों के समय जोड़ कर रख सके। वास्तव में, मैं कह सकता हूँ कि अगर कभी कुछ गलत हुआ तो इसका कारण यह नही होगा कि हमारा संविधान खराब था बल्कि इसका उपयोग करने वाला मनुष्य अधम था।

अनुच्छेद 370 का विरोध

आंबेडकर ने भारत के संविधान के अनुच्छेद 370 का विरोध किया, जिसने जम्मू-कश्मीर राज्य को विशेष दर्जा दिया, और जिसे उनकी इच्छाओं के खिलाफ संविधान में शामिल किया गया था। बलराज माधोक ने कहा था कि, आंबेडकर ने कश्मीरी नेता शेख अब्दुल्ला को स्पष्ट रूप से बताया था: "आप चाहते हैं कि भारत को आपकी सीमाओं की रक्षा करनी चाहिए, उसे आपके क्षेत्र में सड़कों का निर्माण करना चाहिए, उसे आपको अनाज की आपूर्ति करनी चाहिए, और कश्मीर को भारत के समान दर्जा देना चाहिए। लेकिन भारत सरकार के पास केवल सीमित शक्तियाँ होनी चाहिए और भारतीय लोगों को कश्मीर में कोई अधिकार नहीं होना चाहिए। इस प्रस्ताव को सहमति देने के लिए, मैं भारत के कानून मंत्री के रूप में भारत के हितों के खिलाफ एक विश्वासघाती बात होगी, यह कभी नहीं करेगा।" फिर अब्दुल्ला ने नेहरू से संपर्क किया, जिन्होंने उन्हें गोपाल स्वामी अयंगार को निर्देशित किया, जिन्होंने बदले में वल्लभभाई पटेल से संपर्क किया और कहा कि नेहरू ने वादा किया था।

अब्दुल्ला विशेष स्थिति

पटेल द्वारा अनुच्छेद पारित किया गया, जबकि नेहरू एक विदेश दौरे पर थे। जिस दिन लेख चर्चा के लिए आया था, आंबेडकर ने इस पर सवालों का जवाब नहीं दिया लेकिन अन्य लेखों पर भाग लिया। सभी तर्क कृष्णा स्वामी अयंगार द्वारा किए गए थे।

समान नागरिक संहिता

मैं व्यक्तिगत रूप से समझ नहीं पा रहा हूँ कि क्यों धर्म को इस विशाल, व्यापक क्षेत्राधिकार के रूप में दी जानी चाहिए ताकि पूरे जीवन को कवर किया जा सके और उस क्षेत्र पर अतिक्रमण से विधायिका को रोक सके। इब के बाद, हम क्या कर रहे हैं इस स्वतंत्रता के लिए? हमारे सामाजिक व्यवस्था में सुधार करने के लिए हमें यह स्वतंत्रता हो रही है, जो असमानता, भेदभाव और अन्य चीजों से भरा है, जो हमारे मौलिक अधिकारों के साथ संघर्ष करते हैं।

समान नागरिक संहिता

आंबेडकर वास्तव में समान नागरिक संहिता के पक्षधर थे और कश्मीर के मामले में धारा 370 का विरोध करते थे। आंबेडकर का भारत आधुनिक, वैज्ञानिक सोच और तर्कसंगत विचारों का देश होता, उसमें पर्सनल कानून की जगह नहीं होती। संविधान सभा में बहस के दौरान, आंबेडकर ने एक समान नागरिक संहिता को अपनाने की सिफारिश करके भारतीय समाज में सुधार करने की अपनी इच्छा प्रकट की। 1951 मे संसद में अपने हिन्दू कोड बिल (हिंदू संहिता विधेयक) के मसौदे को रोके जाने के बाद आंबेडकर ने मंत्रिमंडल से इस्तीफा दे दिया। हिंदू कोड बिल द्वारा भारतीय महिलाओं को कई अधिकारों को प्रदान करने की बात कहीं गई थी। इस मसौदे में उत्तराधि कार, विवाह और अर्थव्यवस्था के कानूनों में लैंगिक समानता की माँग की गयी थी। हालांकि प्रधानमंत्री नेहरू, कैबिनेट और कुछ अन्य कांग्रेसी नेताओं ने इसका समर्थन किया पर राष्ट्रपति राजेन्द्र प्रसाद एवं वल्लभभाई पटेल समेत संसद सदस्यों की एक बड़ी संख्या इसके खिलाफ थी। आंबेडकर ने 1952 में बॉम्बे (उत्तर मध्य) निर्वाचन क्षेत्र में लोक सभा का चुनाव एक निर्दलीय उम्मीदवार के रूप मे लड़ा पर वह हार गये। इस चुनाव में आंबेडकर को 123,576 वोट तथा नारायण सडोबा काजोलकर को 138,137 वोटों का मतदान किया गया था। मार्च 1952 में उन्हें संसद के ऊपरी सदन यानि राज्य सभा के लिए नियुक्त किया गया और इसके बाद उनकी मृत्यु तक वो इस सदन के सदस्य रहे।

आर्थिक नियोजन 1950 में आंबेडकर

आंबेडकर विदेश से अर्थशास्त्र में डॉक्टरेट की डिग्री लेने वाले पहले भारतीय थे। उन्होंने तर्क दिया कि औद्योगिकीकरण और कृषि विकास से भारतीय अर्थव्यवस्था में वृद्धि हो सकती है। उन्होंने भारत में प्राथमिक उद्योग के रूप में कृषि में निवेश पर बल दिया। शरद पवार के अनुसार, आंबेडकर के दर्शन ने सरकार को अपने खाद्य सुरक्षा लक्ष्य हासिल करने में मदद कर आंबेडकर ने राष्ट्रीय आर्थिक और सामाजिक विकास की वकालत की, शिक्षा, सार्वजनिक स्वच्छता, समुदाय स्वास्थ्य, आवासीय सुविधाओं को बुनियादी

सुविधाओं के रूप में जोर दिया। उन्होंने ब्रिटिश शासन की वजह से हुए विकास के नुकसान की गणना की।

भारतीय रिजर्व बैंक

आंबेडकर को एक अर्थशास्त्री के तौर पर प्रशिक्षित किया गया था, और 1921 तक एक पेशेवर अर्थशास्त्री बन चुके थे। जब वह एक राजनीतिक नेता बन गए तो उन्होंने अर्थशास्त्र पर तीन विद्वत्वापूर्ण पुस्तकें लिखीं:

द अॅदडमिनिस्ट्रेशन अँड फायनान्स ऑफ दी इस्ट इंडिया कंपनी

द इव्हॅल्युएशन ऑफ प्रॉव्हिन्शियल फायनान्स इन् ब्रिटिश इंडिआ

द प्रॉब्लम ऑफ द रूपी : इट्स ओरिजिन अण्ड इट्स सोल्युशन

भारतीय रिजर्व बैंक (आरबीआई), आंबेडकर के विचारों पर आधारित था, जो उन्होंने हिल्टन यंग कमिशन को प्रस्तुत किये थे।

दूसरा विवाह

1948 में पत्नी सविता आंबेडकर के साथ भीमराव आंबेडकर

आंबेडकर की पहली पत्नी रमाबाई की लंबी बीमारी के बाद १९३५ में निधन हो गया। १९४० के दशक के अंत में भारतीय संविधान के मसौदे को पूरा करने के बाद, वह नींद के अभाव से पीड़ित थे, उनके पैरों में न्यूरोपैथिक दर्द था, और इंसुलिन और होम्योपैथिक दवाएं ले रहे थे। वह उपचार के लिए बॉम्बे (मुम्बई) गए, और वहाँ डॉक्टर शारदा कबीर से मिले, जिनके साथ उन्होंने १५ अप्रैल १९४८ को नई दिल्ली में अपने घर पर विवाह किया था। डॉक्टरों ने एक ऐसे जीवन साथी की सिफारिश की जो एक अच्छा खाना पकाने वाली हो और उनकी देखभाल करने के लिए चिकित्सा ज्ञान हो। डॉ. शारदा कबीर ने विवाह के पश्चात सविता आंबेडकर नाम अपनाया और उनके बाकी जीवन में उनकी देखभाल की। सविता आंबेडकर, जिन्हें 'माई' या 'माइसाहेब' कहा जाता था, का २९ मई २००३ को नई दिल्ली के मेहरौली में ९३ वर्ष की आयु में निधन हो गया।

बौद्ध धर्म में परिवर्तन

नागपुर के बौद्ध धम्म दीक्षा समारोह में अपने अनुयायियों को संबोधित करते हुए आंबेडकर, १४ अक्तुबर १९५६ कुशीनारा के भन्ते चंद्रमणी द्वारा दीक्षा ग्रहण करते हुए डॉ. आंबेडकर दीक्षाभूमि स्तूप, जहाँ भीमराव अपने लाखों अनुयायियों के साथ बौद्ध धर्म में परिवर्तित हुए।

सन् 1950 के दशक में भीमराव आंबेडकर बौद्ध धर्म के प्रति आकर्षित हुए और बौद्ध भिक्षुओं व विद्वानों के एक सम्मेलन में भाग लेने के लिए श्रीलंका (तब सिलोन) गये। पुणे के पास एक नया बौद्ध विहार को समर्पित करते हुए, डॉ. आंबेडकर ने घोषणा की कि वे बौद्ध धर्म पर एक पुस्तक लिख रहे हैं और जैसे ही यह समाप्त होगी वो औपचारिक रूप से बौद्ध धर्म अपना लेंगे। 1954 में आंबेडकर ने म्यामार का दो बार दौरा किया; दूसरी बार वो रंगून में तीसरे विश्व बौद्ध फैलोशिप के सम्मेलन में भाग लेने के लिए गये। 1955 में उन्होंने 'भारतीय बौद्ध महासभा' यानी 'बुद्धिस्ट सोसाइटी ऑफ इंडिया' की स्थापना की। उन्होंने अपने अंतिम प्रसिद्ध ग्रंथ, 'द बुद्ध एंड हिज धम्म' को 1956 में पूरा किया। यह उनकी मृत्यु के पश्चात सन 1957 में प्रकाशित हुआ। इस ग्रंथ की प्रस्तावना में आंबेडकर ने लिखा हैं कि–

मैं बुद्ध के धम्म को सबसे अच्छा मानता हूँ। इससे किसी धर्म की तुलना नहीं की जा सकती है। यदि एक आधुनिक व्यक्ति जो विज्ञान को मानता है, उसका धर्म कोई होना चाहिए, तो वह धर्म केवल बौद्ध धर्म ही हो सकता है। सभी धर्मों के घनिष्ठ अध्ययन के पच्चीस वर्षों के बाद यह दृढ़ विश्वास मेरे बीच बढ़ गया है।

"मैं भगवान बुद्ध और उनके मूल धर्म की शरण जा रहा हूँ। मैं प्रचलित बौद्ध पन्थों से तटस्थ हूँ। मैं जिस बौद्ध धर्म को स्वीकार कर रहा हूँ, वह नव बौद्ध धर्म या नवयान हैं। 14 अक्टूबर 1956 को नागपुर शहर में डॉ. भीमराव आंबेडकर ने खुद और उनके समर्थकों के लिए एक औपचारिक सार्वजनिक धर्मांतरण समारोह का आयोजन किया। प्रथम डॉ. आंबेडकर ने अपनी पत्नी सविता एवं कुछ सहयोगियों के साथ भिक्षु महास्थवीर चंद्रमणी द्वारा पारंपरिक तरीके से त्रिरत्न और पंचशील को अपनाते हुये बौद्ध धर्म ग्रहण

किया। इसके बाद उन्होंने अपने 5,00,000 अनुयायियो को त्रिरत्न, पंचशील और 22 प्रतिज्ञाएँ देते हुए नवयान बौद्ध धर्म में परिवर्तित किया।

डॉक्टर भीमराव आंबेडकर जी व उनका का परिवार कबीर साहेब जी की विचारधारा से बहुत प्रभावित था तथा कबीर साहेब जी के ज्ञान को आधार बनाकर जीवन जीते थे। कबीर परमेश्वर जी ने पाखंडवाद तथा सामाजिक बुराइयों जैसे जातिवाद, गलत धार्मिक मान्यताएँ, जीव हिंसा, नशाखोरी, आदि आदि को दूर किया।

वे देवताओं के सजांल को तोड़कर एक ऐसे मुक्त मनुष्य की कल्पना कर रहे थे जो धार्मिक तो हो लेकिन गैर-बराबरी को जीवन मूल्य न माने। हिंदू धर्म के बंधनों को पूरी तरह पृथक किया जा सके इसलिए आंबेडकर ने अपने बौद्ध अनुयायियों के लिए बाइस प्रतिज्ञाएँ स्वयं निर्धारित कीं जो बौद्ध धर्म के दर्शन का ही एक सार है। यह प्रतिज्ञाएँ हिंदू धर्म की त्रिमूर्ति में अविश्वास, अवतारवाद के खंडन, श्राद्ध-तर्पण, पिंडदान के परित्याग, बुद्ध के सिद्धांतों और उपदेशों में विश्वास, ब्राह्मणों द्वारा निष्पादित होने वाले किसी भी समारोह में भाग न लेने, मनुष्य की समानता में विश्वास, बुद्ध के आष्टांगिक मार्ग के अनुसरण, प्राणियों के प्रति दयालुता, चोरी न करने, झूठ न बोलने, शराब के सेवन न करने, असमानता पर आधारित हिंदू धर्म का त्याग करने और बौद्ध धर्म को अपनाने से संबंधित थीं। नवयान लेकर आंबेडकर और उनके समर्थकों ने विषमतावादी हिन्दू धर्म और हिन्दू दर्शन की स्पष्ट निंदा की और उसे त्याग दिया। आंबेडकर ने दूसरे दिन 15 अक्टूबर को फिर वहाँ अपने 2 से 3 लाख अनुयायियों को बौद्ध धम्म की दीक्षा दी, यह वह अनुयायी थे जो 14 अक्तूबर के समारोह में नहीं पहुच पाये थे या देर से पहुचे थे। आंबेडकर ने नागपुर में करीब 8 लाख लोगों बौद्ध धर्म की दीक्षा दी, इसलिए यह भूमी दीक्षाभूमि नाम से प्रसिद्ध हुई। तीसरे दिन 16 अक्टूबर को आंबेडकर चंद्रपुर गये और वहाँ भी उन्होंने करीब 3,00,000 समर्थकों को बौद्ध धम्म की दीक्षा दी। इस तरह केवल तीन दिन में आंबेडकर ने स्वयं 11 लाख से अधिक लोगों को बौद्ध धर्म में परिवर्तित कर विश्व के बौद्धों की संख्या 11 लाख बढ़ा दी और भारत में बौद्ध धर्म को पुनर्जीवीत किया। इस घटना से कई

लोगों एवं बौद्ध देशों में से अभिनंदन प्राप्त हुए। इसके बाद वे नेपाल में चौथे विश्व बौद्ध सम्मेलन मे भाग लेने के लिए काठमांडू गये। वहाँ वह काठमांडू शहर की दलित बस्तियों में गए थे। नेपाल का आंबेडकरवादी आंदोलन, दलित नेताओं द्वारा संचालित किया जाता है, तथा नेपाल के अधिकांश दलित नेता यह मानते हैं कि "आंबेडकर का दर्शन" ही जातिगत भेदभाव को मिटाने में सक्षम है। उन्होंने अपनी अंतिम पांडुलिपि बुद्ध और कार्ल मार्क्स को 2 दिसंबर 1956 को पूरा किया।

निधन

बाबासाहेब आंबेडकर का महापरिनिर्वाण

डॉ. आंबेडकर की अंत्ययात्रा, दादर से १.४० बजे यात्रा निकली और शाम के ६ बजे दादर चौपाटी की हिंदू श्मशानभूमी में (अब चौत्यभूमि) पहुंची।

चौत्यभूमि, डॉ. बाबासाहेब आंबेडकर की समाधि स्थली

1948 से, आंबेडकर मधुमेह से पीड़ित थे। जून से अक्टूबर 1954 तक वो बहुत बीमार रहे इस दौरान वो कमजोर होती दृष्टि से ग्रस्त थे। राजनीतिक मुद्दों से परेशान आंबेडकर का स्वास्थ्य बद से बदतर होता चला गया और 1955 के दौरान किये गये लगातार काम ने उन्हें तोड़ कर रख दिया। अपनी अंतिम पांडुलिपि भगवान बुद्ध और उनका धम्म को पूरा करने के तीन दिन के बाद 6 दिसम्बर 1956 को आंबेडकर का महापरिनिर्वाण नींद में दिल्ली में उनके घर में हो गया। तब उनकी आयु ६४ वर्ष एवं ७ महिने की थी। दिल्ली से विशेष विमान द्वारा उनका पार्थिव मुंबई में उनके घर राजगृह में लाया गया। 7 दिसंबर को मुंबई में दादर चौपाटी समुद्र तट पर बौद्ध शैली में अंतिम संस्कार किया गया जिसमें उनके लाखों समर्थकों, कार्यकर्ताओं और प्रशंसकों ने भाग लिया। उनके अंतिम संस्कार के समय उनके पार्थिव को साक्षी रखकर उनके 10,00,000 से अधिक अनुयायिओं ने भदन्त आनन्द कौसल्यायन द्वारा बौद्ध धर्म की दीक्षा ली थी, क्योंकि आंबेडकर ने 16 दिसंबर 1956 को मुंबई में एक बौद्ध धर्मांतरण कार्यक्रम आयोजित किया था।

कोमराम भीम–१९०१

"जल जंगल जमीन"

कोमराम भीम का जन्म 22 अक्टूबर 1901 को वर्तमान तेलंगाना राज्य के संकेपल्ली गाँव के गोंड आदिवासी परिवार में हुआ था। उन्होंने बचपन से ही अंग्रेजों और निजामों को उनके समाज के लोगों पर जुल्म करते देखा था। वे निरक्षर जरूर थे, लेकिन परिस्थितियों को संभालना वे सही से जानते थे। इस क्षेत्र के किसानों की फसलों का बड़ा हिस्सा निजाम को देना पड़ता था। इससे किसानों के हालत बद से बदतर होते जा रहे थे। जंगल में पेड़ काटने के आरोप में आदिवासी महिला, पुरुष और बच्चों तक को यातनायें दी जाती थीं।

उनके पिताजी ने लोगों की परेशानियों को समझा था और वे अपनी राय रखते थे। इस बीच एक जंगल अधिकारी ने उनकी गोली मारकर हत्या कर दी थी।

इस घटना से पीड़ित परिवार संकेपल्ली से सरदारपुर चला गया. सरदारपुर जाकर वे खेती करने लगे, लेकिन यहाँ भी निजाम शाही का खौफ उन्हें महसूस हुआ। निजाम के आदमी उनके पास आकर कर के लिए डराते, धमकाते थे। इस बात से परेशान कोमराम ने निजाम से मिलने की चाह की तो उन्हें रोका गया।

निजाम के अत्याचार दिन व दिन बढ़ते चले गए। कोमराम ने अब निजामशाही के विरुद्ध आवाज उठाने का निश्चय किया था। उन्होंने अपने आदिवासी मित्रों, किसानों का संगठन किया और उन्हें निजामशाही का विरोध

करने के लिए प्रेरित किया। कोमराम भीम अब एक नेता के रूप में लोगों के बीच प्रकट हो चुके थे। धीरे धीरे कोमराम की सेना तयार की गयी जो निजाम से लड़ने के लिए सज्ज थी।

कोमराम भीम का 12 गाँव पर अधिकार हो गया और उन्होंने इन 12 गाँवों को स्वतंत्र राज्य बनाने की माँग की। कोमराम ने 1928 से लेकर 1940 तक निजाम के खिलाफ लगातार संघर्ष किया और गुरिल्ला युद्ध नीति अपनाई कोमराम भीम के संघर्ष का मुख्य केंद्र जोड़ेघाट था। कोमराम की सेना और निजाम की सेना में कई युद्ध हुए। आदिवासियों की इस क्रांति से निजाम बहुत घबरा गया और उसने समझौते का प्रयत्न भी किया परन्तु दोनों पक्षों में समझौता नहीं हो सका।

निधन

कोमराम के करतब से परेशान निजाम ने उन्हें पकड़ने के लिए सेना भेजी गयी। कुछ समय बाद उन्हें पकड़ा गया और आत्मसमर्पण के लिए कहा गया, परन्तु इन्होंने आत्म समर्पण के बदले संघर्ष का पथ चुना। दोनों के बीच जबरदस्त संघर्ष हुआ और इस संघर्ष में 8 अक्टूबर 1940 को कोमराम के साथ कुल 15 लोगों ने अपनी जान गवा दी। ऐसे महावीर सदैव अविस्मरणीय रहेंगे।

कुशल कोंवर-१९०५

भारत की आजादी के दौरान कई ऐसे लोग हैं जिन्होंने देश प्रेम में अपनी जान का बलिदान दिया। आजादी के दौरान इन सेनानियों ने कई आन्दोलनों में अहम भूमिका निभाई। लेकिन ये वो हीरो हैं जिनके नाम कहीं गुमनामी में खो से गए हैं। आओ उनके बारे में जाने जिन्होंने भारत को आजाद करने में अपना महत्वपूर्ण योगदान दिया है। इन गुमनाम स्वतंत्रता सेनानियों में एक नाम है कुशल कोंवर का जो ब्रिटिश सत्ता के खिलाफ भारत छोड़ो आन्दोलन का हिस्सा रहे। उसी दौरान आन्दोलन ने कुछ क्षेत्रों में हिंसक रूप ले लिया। कुशल कोंवर को एक ऐसे गुनाह के लिए गिरफ्तार किया जो उन्होंने किया भी नहीं था। इस गुनाह के लिए उन्हें फांसी की सजी दी गईं बिना किसी गलती और गुनाह के बाद भी उन्होंने फांसी की इस सजा को स्वीकार किया। आइए जानें कुशल कोंवर के जीवन और भारत में उनके योगदान के बारे में। कुशल कोंवर का जन्म 21 मार्च 1905 में हुआ था। कुशाल का जन्म असम के गोलाघाट जिले में हुआ था। वह एक शाहि परिवार से थें। अहोम साम्राज्य के शाही परिवार से होने पर उन्होंने कोंवर सरनेम का प्रयोग किया था। जिसे बाद में उन्होंने छोड़ भी दिया था। कुशल एक ऐसे व्यक्ति थे, जो शांत थे और सच्चाई से प्यार करने वाले थे। ये गुण उन्हें उनके माता-पिता कनकेश्वरी कोंवर और सोनाराम कोंवर से मिले थे। प्रारंभिक शिक्षा कुशल ने अपनी प्रारंभिक शिक्षा बेजबरुआ स्कूल से हासिल की। अपनी प्रारंभिक शिक्षा के बाद कुशाल ने 1918 में गोलाघाट के गवर्नमेंट हाई स्कूल में आगे की शिक्षा प्राप्त की। 1921 के समय की बात है उस दौरान वह स्कूल में थे। गाँधी जी

का असहयोग आन्दोलन चल रहा था और उनके इस आन्दोलन से कुशल बहुत प्रभावित हुए जिसके बाद से उन्होंने इस आन्दोलन में सक्रिय रूप से भूमिका निभाई।

जलियांवाला बाग हत्याकांड

1919 में जब ब्रिटिश सरकार ने जलियांवाला बाग हत्याकांड और रॉलेट एक्ट जारी किया उस दौरान कुशल केवल 17 वर्ष के थे। इस एक्ट का असल जलियांवाला बाग तक ही सीमित नहीं था। इसका असर पूरे भारत में देखने को मिला था। इस हत्याकांड के विरोध में असहयोग आन्दोलन की शुरूआत हुई और इस आन्दोलन का प्रभाव असम तक पहुँचा और कुशाल और अन्य युवा सेनानी इस आन्दोलन में सक्रिय रूप से उतरे।

गाँधी का प्रभावः

कुशल का जीवन गाँधी जी के विचारों से अधिक प्रभावित था। गाँधी जी के स्वराज, सत्य और अहिंसा से वाले आदर्शों से वह इस कदर प्रभावित हुए की उन्होंने बेंगमई में एक प्राथमिक विद्यालय की स्थापना की और वहाँ एक शिक्षक के रूप में कार्य किया। इसके बाद वह एक क्लर्क के रूप में बालीजन टी एस्टेट में शामिल हुए, जहाँ उन्होंने कुछ समय के लिए काम किया। इस प्रकार गाँधीजी से के स्वतंत्रता के आह्वान और दिल में स्वतंत्र भारत को देखने की उनकी इच्छा में उन्होंने अपना जीवन देश के नाम समर्पित कर दिया। उन्होंने सत्याग्रह और अंग्रेजों के खिलाफ असहयोग आंदोलन में सरूपथर क्षेत्र के लोगों का नेतृत्व किया और कांग्रेस पार्टी को संगठित किया। इसके बाद वे सरुपथर कांग्रेस कमेटी के अध्यक्ष चुने गए। अंतिम समय 10 अक्टूबर 1942 में स्वतंत्रता के लिए लड़ने वाले कार्यकर्त्ताओं ने सरूपथर की रेलवे की पटरी से स्लीपरों को हटा दिए थे जिसकी वजह से वहाँ से गुजरने वाली सैन्य रेल गाड़ी पटरी से उतर गईं जिसमें हजारों की तादाद में अंग्रेजी सैनिक मारे गए। पुलिस ने इलाके को तुरंत घेर लिया और इस घटना को अंजाम देने वालों को ढूंढना शुरू किया। इस घटना के लिए कुशल को आरोपी माना गया था। जबकी इस घटना में उनका कोई हाथ नहीं था। पुलिस कर्मियों के पास उनके गुनहगार होने का कोई सबूत नही था।

लेकिन फिर भी कुशल को रेलवे की तोड़फोड़ का मुख्य आरोपी माना गया और उनको इसके लिए गिरफ्तार किया गया। 5 नवंबर 142 में उन्हें गोलाघाट लाया गया और वहाँ की जोरहाट जेल में बंद कर दिया गया। सीएम हम्फ्री की अदालत में उन्हें दोषी करार किया गया और उन्हें फांसी की सजा दी गईं जब की उन्होंने ये गुनहा किया भी नहीं था। लेकिन फिर भी कुशल ने गरिमा के साथ इस फैसले को स्वीकार किया। जेल में जब उनकी पत्नी प्रभावती उनसे मिलने गई तो उन्होंने अपनी पत्नी से कहा की उन्हें गर्व है कि भगवान ने देश के लिए सर्वोच्च बलिदान के लिए हजारों लोगों में से उन्हें चुना। फांसी से पहले जेल में बचे उनके शेष समय के दौरान उन्होंने अपना समय गीता पढ़ कर बिताया। कुशल ने लगभग 112 दिन जेल में बिताए। 6 जून 1943 में उन्हे फांसी की सजा सुनाई गईं और फांसी देने की तिथि 15 जून 1943 की थी। 15 जून 1943 को शाम 4:30 बजे कुशल कोंवर को फांसी दी गईथी।

प्रमुखतथ्य–

1. 1925 में, कुशल कोंवर ने बेंगमाई में अपना खुद का एक स्कूल शुरू किया। लेकिन आर्थिक तंगी के कारण उन्हें इसे छोड़ना पड़ा।
२. जिसके बाद में नौकरी करने लगे लेकिन अंदर के देशभक्त ने उन्हें नौकरी छोड़ने के लिए मजबूर कर दिया। और
3. 1936 में उन्होंने खुद को पूरी तरह से भारतीय स्वतंत्रता आंदोलन में समर्पित कर दिया।
4. 1942 में, भारत छोड़ो आंदोलन शुरू हुआ और 'करो या मरो' देशभक्तों का आदर्श वाक्य बन गया। हालांकि महात्मा गाँधी ने अहिंसा के दर्शन की वकालत की, लेकिन कई देशभक्तों ने सशस्त्र और विध्वंसक तकनीकों को अपनाया तो, अगस्त क्रांति शुरू हुई।
5. असम में, कांग्रेस के 'शांति सेना' (शांति बल) और 'मृत्यु वाहिनी' (मृत्यु दस्ते) आंदोलन में कुशल कोंवर ने सक्रिय भाग लिया।
6. 10 अक्टूबर 1942 को 1.42 बजे सरूपथर मृत्यु वाहिनी के कुछ सदस्यों ने सरूपथर के पास एक सैन्य ट्रेन को पटरी से उतार दिया। ट्रेन

में ब्रिटिश और अमेरिकी सैनिक सवार थे। सरुपथर के पटरी से उतरने में काफी संख्या में सैनिक मारे गए।

7. जिसके बाद 13 अक्टूबर को ब्रिटिस सेना ने कई लोगों को गिरफ्तार किया जिसमें से एक कुशल कोंवर थे।
8. 6 मार्च 1943 को शिवसागर जिले के उपायुक्त सी.ए. हम्फ्री की अदालत में कुशाल कोंवर की सुनवाई शुरू हुई। कई अधिवक्ताओं ने कुशल कोंवर का बचाव किया। साथ ही उसके खिलाफ कोई सबूत नहीं था। लेकिन सरूपथर शांति वाहिनी का एक पुलिस बरुआ मामले में गवाह बन गया।
9. जिसके बाद मॉक ट्रायल में जज सी ए हम्फ्री ने कुशल कोंवर समेत चार लोगों को फांसी की सजा सुनाई। हालांकि निर्दोष, कुशल कोंवर ने अवैध या गैरकानूनी सजा को स्वीकार कर लिया। कुशाल कोंवर को छोड़कर, अन्य तीन ने दया याचिका के कारण उनकी सजा को 10 साल के कठोर कारावास में बदल दिया।
10. कुशल कोंवर को जोरहाट जेल में 15 जून 1943 को फांसी दी थी। फांसी से पहले कुशल कोंवर ने गीता के कुछ चुनिंदा श्लोक पढ़े और भगवान से प्रार्थना की। कुशल कोंवर न तो असाधारण रूप से लोकप्रिय नेता थे और न ही क्रांतिकारी। लेकिन वह एक 'सच्चे देशभक्त' थे जिसके लिए उन्होंने खुशी-खुशी अपना जीवन बलिदान कर दिया।

गुंडाधुर–१९१०

भारत अपनी स्वतंत्रता का 'अमृत महोत्सव' मना रहा है। ऐसे में देश के उन अमर सपूतों को याद किया जाना चाहिए जो प्राण हथेली पर लेकर स्वतंत्रता संग्राम में कूद पड़े थे। इतिहास में स्वतंत्रता के अनेक नायकों का वर्णन मिलता है, परंतु बहुत से ऐसे नायक भी हैं, जिनके साथ इतिहास न्याय नहीं कर सका है। मुख्य रूप से 20वीं सदी के स्वतंत्रता संग्राम के इतिहास पर कांग्रेस के नेताओं का इतना अधिक प्रभाव है कि उसके आवरण में देश के विविध हिस्सों में स्वतंत्रता के लिए संघर्ष करने वाले बहुत से नायक गुमनामी में धकेल दिए गए। वर्ष 1910 में बस्तर में आदिवासी समाज के आंदोलन 'भूमकाल' का नेतृत्व करने वाले गुंडाधुर इतिहास के ऐसे ही गुमनाम नायक हैं।

भूमकाल आंदोलन की बुनियाद वर्ष 1891 में पड़ी जब अंग्रेजों ने बस्तर के तत्कालीन राजा रूद्र प्रताप देव के चाचा कालेंद्र सिंह को दीवान पद से हटा दिया। रूद्र प्रताप देव अंग्रेजों के प्रति समर्पित राजा थे, लेकिन दीवान के रूप में प्रशासन का जिम्मा उनके चाचा कालेंद्र सिंह के पास था और वे इसे बेहतर ढंग से निभाते भी थे। आदिवासी समाज में उनकी अच्छी लोकप्रियता थी। ऐसे में कालेंद्र सिंह को दीवान पद से हटाकर पंडा बैजनाथ को बस्तर का प्रशासन सौंपा जाना आदिवासियों को पसंद नहीं आया। अति तब हो गई जब बैजनाथ के काल में अंग्रेजों द्वारा आदिवासियों पर अत्याचार शुरू कर दिए गए। जंगल बचाने के नाम पर आदिवासियों को उनके ही जंगलों से दूर किया जाने लगा। साथ ही उनके मतांतरण का प्रयास भी किया जाने लगा। ऐसी

स्थिति में, कालेंद्र सिंह ने सूत्रधार की भूमिका निभाते हुए आदिवासियों को संगठित किया और गुंडाधुर के नेतृत्व में अंग्रेजों के विरुद्ध सशस्त्र भूमकाल आंदोलन की तैयारी शुरू हो गईं।

उस दौर में गुंडाधुर की अधिकतम लोगों तक ऐसी पहुँच थी कि उनके विषय में अनेक किंवदंतियाँ फैलने लगीं। कोई कहता कि गुंडाधुर को उड़ने की शक्ति प्राप्त है तो कोई कहता कि वह लड़ाई के समय अपने जादू से अंग्रेजों की गोलियों को पानी बना देगा। इन किंवदंतियों से इतर गुंडाधुर की जमीनी योजना-रचना ऐसी थी कि आंदोलन शुरू होने से पूर्व अंग्रेजों को इसकी कोई भनक तक नहीं लगी। लाल मिर्च लिपटी आम की डाल जिसे 'डारा मिरी' कहा जाता था, उसके माध्यम से पूरे क्षेत्र में भूमकाल का संदेश प्रसारित किया गया।

फरवरी 1910 में पूरे बस्तर में एक साथ भूमकाल का आगाज गुंडाधुर के संगठन कौशल और पक्की योजना का ही परिणाम था। आंदोलन की शुरुआत पुलिस चौकियों और सरकारी कार्यालयों पर हमले व बाजारों की लूट के रूप में हुई। देखते ही देखते, आंदोलनकारियों ने बस्तर के प्रमुख शहर जगदलपुर को छोड़ शेष बस्तर के अधिकांश क्षेत्रों पर अधिकार जमा लिया। अंग्रेज सिपाहियों और आजादी के मतवालों के बीच कई बार मुठभेड़ हुई, जिसमें तीर-धनुष और फरसा-भाला से लड़ने वाले आदिवासियों ने ब्रिटिश शासक के बंदूकधारी सिपाहियों को भागने पर मजबूर कर दिया।

जगदलपुर के लिए चली अंग्रेज सेना को रास्ते में कड़े संघर्ष का सामना करना पड़ा, तब जाकर वो जगदलपुर पहुँच पाई। इस बीच अंग्रेजों को आभास हो गया था कि गुंडाधुर के कुशल नेतृत्व में लड़ रहे आंदोलनकारियों से सीधे लड़कर पार पाना आसान नहीं है, इसलिए उन्होंने छल की रणनीति अपनाते हुए आदिवासियों से बातचीत का नाटक किया। अंग्रेज सेना के कप्तान ने हाथ में मिट्टी लेकर कसम खाई कि आदिवासी लड़ाई जीत गए हैं और शासन का कामकाज उनके अनुसार ही चलेगा। भोले-भाले आदिवासी कुटिल अंग्रेजों की चाल नहीं समझ पाए और मिट्टी की कसम के झांसे में आ गए।

आंदोलनकारी अलनार में एकत्रित होकर अपनी विजय का जश्न मना रहे थे तभी रात में अंग्रेजों ने उन पर अचानक हमला कर दिया। इस हमले में बहुत आदिवासी हताहत हुए। लेकिन गुंडाधुर को पकड़ना तो दूर अंग्रेज उनकी शक्ल भी नहीं देख पाए। हालांकि बाद में सोनू माझी नामक एक आंदोलनकारी लोभवश अग्रेजों से मिल गया जिस कारण गुंडाधुर के कुछ साथी पकड़ लिए गए। लेकिन तब भी अंग्रेज सरकार गुंडाधुर को नहीं पकड़ सकी। गुंडाधुर अंग्रेजों के लिए एक रहस्य ही बनकर रह गए। अंततः अंग्रेजों को गुंडाधुर की फाइल इस टिप्पणी के साथ बंद करनी पड़ी कि 'कोई यह बताने में समर्थ नहीं है कि गुंडाधुर कौन था।'

गुंडाधुर के अस्तित्व को लेकर अंग्रेजों की कोई भी राय रही हो, लेकिन बस्तर का आदिवासी समाज पूरी आस्था के साथ स्मरण करता है। यह उनके महत्व को दर्शाता है। भूमकाल और गुंडाधुर का इतिहास देश के हर व्यक्ति को जानना चाहिए, जिससे देश की युवा पीढ़ी न केवल स्वाधीनता आंदोलन में आदिवासी नायकों के योगदान से परिचित हो सके अपितु जल, जंगल और जमीन से जुड़ाव की प्रेरणा भी ले सके।

जतरा भगत उरांव

[टाना भगत समुदाय]-१९१४

बिरसा मुंडा के बाद आदिवासी जनजाति को संगठित करने वाले इस वीर जतरा उरांव का जन्म वर्तमान गुमला जिला के बिशुनपुर प्रखंड के चिंगारी गाँव में 1888 में हुआ था। उन्होंने अपने समाज को संगठित किया और ब्रिटिश सरकार के खिलाफ हजारों लोगों का बड़ा आंदोलन खड़ा किया। टाना भगत की ऐतिहासिक क्रांतिभरी दास्तान।

टाना भगत, यह नाम सुनते हुए आज भले ही माथे पर अनजान होने के बल पड़ते हैं, लेकिन भारत की स्वतंत्रता के इतिहास का एक पूरा काल टाना भगत समुदाय को समर्पित है. महात्मा गाँधी स्वाधीनता के जिन आंदोलनों के कारण आज पूजनीय हैं, टाना भगत समुदाय ने अहिंसा के उस पाठ को पहले ही पढ़ लिया था। आदिवासी क्रांति में बिरसा मुंडा काल के कुछ दशक बीतने के बाद टाना भगत समुदाय का समय शुरू होता है। जिसके प्रणेता थे जतरा उरांव।

1914 में ब्रिटिश सरकार का जिसने फुलाया दम

साल था 1914, तब के बिहार के छोटा नागपुर जिले में ब्रिटिश सरकार जंगलों में रहन वाले, फल-फूल और पशुधन से गुंजारा करने वाली वन्य जनजाति के अहिंसक प्रदर्शनों का सामना करना पड़ा। सैकड़ों आदिवासियों ने अंग्रेजी शासन के शोषण के विरुद्ध आवाज बुलंद की और इससे भयभीत अंग्रेजों ने इनके अगुआ जतरा उरांव भगत को गिरफ्तार कर जेल में डाल दिया।

लेकिन जतरा उरांव के प्रभाव ऐसा था कि 26 हजार आंदोलन करने वाले घबराए नहीं बल्कि उनके अहिंसक प्रदर्शन और तेज हो गए।

1888 में जन्मे थे जतरा उरांव भगत

बिरसा मुंडा के बाद आदिवासी जनजाति को संगठित करने वाले इस वीर जतरा उरांव का जन्म वर्तमान गुमला जिला के बिशुनपुर प्रखंड के चिंगारी गाँव में 1888 में हुआ था। किशोर से युवा होते जतरा ने महसूस किया कि उनके समाज में बेगारी है, और वे शोषण में पूरी तरह फंसे हुए हैं।

उसके पीछे की वजह जानने की कोशिश की तो उन्हें अपना समाज कई दुर्गुणों से भरा लगा, जिसमें पशु-बलि, मांस भक्षण, जीव हत्या, शराब सेवन जैसे दुर्गुण हैं।

जतरा ने लोगों को संगठित कर आंदोलन खड़ा किया

इसके बाद उन्होंने पहले सामाजिक सुधार आंदोलन चलाकर लोगों को संगठित किया और उन्हें सही आदिवासी जीवन शैली अपनाने की ओर प्रेरित किया, जिसमें वे अपने जल-जंगल, जमीन, संस्कृति और यहाँ तक कि अपने श्रम का भी महत्व समझ सकें।

इस आंदोलन ने ऐसा विस्तृत स्वरूप लिया कि यह क्षेत्रीयता से मुक्त हो गया और फिर देश की मुख्य धारा की क्रांति में शामिल हो गया। यह था साल 1919 जब टाना भगतों का आंदोलन महात्मा गाँधी के आंदोलनों से जा मिला और अहिंसा की विचारधारा को एक बड़ा जनसमर्थन मिला।

बनाया नया पंथ और अहिंसक सेना में शामिल हुए हजारों लोग

जतरा भगत ने भूत-प्रेत जैसे अंधविश्वासों के खिलाफ सात्विक एवं निडर जीवन की नयी शैली की अवधारणा रखी। उस शैली से शोषण और अन्याय के खिलाफ लड़ने के लिए नई चेतना आदिवासी समाज में पनपने लगी। तब आंदोलन का राजनीतिक लक्ष्य स्पष्ट होने लगा। सात्विक जीवन के लिए एक नये पंथ पर चलने वाले हजारों आदिवासी जैसे सामंतों, साहुकारों और ब्रिटिश हुकूमत के खिलाफ संगठित 'अहिंसक सेना' के सदस्य हो गए।

ब्रिटिश सरकार ने दी सजा

जतरा भगत के नेतृत्व में ऐलान हुआ–माल गुजारी नहीं देंगे, बेगारी नहीं करेंगे और टैक्स नहीं देंगे। उसके साथ ही जतरा भगत का विद्रोह 'टाना भगत आंदोलन' के रूप में सुर्खियों में आ गया। अंग्रेज सरकार ने घबराकर जतरा उरांव को 1914 में गिरफ्तार कर लिया।

उन्हें डेढ़ साल की सजा दी गयी। जेल से छूटने के बाद जतरा उरांव का अचानक देहांत हो गया, लेकिन उन्होंने आंदोलन की जो लौ जलाई थी, वह डिगी नहीं।

महात्मा गाँधी के साथ जुड़ गया टाना भगत समुदाय

टाना भगत आंदोलन अपनी अहिंसक नीति के कारण विकसित होता रहा और महात्मा गाँधी के स्वदेशी आंदोलन से जुड़ गया। उन्होंने आजादी के लिए लड़ रही कांग्रेस में कदम मिलाकर साथ दिया और हर आंदोलन में अपनी बड़ी उपस्थिति हमेशा दर्ज कराई।

1922 के गया कांग्रेस सम्मेलन और 1923 के नागपुर सम्मेलन में बड़ी संख्या में टाना भगत शामिल हुए थे।

गोपीनाथ बोरदोलोई–१९२२

असम से ताल्लुक रखने वाले गोपीनाथ बोरदोलोई ने अंग्रजों से लोहा लेने में कोई कसर नहीं छोड़ी थी. यही नहीं, उन्होंने असम को भारत का हिस्सा बने रहने के लिए पूरा जोर लगा दिया था। उन्होंने 1922 में इंडियन नेशनल कॉंग्रेस जॉइन की थी. पूर्वोत्तर में इन्होंने असहयोग आंदोलन और भारत छोड़ो आंदोलन को जन–जन तक पहुँचाया था। इन्हें आजादी के बाद अविभाजित असम का मुख्यमंत्री चुना गया था।

वीरवर वीरा पासी–१९३५

रायबरेली जनपद का बैसवारा प्राचीन काल से कलम, कृपाण और कौपीन का धनी माना जाता रहा है। वैसे तो बैसवारा क्षेत्र को रायबरेली, उन्नाव और लखनऊ की सीमाएं स्पर्श करती हैं। बैसवारा के अनेक राजाओं, ताल्लुकेदारों ने 1857 ई० की क्रांति जितना बढ़-चढ़ कर हिस्सा लिया, उतना ही उन राजाओं की सेनाओं ने भी हिस्सा लिया है। किसी राजा की जीत का आधार सैनिक ही होते हैं।

रायबरेली की धरती ने वीरवर वीरा पासी जैसा नायक को जन्म दिया। वीरा पासी का जन्म 11 नवंबर सन 1935 को रायबरेली जिला के लोधवारी गाँव में हुआ था। लोधवारी शहजादा के रियासत थी। शहजादा महाराजा रणजीत सिंह के पोते थे। कुछ इतिहासकार वीरा पासी का जन्म भीरा गोविंदपुर मानते थे। भीरा गोविंदपुर वीरा पासी की बहन बतसिया की ससुराल थी। वीरा के पिता का नाम सुखवा और माता का नाम सुरजी था। माता-पिता बहुत ही निर्धन थे। दुर्भाग्यवश वीरा के बचपन में ही माता-पिता का स्वर्गवास हो गया था। अब वीरा बेसहारा होकर अपनी बहन बतसिया के ससुराल में आकर रहने लगे थे। कालांतर में बहन के ससुराल में रहने वाले भाई को वीरना कहा जाता था। इसलिए बहन के घर में रहने के कारण वीरना से वीरा नाम पड़ गया था।

वीरा पासी बाल्यकाल से ही बहुत बलिष्ठ और फुर्तीला था। शंकरपुर रियासत के राजा राना बेनी माधव सिंह की फौज में सैनिकों की भर्ती होनी थी। राना साहब की फौज में भर्ती होने के कठोर नियम भी थे। भर्ती होने के लिए आए हुए नौजवान लड़कों को राणा साहब एक सेर (लगभग 950 ग्राम)

भी खिला कर अपने कक्ष में बुलाते थे और सीना में जोर से दो घुसा मारते थे। जो लड़का मूर्छित नहीं होता था, उसे अपना अंगरक्षक नियुक्त कर लेते थे। 18 वर्ष की आयु में वीरा पासी राना साहब के फौज में भर्ती होने गया और सेना भर्ती की अग्नि परीक्षा में सफल रहा है। राना साहब द्वारा मुट्ठी बंद करके दो घूसा खाने के बाद भी वीरा हिला तक नहीं। उसकी वीरता के कारण राना बेनी माधव सिंह ने अपना अंगरक्षक नियुक्त कर लिया।

जनश्रुतियों के आधार पर कहा जाता है, परशुराम के पसीने से पासी जाति की उत्पत्ति हुई थी। पासी जाति लड़ाकू, निडर और स्वामिभक्त के रूप में जानी जाती है। पासी शब्द पा+असि से मिलकर बना है। पा का अर्थ है पकड़ और असि का अर्थ है तलवार। इस प्रकार पासी शब्द का अर्थ हुआ–जिसके हाथ में तलवार हो।

भारत में मुसलमानों का वर्चस्व कायम था। जिसे रोकने के लिए हिंदू राजाओं ने पासी बिरादरी से सूअर का पालन करवाया था। जिससे मुसलमानों को हिंदू बस्ती में घुसने से रोका जा सके। पासी जाति के लोग वीरों की परंपरा में अग्रसर थे। स्वामिभक्त जाति को छोटी जाति मानते हुए षड्यंत्र के तहत जरायम (अपराधी जाति) बना दिया गया।

राना बेनी माधव सिंह ने अपने पिता राजा राम नारायण सिंह के साथ अपने ननिहाल नाइन में अंग्रेजों से लोहा लेने लगे थे। इस अनियोजित युद्ध में राना साहब के पिता वीरगति को प्राप्त हुए और घायल अवस्था में राना बेनी माधव सिंह अंग्रेजों द्वारा बंदी बना लिए गए। उस समय वीरा पासी अंगरक्षक के रूप में नियुक्त हो चुके थे। राना बेनी माधव सिंह की माता जी रो-रो कर मूर्छित हो जाती थी। राज माता के आँसू वीरा से देखे नहीं गए। वीरा पासी ने अंग्रेजों की जेल से राना साहब को छुड़वाने की योजना बनाई। जेल मैनुवल के नियमानुसार घड़ी में जितने बजते थे, उतने बार बंदी रक्षकों/पहरेदाओं द्वारा घंटा बजाया जाता था। यह प्रथा आज भी भारत की जेलों और पुलिस लाइनों में विद्यमान है।

वीरा पासी ने लोहार से मजबूत लोहे की सरिया से खूंटी नुमा 12 कील बनवाई। रात्रि में जेल के बैरक के पीछे छिपकर वीरा पासी बैठ गए। जैसे ही

मध्यरात्रि के 12:00 बजे का 12 बार घंटा टन टन बजना शुरू हुआ। उसी घंटे की ध्वनि के साथ ही वीरा फुर्ती के साथ एक-एक कील ठोकते हुए मजबूत रस्सा लेकर छत पर पहुँच गए। रोशनदान के सहारे रस्सा डालकर राना बेनी माधव सिंह को जेल से आजाद करा लिया। ब्रिटिश साम्राज्य की बनी इमारतें ऊँची और बड़े रोशनदान वाले होती थी। जिनका प्रमाण आज भी सरकारी इमारतों में विद्यमान है।

राना साहब ने वीरा पासी की निडरता, बहादुरी और स्वामिभक्ति देखकर अपनी रियासत शंकरपुर का सेनापति बना लिया था। स्वामिभक्त वीरा पासी ने 50 से अधिक अंग्रेजों को मौत के घाट उतार दिया था। इसलिए भारत से लेकर लंदन तक वीरा पासी से अंग्रेज कांपते थे। अंग्रेजों ने वीरा से भयभीत होकर जिंदा या मुर्दा पकड़ने अथवा उनका पता बताने वाले को सन 1857 में 50,000 (पचास हजार रुपये) का इनाम घोषित किया था। भारतीय इतिहास में अंग्रेजों द्वारा पहली बार इतनी अधिक धनराशि का इनाम घोषित किया गया था , वरना क्रूर अंग्रेज 5.0 रुपये से अधिक का इनाम घोषित नहीं करते थे। इसका प्रमाण आज भी लंदन में देखा जा सकता है। फिर भी वीरवर वीरा को अंग्रेज पकड़ नहीं सके थे।

वीरा पासी ने अपने अदम्य साहस के साथ राना बेनी माधव सिंह का हर कदम साथ दिया। कभी भी अंग्रेजों ने राना साहब की भनक तक नहीं लगने दी। भीरा की लड़ाई में कुछ देसी गद्दारों की सहायता से अंग्रेजों ने राना साहब को घेर लिया था। युद्ध कला में निपुण वीरा पासी ने राना साहब के प्राणों की रक्षा करते हुए स्वयं का बलिदान कर दिया था। इस युद्ध में वीरगति को प्राप्त हुए वीर योद्धा वीरा का सिर अपने हाथों में रखकर राना बेनी माधव सिंह बहुत रोए थे। राना साहब वीरा को अपना दाहिना हाँथ मानते थे। वीरा पासी की यादों को चिरस्थाई बनाने के लिए रायबरेली में जिला पंचायत कार्यालय से पहले वीरा पासी द्वार बनाया गया है। बैसवारा का केंद्र बिंदु लालगंज में नगर पंचायत कार्यालय के सामने वीरा पासी के वक्षस्थल तक की प्रतिमा लगाई गई है।

जातिगत राजनीति का खेल था कि दलित होने के कारण वीरवर वीरा पासी को इतिहास के पन्नों में इंसाफ नहीं मिल सका। महान योद्धा, कुशल अंगरक्षक, सेनापति और स्वामिभक्त होने के बावजूद नाम के आगे पासी शब्द लगा होने के कारण इस वीर पुरुष का नाम गुमनाम हो गया, वरना इस योद्धा का नाम भी इतिहास पन्नों में स्वर्णिम अक्षरों से लिखा गया होता।

लक्ष्मीनारायण झरवाल–१९३८

श्री लक्ष्मीनारायण झरवाल का जन्म 2 नवम्बर 1914 को जयपुर में हुआ। इन्होंने 24 वर्ष की आयु से राष्ट्रीय आन्दोलन में भाग लेना आरम्भ कर दिया था। 20 अक्टूबर 1938 में किशनपोल बाजार स्थित, आर्य समाज मंदिर मे प्रजामण्डल अधिवेशन शुरू हुआ जिसमें श्री झरवाल ने भी श्रीचंद्र अग्रवाल के साथ भाग लिया जहाँ इनकी जयपुर राज्य प्रजामण्डल के संस्थापक सदस्य श्री हीरालाल शास्त्री, वैद्य श्री विजय शंकर शास्त्री जैसे स्वतंत्रता सेनानी आदि नेताओं से भेंट हुई। सन 1941–42 में श्री लक्ष्मीनारायण झरवाल ने प्रजामण्डल आंदोलनों में खासा उत्साह लेते हुए भाग लिया जिसके कारण इन्हें बन्दी बना लिया गया और छोटी चौपड़ कोतवाली में हाथों मे हथकड़ी डालकर कमरे की छत के कुंदो मे जंजीरों से ऊँचा लटका दिया और कठोर शारीरिक यातनाओं के साथ मानसिक यातनाऐं भी दी गईं साथ ही हाथ व पाँव की अंगुलियों के काली स्याही से प्रिंट लिए गये और इसके अलावा उन्हें एक रुक्का लिखकर दिया गया जिसमें आदेश यह था कि 'आपको माणक चौक थाना, बड़ी चौपड़ मे प्रतिदिन उपस्थित होकर हाजरी देनी होगी।

सन् 1938 में श्री जमनालाल बजाज की अध्यक्षता में प्रजामण्डल का द्वितीय अधिवेशन आगरा रोड स्थित नथमल जी का कटला, जयपुर (वर्तमान में यह अग्रवाल कॉलेज के नाम से जाना जाता है) में संपन्न हुआ इसमें चरखा संघ की ओर से एक खादी प्रदर्शनी भी लगी यहीं पर आपकी मुलाकात क्रान्तिकारी नेता श्री ओमदत्त शास्त्री व बलवंत राय देशपांडे मंत्री चरखा संघ से हुई 12 फरवरी 1939 के दौरान जयपुर राज्य में भयंकर अकाल पड़ा था

श्री जमनालाल बजाज अकाल की स्थिति का आकलन करने के लिय वर्धा से जयपुर के लिए रवाना हुए परन्तु राज्य सरकार ने इनके जयपुर प्रवेश पर प्रतिबंध लगा दिया लेकिन राज्य सरकार की प्रतिबंध की आज्ञा तोड़कर श्री बजाज ने जयपुर में प्रवेश किया जिस पर सरकार ने उन्हें बन्दी बना कर सिसोदिया बाग में कैद कर दिया इसी दौरान प्रजामण्डल के सत्याग्रह आंदोलन ने और जोर पकड़ लिया जिस पर प्रजामण्डल के प्रमुख नेता श्री हीरालाल शास्त्री, बाबा हरिश चन्द्र शास्त्री रामकरण जोशी (दौसा) लक्ष्मी नारायण झरवाल एवं सुलतान सिंह झरवाल जयपुर आदि नेताओं को बन्दी बना लिया।

उदयपुरवाटी, गुढ़ापोंख, चला, चौकड़ी आदि स्थानों पर मीणा जाति पर किये जा रहे अत्याचार व अन्याय के विरुद्ध गुढ़ा में प्रस्तावित प्रजामण्डल के तपस्वी नेता श्री बद्री नारायण खोरा की अध्यक्षता में किसान सम्मेलन के प्रचार-प्रसार के लिए जब श्री झरवाल पर्चे बांट रहे थे उसी समय आपको नीम का थाना रेलवे स्टेशन के बाहर भारत सुरक्षा कानून की धारा 129 के अंतर्गत हेड कांस्टेबल आत्माराम द्वारा बन्दी बना लिया गया और छावनी पुलिस मुख्यालय ले जाकर आपको काठ में दे दिया गया और अनेक कठोर यातनाऐं देना शुरू कर दिया जैसे खुले आसमान में पेड़ के नीचे काठ पड़ा था उसी में श्री झरवाल के दोनों पैरों को फँसा दिया गया जोरो से आंधी व हवा की वजह से खुले पड़े चौड़े से मैदान में बालू मिट्टी उड़कर आँखों व मुँह में आने लगी इन परिस्थितियों के बावजूद भी आपने स्पष्ट कह दिया की "यदि तुम मेरे शरीर के टुकड़े-टुकड़े भी कर डालो, तो भी महात्मा गाँधी का सत्य व अहिंसा का मार्ग नहीं छोडूंगा" लम्बे समय तक वहाँ काठ में रखकर आपको 3 अप्रैल, 1945 को केंद्रीय कारागार, जयपुर में भेज दिया गया वहाँ पर भी दो माह तक अनेक यातनाऐं दी गई अंततः 29 मई 1945 को जयपुर जेल से रिहा कर दिया गया श्री लक्ष्मीनारायण झरवाल ने मीणा जाति और स्वतन्त्रता का इतिहास नामक पुस्तक भी लिखी। इनकी मृत्यु 27 अप्रैल 2017 को जयपुर में हुई।

शहीद उधम सिंह–१९४०

उधम सिंह (26 दिसम्बर 1899 – 31 जुलाई 1940) भारत के स्वतन्त्रता संग्राम के महान सेनानी एवं क्रान्तिकारी थे।उन्होंने जलियांवाला बाग कांड के समय पंजाब के गर्वनर जनरल रहे माइकल ओड्वायर को लन्दन में जाकर गोली मारी थी। कई इतिहासकारों का मानना है कि यह हत्याकाण्ड ओड्वायर व अन्य ब्रिटिश अधिकारियों का एक सुनियोजित षड्यंत्र था, जो पंजाब प्रांत पर नियन्त्रण बनाने के लिये किया गया था।

उधम सिंह का जन्म 26 दिसम्बर 1899 को पंजाब प्रांत के संगरूर जिले के सुनाम गाँव में एक सिख परिवार में हुआ था। सन 1901 में उधमसिंह की माता 1907 में और उनके पिता का निधन हो गया। इस घटना के चलते उन्हें अपने बड़े भाई के साथ अमृतसर के एक अनाथालय में शरण लेनी पड़ी। उधमसिंह के बचपन का नाम शेर सिंह और उनके भाई का नाम मुक्तासिंह था, जिन्हें अनाथालय में क्रमशः उधमसिंह और साधुसिंह के रूप में नए नाम मिले। इतिहासकार मालती मलिक के अनुसार उधमसिंह देश में सर्वधर्म समभाव के प्रतीक थे और इसीलिए उन्होंने अपना नाम बदलकर 'राम मोहम्मद सिंह आजाद' रख लिया था जो भारत के तीन प्रमुख धर्मों का प्रतीक है। [राम–हिंदू, मोहम्मद–मुस्लिम, सिंह–सिख]

अनाथालय में उधमसिंह की जिंदगी चल ही रही थी कि 1917 में उनके बड़े भाई का भी देहांत हो गया। वह पूरी तरह अनाथ हो गए। 1919 में उन्होंने अनाथालय छोड़ दिया और क्रांतिकारियों के साथ मिलकर आजादी की लड़ाई में शमिल हो गए। उधमसिंह अनाथ हो गए थे परंतु इसके बावजूद

वह विचलित नहीं हुए और देश की आजादी तथा जनरल डायर को मारने की अपनी प्रतिज्ञा को पूरा करने के लिए लगातार काम करते रहे।

माइकल ओडायर की गोली मारकर हत्या

उधमसिंह १३ अप्रैल १९१९ को घटित जालियाँवाला बाग नरसंहार के प्रत्यक्षदर्शी थे। राजनीतिक कारणों से जलियाँवाला बाग में मारे गए लोगों की सही संख्या कभी सामने नहीं आ पाई। इस घटना से वीर उधमसिंह तिलमिला गए और उन्होंने जलियाँवाला बाग की मिट्टी हाथ में लेकर माइकल ओडायर को सबक सिखाने की प्रतिज्ञा ले ली। अपने इस ध्येय को अंजाम देने के लिए उधम सिंह ने विभिन्न नामों से अफ्रीका, नैरोबी, ब्राजील और अमेरिका की यात्रा की। सन् 1934 में उधम सिंह लंदन पहुँचे और वहाँ 9, एल्डर स्ट्रीट कमर्शियल रोड पर रहने लगे। वहाँ उन्होंने यात्रा के उद्देश्य से एक कार खरीदी और साथ में अपना ध्येय को पूरा करने के लिए छह गोलियों वाली एक रिवाल्वर भी खरीद ली। भारत के यह वीर क्रांतिकारी, माइकल ओडायर को ठिकाने लगाने के लिए उचित वक्त का इंतजार करने लगे।

उधम सिंह को अपने सैकड़ों भाई-बहनों की मौत का बदला लेने का मौका 1940 में मिला। जलियांवाला बाग हत्याकांड के 21 साल बाद 13 मार्च 1940 को रायल सेंट्रल एशियन सोसायटी की लंदन के काक्सटन हाल में बैठक थी जहाँ माइकल ओडायर भी वक्ताओं में से एक था। उधम सिंह उस दिन समय से ही बैठक स्थल पर पहुँच गए। अपनी रिवॉल्वर उन्होंने एक मोटी किताब में छिपा ली। इसके लिए उन्होंने किताब के पृष्ठों को रिवॉल्वर के आकार में उस तरह से काट लिया था, जिससे डायर की जान लेने वाला हथियार आसानी से छिपाया जा सके।

बैठक के बाद दीवार के पीछे से मोर्चा संभालते हुए उधम सिंह ने माइकल ओडायर पर गोलियाँ दाग दीं। दो गोलियाँ माइकल ओडायर को लगीं जिससे उसकी तत्काल मौत हो गईं उधम सिंह ने वहाँ से भागने की कोशिश नहीं की और अपनी गिरफ्तारी दे दी। उन पर मुकदमा चला। 4 जून 1940 को उधम सिंह को हत्या का दोषी ठहराया गया और 31 जुलाई 1940 को उन्हें पेंटनविले जेल में फांसी दे दी गईं।

मोतीरावण कंगाली–१९४९

मोतीरावण कंगाली या मोती रावण कंगाले (२ फरवरी १९४९–३० अक्टूबर २०१५) एक भारतीय भाषाविद् और गोंड समुदाय के लेखक थे। उन्हें गोंडी भाषा की उत्पत्ति और विकास पर उनके काम के लिए जाना जाता है और विशेष रूप से इसके लिए एक स्क्रिप्ट के निर्माण के लिए। कंगाली ने अंग्रेजी, हिंदी और मराठी में गोंडी शब्दकोश लिखे। उन्होंने गोंडी समाज, संस्कृति और धर्म पर कई किताबें लिखते हुए गोंडी व्याकरण के मानकीकरण और संरक्षण के प्रयासों में सहायता की।

मोतीरावण कांगली ने दावा किया कि हड़प्पा और मोहनजोदड़ो की लिपियों को गोंडी भाषा में पढ़ा जा सकता है। उन्होंने यह भी प्रस्ताव रखा कि गोंड लोग सिंधु घाटी में रहे होंगे।

प्रारंभिक जीवन

मोतीरावण कंगाली का जन्म 2 फरवरी 1949 को महाराष्ट्र के नागपुर जिले में रामटेक तहसील के दुलारा नामक गाँव में हुआ था। उनका जन्म स्थान नागपुर सिवनी स्टेट रोड पर नागपुर से लगभग 75 किमी दूर देवलापर के पास भंडार के जंगलों में स्थित है और उनका जन्म एक गोंड समुदाय के तिरकाजी कंगाली (दादा) के परिवार में हुआ था। उनकी माता का नाम दाई रैथर कंगाली और पिता का नाम दाऊ छतीराम कंगाली था। जन्म के समय उसका नाम मोतीराम रखा गया, वह दो भाइयों और दो बहनों के साथ पाँच भाई-बहनों में सबसे बड़ा था। एक वयस्क के रूप में, उन्होंने गोंड परंपरा

को उजागर करने के लिए अपना पहला नाम मोतीराम से बदलकर मोतीरावण रख लिया, जो रावण का सम्मान करती है।

कंगाली की प्रारंभिक शिक्षा कारवाही में हुई जहाँ उन्होंने चौथी कक्षा तक पढ़ाई की। उन्होंने अपनी माध्यमिक शिक्षा (5वीं से 8वीं) दुलारा से लगभग 18 किमी दूर एंग्लो ईस्ट सेकेंडरी स्कूल, बोथिया पलोरा में की। उन्होंने नागपुर में एचयूडीएस हाई स्कूल में प्रवेश लिया और 1968 में दसवीं कक्षा की परीक्षा उत्तीर्ण की। 1972 में, उन्होंने धरमपेठ कॉलेज, नागपुर से स्नातक किया। बाद में उन्होंने स्नातकोत्तर शिक्षण विभाग नागपुर से अर्थशास्त्र, समाजशास्त्र और भाषाविज्ञान में परास्नातक (एमए) प्राप्त किया। उन्होंने 2000 में अलीगढ़ मुस्लिम विश्वविद्यालय से पीएचडी प्राप्त की। उनके शोध प्रबंध का विषय मध्य भारत की गोंड जनजातियों के संबंध में विशेष रूप से जनजातीय सांस्कृतिक मूल्यों का दार्शनिक आधार था।

1976 में, 27 साल की उम्र में, कंगाली को भारतीय रिजर्व बैंक के नागपुर टकसाल में नोट्स और मुद्रा परीक्षक नियुक्त किया गया था। उन्होंने रायताद (कुमारी) चंद्रलेखा रूप सिंह पूसम से शादी की। आपकी तीन बेटियां हैं जिनका नाम सीरीज कंगाली, वेरुंजलि कंगाली, विनंती कंगाली है। श्रृंखला एक आईआरएस अधिकारी है और विनंती एक नेत्र रोग विशेषज्ञ डॉक्टर है। दोनों की शादी हो चुकी है. मंजली की बेटी वेरुंजलि ने भी मराठी साहित्य में एम.फिल किया है और फिलहाल नागपुर में रहकर मां का काम कर रही हैं।

एक शोधकर्ता के रूप में, उन्होंने भाषाविज्ञान का अध्ययन करते हुए गोंडी भाषा को पुनर्जीवित करने के लिए काम किया और गोंडी भाषा सीखने और सिखाने के लिए आम जनता को किताबें उपलब्ध कराने में मदद की।

गोंड आदिवासी मेले का पुनरुद्धार

कंगाली, दोस्तों केबी मरास्कोले और शीतल मरकाम के साथ, महाराष्ट्र के भंडारा जिले के कछारगढ़ में माघ पूर्णिमा के अवसर पर आयोजित पारंपरिक गोंड मेले या जात्रा के बारे में पढ़कर आएँ गोंड परंपरा में, यह दिन गोंड पूर्वज, परी कुपर लिंगो और उनकी बहन जांगो रैतद द्वारा एक गुफा से

मां देवी, माता काली कनकली के बच्चों के बचाव का प्रतीक है। उन्होंने पाया कि मेला अतीत से कम से कम 500 आगंतुकों तक कम हो गया था। उन्होंने गोंडों के बीच मेले के महत्व को पुनर्जीवित करने का काम शुरू किया, जब तक कि 1986 में मध्य भारत, महाराष्ट्र, ओडिशा और आंध्र प्रदेश के 3-4 लाख आदिवासियों ने मेले में उपस्थिति दर्ज नहीं की। अपने प्रयासों के लिए पहचाने जाने वाले कंगाली को गोंडों के सर्वोच्च धार्मिक निकाय, गोंडी पुनेम का प्रमुख नियुक्त किया गया था।

महरु टोला के रहने वाले केशव बानाजी मरास्कोले ने सबसे पहले कंगाली को उस कथित गुफा के स्थान के बारे में बताया था, जहाँ से रेस्क्यू किया गया था। परंपरागत रूप से, स्थानीय गोंड निवासी उस गुफा में गोंगो नामक समारोह में पूजा करते थे। कंगाली ने पूजा और गुफा के पूर्ववृत्त की खोज की, और रॉबर्ट वेन रसेल और सीयू विल्स के लेखन में इसके संदर्भों की खोज की।

कंगाली, मरास्कोले और सुनहर सिंह तारम ने 1980 में मेले में भाग लिया। 1984 में, दो और उल्लेखनीय गोंड नेता, भरत लाल कोरम और शीतल मरकाम उनके साथ शामिल हो गए और पाँचों ने मेले से गुफा के स्थान तक का पहला ट्रेक बनाया। अगले कुछ वर्षों में, कच्छरगढ़ कोइतूर गोंडों के प्राथमिक धार्मिक केंद्र के रूप में उभरा और 1986 में हीरा सिंह मरकाम भी तीर्थयात्रा में शामिल हो गए।

कई राज्यों के कोइतुर जात्रा में शामिल होने लगे। ४० वर्षों में, जात्रा के आगंतुकों की संख्या अब लाखों में है।

लेखन करियर

मोतीरावण कांगली ने गोंड कोइतूर के धार्मिक स्थलों को हिंदुओं के कब्जे से मुक्त कराया। गोंड पूर्वजों के बदले में हिंदुओं ने अपने देवताओं की स्थापना की। डॉ. कंगाली ने भी इस विषय पर काम किया और आम जनता के बीच कई किताबें लिखकर इन देवी स्थानों का सच सबके सामने लाया। उनमें से कुछ ने महत्वपूर्ण देवी स्थानों के बारे में छोटी किताबें लिखीं जैसे

डोंगरगढ़ की बम्लेश्वरी दाई, बस्तर की दंतेश्वरी दाई, कोरोडीगढ़ की तिलका दाई और चंदागढ़ की कंकली दाई। गोंडी दर्शन संस्कृति के क्षेत्र में उनके कार्य को आगे बढ़ाने की बहुत आवश्यकता है। यदि यह कार्य शीघ्रता से नहीं किया गया तो गोंडवाना में सांस्कृतिक जागृति शीघ्र ही सुप्त अवस्था में चली जाएगी।

गोंडी दर्शन और धर्म (कोया पुनेम) को स्थापित करने और बढ़ावा देने के लिए, उन्होंने भुमका (पुरोहित) संघ की परिकल्पना की और इसका प्रचार शुरू किया, जिसे बाद में तिरुमल रावण शाह इनवती को सौंप दिया गया और खुद को लिखने में व्यस्त कर लिया। आज भुमका महासंघ महाराष्ट्र, छत्तीसगढ़, उत्तर प्रदेश और मध्य प्रदेश सहित अन्य राज्यों में अपनी भूमिकाओं का प्रशिक्षण देकर कोया पुनेम को स्थापित करने और बढ़ावा देने में सक्रिय है।

कंगाली की पुस्तक गोंडी पूनमदर्शन गोंडवाना (गोंडों की भूमि) के सांस्कृतिक इतिहास का इतिहास है। उनकी पत्नी चंद्रलेखा कंगाली, एक समाजशास्त्री और अपने आप में विद्वान, ने इस और उनके अन्य कार्यों में उनके साथ सहयोग किया। उन्होंने गोंडी भाषा के क्षेत्र में बहुत कुछ किया और गोंडी को राष्ट्रीय स्तर पर पहचान दिलाने में भी अपना पूरा सहयोग और सहयोग दिया। लेकिन दुर्भाग्य देखिए कि इतनी प्राचीन भाषा, जो करोड़ों वक्ताओं में है, जिसका अपना सुंदर व्याकरण और लिपि है, भारत सरकार द्वारा उपेक्षित किया जा रहा है और इतने संघर्षों और आंदोलनों के बाद भी गोंडी भाषा में नहीं पाई जाती है। भारत का आठवां शेड्यूल मिल रहा है।

कंगाली का परी कुपर लिंगो गोंडी दर्शन गोंड पुनेम पर उनके शोध का परिणाम था, जो परी कुपर लिंगो द्वारा बनाई गई एक दार्शनिक रूपरेखा थी। यह पुस्तक मूल निवासियों और आर्यों के बीच संघर्ष का वर्णन भी प्रदान करती है।

कंगाली ने द्रविड़ भाषाओं और अभी तक समझ में न आने वाली सिंधु लिपि के बीच संभावित संबंधों पर भी शोध किया था। जब कंगाली ने

१९९० के दशक के मध्य में हम्पी में खोजे गए २२ चित्रित पात्रों का निरीक्षण किया, तो उन्होंने उनमें से पाँच को गोंडी वर्णों के समान व्याख्यायित किया।

मोतीरावण कंगाली गोंडी भाषा को लेकर बहुत चिंतित थे। वह कहते थे कि किसी भी संस्कृति के भीतर कोई भाषा नहीं उतर सकती और अगर किसी संस्कृति को नष्ट करना है तो उसकी भाषा को नष्ट कर दें। इस देश में गोंडी भाषा के साथ यही हो रहा है। अगर गोंडी भाषा नहीं होगी तो गोंड, गोंडवाना की कल्पना व्यर्थ हो जाएगी और प्राचीन गौरवशाली संस्कृति और इसे मनाने वाले लोग भी एक दिन विलुप्त हो जाएंगे। यह एक चिंता का विषय है जिसे सरकारों को समझना चाहिए और गोंडी भाषा संस्कृति को बचाने और संवारने के प्रयास करने चाहिए।

मौत

30 अक्टूबर 2015 को कंगाली का निधन हो गया।

ग्रन्थसूची

गैर–काल्पनिक

गोंडी में सिंधु लिपि की व्याख्या (2002

उपन्यास

गोंडो का मूल निवास स्थल परिचय (2011, पहली बार गोंड वासियों का मूल निवास स्थल 1983 के रूप में प्रकाशित हुआ। नागपुरः तिरुमय चित्रलेखा कांगली प्रकाशन)

गोंडवाना का सांस्कृतिक इतिहास (2018)

गोंडी व्याकरण तथा भाषा रचना गोंडी कल्कियां उन्दे लम्बेज चावली (2018)

छोटी किताब

डोंगरगढ़ की बमलेश्वरी दाई

बस्तर की दंतेश्वरी दाई

कोरोडीगढ़ के तिलका दाई

चंदागढ़ की कनकली दाई

सिंहावलोकन

आज देश में कई तरह की विचारधाराएं हैं और श्रेष्ठता के चक्कर में समाज में मतभेद इस कदर बढ़ गया है कि देश की सामाजिक एकता अखण्डता भी प्रभावित हो रही है और देश का नुकसान हो रहा है। दलित मुसलमान और हिन्दू में बंटे समाज में रोज दुखद घटनाएं घट रही हैं। खास कर दलित राजनीति के केंद्र में आ गया है। दलितों को दया का पात्र बनाकर सभी पार्टियों के नेता अपना भला करने में लगे हैं।

देश आजाद है और हम आजादी की वर्षगांठ मनाने जा रहे हैं, लेकिन हम में से बहुत कम लोग यह जानते हैं कि देश की आजादी की लड़ाई में दलितों ने बढ़-चढ़ कर हिस्सा लिया था और आजादी कि पहली लड़ाई की विगुल दलितों ने बजाई थी। आज शायद हम उनका योगदान भूल गए हैं या वह अपनी गौरवगाथा। आपको पंचतंत्र की बूढ़े पिता और उसके चार बेटों की कहानी याद होगी। बूढ़े के बेटे आपस में झगड़ते रहते थे। एक दिन वह अपने बेटों को बुला कर 10-12 पतली-पतली लकड़ियों के बंधे हुए गट्ठर को तोड़ने के लिये देता है। सारे बेटे एक-एक करके असफल हो जाते हैं। फिर वह गट्ठर को खोल कर एक-एक लकड़ी तोड़ने के लिये उन्हें देता है। देखते ही देखते हर बेटा लकड़ी तोड़ डालता है। बूढ़ा पिता बेटों को समझता है कि एक लकड़ी को तोड़ना आसान होता है किन्तु बंधी लकड़ियों को तोड़ना असंभव होता है। तुम सबको साथ रहना चाहिये।

यही तकनीक हिन्दुओं की विभिन्न जातियों के मतांतरण के लिये सदियों से प्रयोग में लायी जा रही है। उत्तर प्रदेश में जाट, त्यागी समाज के मतांतरित

लोग मूल जाट, मूल त्यागी कहलाते हैं। इसी तरह से राजस्थान, गुजरात में राजपूत भी मुसलमान बने हैं। अन्य समुदाय भी मतांतरित हुए हैं मगर ये आज भी अपनी जाट, त्यागी, राजपूत पहचान के लिये जाने जाते हैं और अभी तक उसी टेक पर कायम हैं। मतांतरण चाहने वाले सभी मजहबों की कुदृष्टि सदियों से इसी तरह हमारे दलित, अनुसूचित जातियों पर लगी हुई है। जय भीम और जय भीम तो आज का नारा है। आइये इस षड्यंत्र की तह में जाते हैं।

जाट, यादव और गूजर ऐतिहासिक योद्धा जातियाँ हैं और इनके अनेक राजवंश रहे हैं। गुजरात प्रान्त का तो नाम ही गुर्जर प्रतिहार शासकों के कारण पड़ा है। सेना में आज भी जाट रेजीमेंट हैं अर्थात लड़ना इनके स्वभाव में है, मगर समाज के सबसे खराब समझे जाने वाले कामों को करने वाले पिछड़े, दमित, दलित लोगों में इतना साहस कहाँ से आ गया कि वो इस्लामी उद्दंडता का बराबरी से सामना कर सकें? सदियों से पिछड़ी, दबी-कुचली समझी जाने वाली इन जातियों के तो रक्त-मज्जा में ही डर समा जाना चाहिये था। ये कैसे बराबरी का प्रतिकार करने की हिम्मत कर पाती हैं? मगर ये भी तथ्य है कि आगरा, वाराणसी, मुरादाबाद, मेरठ, बिजनौर यानी जनसांख्यिक रूप से असंतुलित क्षेत्रों के होने वाले अधिकांश दंगों में समाज की रक्षा इन्हीं जातियों के भरपूर संघर्ष के कारण हो पाती है।

वाल्मीकि बहुत नया नाम है और पहले ये वर्ग भंगी नाम से जाना जाता था। ये कई उपवर्गों में बंटे हुए हैं। इनकी भंगी, चूहड़, मेहतर, हलालखोर प्रमुख शाखाएँ हैं। इनकी किस्मों, गोत्रों के नाम बुंदेलिया, यदुवंशी, नादों, भदौरिया, चौहान, किनवार ठाकुर, बैस, गेहलौता, गहलोत, चंदेल, वैस, तैसवार, बीर गूजर या बग्गूजर, कछवाहा, गाजीपुरी राउत, टिपणी, खरिया, किनवार-ठाकुर, दिनापुरी राउत, टांक, मेहतर, भंगी, हलाल इत्यादि हैं। क्या इन किस्मों के नाम पढ़ कर इस वीरता का, जूझारू होने का कारण समझ में नहीं आता? क्या ये सारे गोत्रा भरतवंशी क्षत्रियों के जैसे नहीं लगते हैं? किसी को शक हो तो किसी भी ठाकुर के साथ बात करके इसकी पुष्टि की जा सकती है।

इन अनुसूचित जातियों में ये नाम इनमें कहाँ से आ गये? ऐसा क्यों है कि अनुसूचित जातियों की ये किस्में उत्तर प्रदेश, बिहार, बंगाल, मध्य प्रदेश में ही हैं? जो इलाके सीधे मुस्लिम आक्रमणकारियों से सदियों जूझते रहे हैं उन्हीं में ये गोत्र क्यों मिलते हैं? हलालखोर शब्द अरबी है। भारत की किसी जाति का नाम अरबी मूल का कैसे है? क्या अरबी आक्रमणकारियों या अरबी सोच रखने वाले लोगों ने ये जाति बनायी थी? इन्हें भंगी क्यों कहा गया होगा? ये शुद्ध संस्कृत शब्द है और इसका अर्थ 'वह जिसने भंग किया या तोड़ा' होता है। इन्होने क्या भंग किया था जिसके कारण इन्होंने ये नाम स्वीकार किया।

बाबा साहब आम्बेडकर ने भी अपने लेखों में लिखा है कि हम योद्धा जातियों के लोग हैं। यही कारण है कि 1921 की जनगणना के समय चमार जाति के नेताओं ने वायसराय को प्रतिवेदन दिया था कि हमें राजपूतों में गिना जाये। हम राजपूत हैं। अँगरेज अधिकारियों ने ही ये नहीं माना बल्कि हिन्दू समाज भी इस बात को काल के प्रवाह में भूल गया और स्वयं भी इस महान योद्धाओं की संतानों से वही घृणित दूरी रखने लगा जो आक्रमणकारी रखते थे। होना यह चाहिए था कि इनकी स्तुति करता, नमन करता, इनको गले लगाता मगर शेष हिन्दू समाज स्वयं आक्रमणकारियों के वैचारिक फंदे में फंस गया।

जलियांवाला बाग घटना की आज भी बड़े जोर-शोर से चर्चा की जाती है और प्रत्येक वर्ष इस घटना को याद किया जाता है। लेकिन सत्य तथ्य को दर्शाने से गैर-दलित बंगले झांकने लगते हैं या फिर चुप्पी साध कर रह जाते हैं। ये आज भी जानबूझ कर सच्चाई को सामने लाना नहीं चाहते, क्योंकि उस जलियांवाला बाग में ब्रिटिश हुकूमत की आज्ञा का उल्लंघन करने वाले गैर दलित नहीं थे। उस दिन यानि 13 अप्रैल 1919 को आजादी के दीवानों की सभा बुलाने वाला महान क्रांतिकारी दलित योद्धा नत्थू धोबी था। उस दिन उस सभा में भारी संख्या में जुझारू दलित कार्यकर्ता ही शामिल हुए थे। इस बात का सबूत जनरल डायर के वे आंकड़े हैं जो यह दर्शाते हैं कि उस कांड में मारे गए 200 लोगों में से 185 दलित समाज के लोग थे। दिल को दहला देने वाले इस कांड में अंग्रेजी फौज की गोलियों के शिकार हुए दलितों में सभा

संयोजक नत्थू धोबी, बुद्धराम चूहड़ा, मंगल मोची, दुलिया राम धोबी आदि प्रमुख अमर शहीद रहे हैं। लेकिन जलियांवाला बाग की चर्चा करते हुए इतिहासकार और लेखक इस तथ्य से आंखे मूंदे रहते हैं।

12 अगस्त, 1942 के दिन इलाहाबाद की कोतवाली पर लगे यूनियन जैक झण्डे को उतार कर उसकी जगह भारतीय तिरंगा झण्डा फहराने वाला अमर बलिदानी भारत माँ का सपूत ननकू होला था। एक महत्वपूर्ण उदाहरण और भी है। औरंगजेब के कब्जे से सिक्खों के नौवें गुरू तेग बहादुर सिंह का सिर लाने का जौहर दिखाने वाला भाई जैता (जीवन सिंह) के छोटे भाई संगत सिंह ने भी इस आंदोलन में सहयोग देते हुए अपने प्राणों की बाजी लगा दी थी।

गुरु गोविन्द सिंह के लिए उनके आदेश का पालन करते हुए जो पंज-प्यारे बलिदान देने के लिए आगे आएँ उनमें से तीन दलित समाज के ही योद्धा थे। चौरी-चौरा कांड को ही लें, इस कांड में क्रांतिवीर रामपति चमार के नेतृत्व में 5 फरवरी, 1922 को ब्रिटिश हुकूमत की चूलें हिला देने वालों में आजादी के दीवाने पाँच हजार दलितों की उग्र भीड़ ने थाने में आग लगाकर 23 पुलिस कर्मियों को मौत के घाट उतार दिया था। अंग्रेजी गजट में दर्ज इस कांड में 272 लोगों का चालान तथा 228 को सेशन के सुपुर्द कर दिया गया। क्रांतिवीर रामपति चमार, सम्पत चमार, दुधई राज सहित 19 भारत मां के दलित सपूत 2 जुलाई 1923 ईस्वी को फांसी पर झूल कर अमर हो गए, जबकि 14 सपूतों को आजीवन कारावास की सजा मिली। 38 लोग रिहा हुए और शेष को 2 से 8 वर्ष तक की सजा हुई. इन सजा पाने वालों में से भी छोटूराम पासी, अयोध्या चर्मकार, कुल्लु चर्मकार, अलगू पासी, फुलई, बिरजा, गरीबा, रामसरन पासी, जगेसर, नोहर, मड़ी चर्मकार, रघुनाथ पासी, रामजस पासी आदि प्रमुख रहे।

इस देश की दलित वीरांगनाएँ भी स्वाभिमान की रक्षा एवं देश की आजादी में अपना जौहर दिखाने में पीछे नहीं रही हैं। भारत मां को अंग्रेजों की गुलामी से मुक्त कराने के लिए अपने जीवन का बलिदान देने वाली अमर शहीद वीरांगना महाबीरी देवी मेरठ वाली दलित ही थी। महाबीरी देवी अपने

नाम के अनुरूप बड़ी निडर एवं साहसी थीं। उसने बर्बर अंग्रेजों की फौज के 18 सैनिकों को मौत के घाट उतारा था, लेकिन कितनी हैरानी की बात है कि वीर योद्धा मातादीन हेला की तरह से वीरांगना महाबीरी देवी को भी इतिहास से बिसरा दिया गया है, जबकि होना यह चाहिए था कि समय-समय पर देश के सभी वीर और वीरांगनाओं को श्रद्धापूर्वक याद किया जाना चाहिए। दलितों ने लिया था अंग्रेजों से लोहा, कई अंग्रेजों को मार गिराया था इलाकों पर कब्जा करने के लिए बाहर निकल पड़ी थी। इन ताकतों ने स्वतंत्र लोगों की स्वतंत्रता और संप्रभुता को नष्ट करके असंख्य पुरुषों, महिलाओं और बच्चों के जीवन का सर्वनाश करने की प्रक्रिया को आगे बढ़ाया। यह विस्तारवाद के बुरे डिजाइन और आत्मत प्रस्तुति की शक्तिशाली भावना के बीच एक युद्ध था। जनजातीय लोगों ने ब्रिटिश प्राधिकारियों और अन्य शोषकों का पुरजोर विरोध किया। अनेक शताब्दियों तक जनजातीय लोगों को वनों में अलग-थलग कर दिया गया और उधर-उधर बिखेर दिया गया लेकिन प्रत्येक जनजाति ने अपनी सामाजिक, सांस्कृतिक विविधता को कायम रखा। उन्होंने अपने-अपने संबंधित क्षेत्रों में ब्रिटिश प्राधिकारियों के खिलाफ आंदोलन चलाए। बाहरी लोगों के खिलाफ उनके आंदोलनों को उपनिवेशवाद का विरोधी कहा जा सकता है। अपनी भूमि पर अतिक्रमण, जमीन की बेदखली, पारंपरिक कानूनी और सामाजिक अधिकार और रीति-रिवाजों का उन्मूनलन, भूमि के हस्तातिरण के लिए किराये में बढ़ोतरी, सामंती और अर्द्ध सामंती मालिकाना हक की समाप्ति के खिलाफ उन्होंनने बगावत की। कुल मिलाकर यह आंदोलन सामाजिक और धार्मिक परिवर्तन थे लेकिन इन्होंने इनके अस्तित्व से संबंधित मुद्दों के विरूद्ध काम करने के लिए कहा गया। जनजातीय प्रतिरोध आंदोलन भारत के स्वतंत्रता आंदोलन का एक अभिन्न अंग था। इस ऐतिहासिक आंदोलन में बिरसामुंडा, रानी गैदिन्ल यू, लक्ष्मणनायक और वीर सुरेंद्रसाई जैसे प्रतिष्ठित आदिवासी नेताओं तथा अन्य लोगों ने ऐतिहासिक भूमिका निभाई। उपर्युक्तवीरो, वीरांगनाओं के अमिट वलिदान से ही भारत आज आजादी की सुखानुभूति कर पा रहा है। इन सभी के वलिदान को कभी भुलाया नहीं जा सकता है। कोटिशः नमन।

/// जय श्री राम ///